Via Larga
Duomo
Torre Donati
Via degli Albizzi
Via del Corso
Bottega di Maestro Andrea
Palazzo della Signoria
Ponte alle Grazie
La città di Leonardo
FIRENZE
1466
Oltrarno

LEONARDO
e la
MACCHINA INFERNALE

[illegible]

[illegible]

[illegible]

[illegible]

ROBERT J HARRIS

LEONARDO
e la
MACCHINA INFERNALE

traduzione di Mario Sala Gallini

MONDADORI

A Debby, che mi ha dato le ali.

ragazzi.mondadori.com

Titolo dell'opera originale *Leonardo and the Death Machine*
Prima edizione settembre 2006
Stampato presso Mondadori Printing S.p.A.
Stabilimento N.S.M., Cles (TN)
Printed in Italy
ISBN 88-04-56112-2

1

Fiamme e lische di pesce

— Uno, due, tre — borbottò Leonardo contando i colpi del pesante martello. Il terzo affondò definitivamente il chiodo nel legno, fissando un altro lembo della tela alla cornice.

Ancora due chiodi.

— Uno — colpo sordo — due — colpo sordo — tre — colpo sordo.

C'erano in tutto venti chiodi da fissare, e per ognuno non meno di tre martellate da assestare. Se non lo colpivi nel modo giusto, il chiodo si piegava in due, e allora bisognava lavorarci un po' intorno per allentarlo, in modo da tirarlo fuori e poterlo sostituire con uno nuovo.

— Fai attenzione a colpirli dritto sulla testa quei chiodi, ragazzo di campagna, o finirai per strappare la tela — lo ammoní Nicolò. Stava finendo un quadro che raffigurava una donna ridente. Come modello aveva utilizzato un busto scolpito dal loro maestro. A diciassette anni era l'apprendista piú anziano. Il maestro, Andrea del Verrocchio, era fuori per un incontro con i membri della Signoria, il consiglio direttivo della città di Firenze, e durante la sua assenza aveva affidato a lui la conduzione della bottega.

— Non preoccuparti — rispose Leonardo. — Questo è l'ultimo.

Con l'immaginazione, dipinse la faccia di Nicolò sulla testa dell'ultimo chiodo, e con furia vendicativa assestò una tremenda martellata. Incredulo, rimase a contemplare il risultato con una specie di ghigno. Per la prima volta aveva affondato completamente il chiodo con un solo colpo. Doveva tenere a mente quella mossa.

Soddisfatto, si alzò a contemplare il proprio lavoro. Un odore violento, di pesce marcio, gli fece stringere le narici e accartocciare lo stomaco.

— Disgustoso, vero? — disse il piccolo Gabriello, tutto pelle e ossa. Stava mescolando lische di pesce in una bacinella di ferro disposta su un fornello di mattoni. Con il calore le lische si scioglievano in una specie di colla che doveva essere stesa sulle tele prima di iniziare a dipingere.

— Eppure potrebbe andarci peggio — continuò a scherzare il piccolo apprendista. — Potremmo usare unghie di vitello, e quelle sí che puzzano *veramente*.

— Ci sono cose che puzzano ancora di piú — osservò Leonardo lanciando un'occhiata a Nicolò.

Gabriello ridacchiò, poi il fumo che si alzava da quell'intruglio gli entrò in gola e cominciò a tossire. L'apprendista anziano non si era accorto della frecciata. Era troppo impegnato a dipingere gli ultimi riccioli della capigliatura della sua donna. La concentrazione gli faceva assumere una strana espressione, con la lingua conficcata fra le guance.

Leonardo sollevò la cornice dal pavimento ricoperto di paglia e con cautela l'appoggiò a uno dei tavoli da lavoro, quindi la osservò con un cenno compiaciuto. Era solida e robusta, la tela dritta e ben tesa. Maestro Andrea sarebbe stato contento.

Attraverso la finestra aperta, uno sbuffo di vento sollevò una nuvoletta di polvere penetrante che gli si infilò nelle narici. Leonardo si voltò in fretta, giusto in tempo perché lo starnuto non andasse a colpire la tela, e agitò le mani davanti al viso come per ripulire l'aria.

La polvere si era alzata da un angolo della stanza dove Vanni e Giorgio, in piedi sopra una lastra di porfido, frantumavano nei loro mortai minerali dalle tonalità vivaci. Lo sbriciolamento produceva una polvere sottile, che poi sarebbe stata mescolata con chiara d'uovo per formare i colori. Mente lavoravano, i due chiacchieravano e, di tanto in tanto, si mettevano a cantare, coprendo con le loro voci rauche il fracasso dei carretti e le grida dei venditori ambulanti che arrivavano dalla strada.

— Fate silenzio e concentratevi sul vostro lavoro! — urlò Nicolò. — State spargendo quella polvere per tutta la stanza.

Leonardo tirò fuori il fazzoletto e si soffiò il naso. Si era sempre immaginato che quando suo padre lo avesse condotto a Firenze per lavorare come allievo nello studio di un grande artista, il puzzo e lo sporco del cortile della sua cascina non sarebbero stati che un lontano ricordo. Ma in quella bottega non c'era meno sporcizia che nell'aia della fattoria, e il tanfo era anche peggiore. Quando maestro Andrea scolpiva una statua, la polvere rimaneva sospesa nell'aria formando un velo denso, come una nebbia di gesso. E c'era sempre puzza di pesce, di uova, di trementina, di carbone di legna e di tutte quelle sostanze cosí poco attraenti necessarie al lavoro dell'artista.

Leonardo ripiegò il fazzoletto e lo ripose all'interno della manica, poi si diresse verso l'angolo della stanza dove erano conservati i suoi dipinti e i suoi disegni. Pescando in mezzo al mucchio, tirò fuori l'ultimo lavoro, a cui si era dedicato per conto proprio, senza che gli fosse stato assegnato dal maestro. Mentre lo esaminava, la voce di Nicolò tuonò alle sue spalle.

— Ecco! Bell'e finito!

Dal tono solenne con cui aveva parlato, si sarebbe potuto pensare che avesse appena sistemato l'ultimo mattone dell'imponente cupola della cattedrale, non che avesse completato un banale esercizio di studio.

Nicolò chiamò Vanni e Giorgio ad ammirare il suo "capolavoro". Spazzolandosi la polvere dai grembiuli, i due si avvicinarono a esaminare la tela, ben contenti di lasciarsi alle spalle l'ingrato compito.

— È bellissimo, Nicolò — disse Vanni, che sapeva perfettamente quale tipo di commento ci si aspettasse da lui.

— Sí, è davvero molto bello — gli fece eco meccanicamente Giorgio.

Leonardo si spostò di qualche passo e lanciò un'occhiata al quadro ultimato. La vita e l'energia che si sprigionavano dalla scultura di maestro Andrea erano completamente sparite dal dipinto di Nicolò. Era come se avesse tirato fuori tutta la carne e le verdure da un ricco stufato riducendolo a una magra e insipida pappina.

— E allora, cosa ne pensi, Leonardo da Vinci? — chiese l'apprendista anziano. C'erano una durezza e un tono di sfida nella sua voce che non lasciavano dubbi su quanto Leonardo sarebbe stato tenuto a rispondere. Ma aveva dovuto subire cosí tante umiliazioni e offese da parte di Nicolò che non era disposto a lasciarsi sfuggire l'occasione di restituire qualche colpo.

— Penso — rispose — che se mai un cadavere volesse avere il proprio ritratto, tu saresti l'uomo giusto per dipingerlo.

Gabriello si portò la mano alla bocca per soffocare una risata. Nicolò borbottò rabbiosamente e alzò il pugno.

Leonardo fece un passo indietro, ma non si scompose. Aveva tre anni meno di lui, ma non gli era inferiore né per altezza né per forza. Se Nicolò voleva fare a botte, era pronto a dargli soddisfazione. Anzi, non vedeva l'ora. Ma maestro Andrea aveva avvertito che se qualcuno fosse stato sorpreso a picchiarsi nella sua bottega, si sarebbe ritrovato immediatamente in mezzo alla strada, e senza un solo denaro.

Lo stesso pensiero dovette evidentemente attraversare la mente di Nicolò che, ancora rosso di rabbia, abbassò il pugno. — Puoi anche metterti in ghingheri come il figlio di un ricco — sogghignò — ma nel fondo rimani sempre un povero campagnolo.

Leonardo fremette. La tunica di velluto blu e la

calzamaglia scarlatta che portava sotto il grembiule erano il suo orgoglio, ma sapeva bene che qualcuno fra gli apprendisti lo prendeva in giro per quell'eleganza.

— Io almeno nel fondo sono qualcosa — ribatté. Poi, additando il dipinto del rivale, soggiunse: — Questa non è arte. Questo è un assassinio.

Un lampo furioso balenò negli occhi di Nicolò. — È comunque piú di quanto potrà mai fare un maldestro mancino come te! — sibilò. Poi, come accorgendosi solo in quel momento del lavoro che Leonardo aveva ancora in mano, gli si avvicinò e glielo strappò via. Era un oggetto di legno. — E questo cos'è? — lo provocò. — Un giocattolino?

— Ridammelo subito! — gridò furibondo Leonardo facendo una mossa per riprenderselo. Nicolò lo schivò facilmente e si mise a sventolare in aria il suo bottino in modo che tutti lo vedessero.

Era un cilindro di legno, abbastanza piccolo da poter stare nella mano di un uomo, con un pezzo di corda penzolante da un buco praticato sul fianco. A una delle estremità c'era un altro buco nel quale era stato infilato uno stecco, e dalla cima dello stecco si diramavano in direzioni diverse, come i petali di un fiore, quattro lame sottili, anche quelle di legno.

— È questo che sei stato a fare in quell'angolo per tutto il tempo? — chiese Vanni.

— Sembra un piccolo mulino a vento — osservò Giorgio — solo che le pale sono sulla cima invece di essere sul fianco.

— È cosí, ragazzo di campagna? — incalzò Nicolò.

— È un mulino a vento giocattolo per ricordarti com'era la tua vita alla fattoria?

— No, siete fuori strada — rispose Leonardo, cosí seccato che quasi non riusciva a parlare.

— Forse è un sonaglio da neonato.

Nicolò provò ad agitare l'aggeggio vicino all'orecchio, ma non ne uscí alcun suono. Leonardo avrebbe voluto fare un altro tentativo per riprenderselo, ma l'idea di poter danneggiare la sua creazione lo trattenne.

— E va bene, mi arrendo — dichiarò Nicolò con un sorrisetto compiaciuto. — Se non vuoi dirci cos'è, dicci almeno cos'è in grado di fare.

Leonardo lo guardò torvo. — Vola.

— Vola?

La risposta era cosí inattesa che fece sparire il sorrisetto dalla faccia di Nicolò.

— Un commerciante di Padova ne vendeva uno simile al mercato — spiegò Leonardo. — Diceva che veniva dal Catai, e voleva cinque fiorini.

Vanni si lasciò sfuggire un fischio. Cinque fiorini era una somma impossibile anche solo da immaginare per apprendisti come loro.

— Ma per pochi denari — proseguí Leonardo — mi ha permesso di guardarlo da vicino per capire come funziona.

— E poi tu l'hai ricostruito per conto tuo — concluse Gabriello pieno di ammirazione.

— Sí. Ho finito di ritagliare le quattro lame questa notte.

— E pensi davvero che volerà? — disse Nicolò in

tono ironico. — Tu sei pazzo. L'odore della trementina ti ha fatto marcire il cervello.

— Ora te lo mostro — ribatté Leonardo allungando la mano per afferrare il marchingegno.

Ma l'altro con uno strattone lo allontanò nuovamente dalla sua portata. — Non cosí in fretta — disse. — Dobbiamo prima essere sicuri che non ci sia qualche imbroglio. Come funziona?

Leonardo digrignò i denti e dovette fare uno sforzo per non lasciar esplodere la rabbia. Da quando, tre mesi prima, era arrivato alla bottega, Nicolò non aveva perso un'occasione per punzecchiarlo, imitando l'accento del contado di cui lui aveva tentato invano di liberarsi, ridendo dei suoi disegni o sostenendo che le sue mani erano piú adatte a tirare un aratro che a reggere pennelli e tavolozza.

— C'è un'elica all'interno, e dentro l'elica è infilato lo stecco con le quattro pale — iniziò a spiegare lentamente e con circospezione. — Quando si tira la corda, l'elica gira e mette in movimento le pale.

— Tutto qui? — osservò Nicolò.

Leonardo annuí. Con una smorfia beffarda, l'altro afferrò la cordicina e si preparò a tirare.

— No, lascialo fare a me! — strillò Leonardo.

Troppo tardi. Nicolò diede uno strattone cosí forte che la corda si spezzò. Ma nessuno si accorse di quel particolare. Quello che tutti notarono fu il volo. Trascinato dal vorticoso roteare delle pale, il fuso si staccò dal cilindro come un proiettile, librandosi a mezz'aria sotto gli sguardi increduli degli apprendisti.

— È una stregoneria! — squittí Gabriello mentre

l'oggetto volante si dirigeva verso di lui. Per un secondo volteggiò sopra la griglia metallica del fornello. Poi, sotto gli occhi terrorizzati di Leonardo, precipitò.

Gabriello, strillando, balzò indietro in preda al panico. Leonardo si lanciò verso la sua creazione, giusto in tempo per vederla infilarsi fra le sbarre della griglia. Ancora una volta troppo tardi. Ci fu un rumore metallico, un tonfo sordo e un grido acuto di Vanni.

Leonardo aveva inavvertitamente colpito la bacinella di ferro dentro la quale ribolliva quello schifo appiccicaticcio di spine di pesce. Frammenti della poltiglia schizzarono sulla fiamma prendendo subito fuoco e sprizzando in tutte le direzioni. Le scintille volavano per la stanza come stelle cadenti, e non appena piovvero sopra la paglia che ricopriva il pavimento, si trasformarono in fiamme.

A quella vista Gabriello e gli altri apprendisti si misero precipitosamente in fuga.

— Stupido bifolco che non sei altro! — gridava Nicolò prendendosela con Leonardo. — Hai dato fuoco alla casa!

2

L'esattore dei crediti

Leonardo strinse i pugni e cercò di controllare il panico. Che fare? Ancora pochi istanti, e l'incendio sarebbe stato fuori controllo. I soli pompieri della città erano alcuni volontari della corporazione dei tagliapietre, ma non c'era il tempo di andarli a chiamare.

D'un tratto gli tornò in mente come zio Francesco una volta era riuscito a spegnere un incendio divampato nel fienile per il calcio di una mucca a una lanterna. Senza perdere un istante, si guardò attorno e agguantò una coperta stesa su un dipinto di maestro Andrea per evitare che si impolverasse. La scagliò sulle fiamme e ci si sdraiò sopra per soffocarle.

Sotto di sé sentiva il calore e l'odore della paglia bruciata. Strizzò gli occhi fino quasi a chiuderli e trattenne il respiro, come aspettandosi di poter rimanere incenerito da un momento all'altro. Lo avrebbe preferito, in ogni caso, all'umiliazione di vedere la bottega distrutta per colpa sua.

Un mormorio di voci eccitate lo indusse a riaprire gli occhi. Gabriello era chino su di lui. — Credo che l'incendio sia spento — disse.

Gli altri apprendisti si erano radunati in un angolo

della stanza, ridacchiando nervosamente e dandosi colpi di gomito. Erano ancora pallidi di paura.

Leonardo si sollevò un poco e alzò la testa in cerca di Nicolò. — Ehi, hai visto? — domandò in tono di sfida non appena ebbe incrociato il suo sguardo. — Lo hai visto o no che volava?

— Ho visto uno stecco schizzare in aria e cadere nel fuoco — rispose Nicolò. Poi scosse la testa. — Niente di cosí straordinario.

Aveva ancora in mano l'altra parte dell'aggeggio volante. Con fare altezzoso la scagliò a terra. Il cilindro sbatté contro il pavimento e andò a rotolare fin sotto il tavolo, sparendo alla vista.

Leonardo si sentí salire dentro una rabbia piú bruciante di qualsiasi incendio. Avrebbe fatto sparire quel sorrisetto dalla faccia di Nicolò a suon di pugni. Si sarebbe tolto quella soddisfazione, e poi che succedesse quel che doveva succedere.

Balzò in piedi. Ma prima che potesse passare all'azione, la porta si spalancò con un colpo.

Maestro Andrea del Verrocchio entrò con passo deciso. Teneva sotto un braccio una dozzina di rotoli di carta pergamenata, e appesa all'altro braccio una pesante borsa di cuoio. Senza nemmeno degnare di un'occhiata i suoi apprendisti, avanzò velocemente verso il suo studio in fondo alla stanza.

— Leonardo da Vinci! — chiamò non appena fu sparito al di là della porta.

— Sí, maestro? — rispose Leonardo con tono colpevole.

— Vammi a prendere una brocca d'acqua! E voialtri, tornate al lavoro. Questo non è un giorno di festa!

Nicolò raccolse dal pavimento la coperta annerita e la nascose sotto un banco da lavoro. Vanni e Giorgio radunarono la paglia bruciata e la buttarono fuori dalla finestra. Gabriello si affrettò a preparare un nuovo intruglio di lische di pesce.

Leonardo si precipitò alla porta sul retro diretto verso la pompa, dove riempí una brocca d'acqua fresca. Quando rientrò nello studio, maestro Andrea si era liberato della borsa e dei rotoli e stava scorrendo alcune lettere. Leonardo versò un po' d'acqua in una tazza e gliela porse.

— Non te ne andare — disse il maestro mentre portava la tazza alla bocca. — Ho qualcos'altro da farti fare.

Mentre lui beveva, Leonardo lanciò un'occhiata ai disegni sparsi sui tavoli e appesi ai muri: studi di santi, di angeli, di soldati, di animali.

Con il suo simpatico viso rotondo e la corporatura robusta, Andrea del Verrocchio aveva l'aspetto di un prosperoso fornaio. E invece era uno dei piú brillanti e ricercati talenti di tutta Firenze. Aveva cosí tanto lavoro che qualche volta era costretto a rivolgersi ad altri artisti perché gli facessero da assistenti. Ricordandosi di questo, Leonardo sentí un brivido di eccitazione al pensiero che forse il maestro avrebbe chiesto il suo aiuto per portare a termine qualche grande opera.

Andrea trangugiò l'ultimo sorso d'acqua e fece schioccare le grosse labbra. — Discutere con i membri della Signoria è un lavoro che mette sete — disse.

— Ma se vogliono una nuova statua di san Tommaso per la cappella, dovranno pagare il giusto prezzo.

Leonardo cercò di assumere a sua volta un piglio da uomo efficiente. — Ho finito di preparare le tele, maestro — disse.

— Sí, le ho viste entrando — rispose Andrea. — Cosí come ho visto la bacinella e la paglia bruciata, e ho sentito l'odore delle lische di pesce carbonizzate.

Leonardo era esterrefatto. Avrebbe potuto giurare che il maestro non avesse gettato nemmeno uno sguardo nella loro direzione mentre attraversava la stanza. — C'è stato un incidente — iniziò a raccontare in tono contrito.

Andrea alzò una mano per farlo tacere. — Sei un giovane pieno di entusiasmo e avrai le tue disavventure — sentenziò. — Dal momento che nessuno si è fatto male, non c'è altro da aggiungere.

— Avete detto di avere qualcosa da farmi fare — gli ricordò Leonardo.

— Sí, ecco qui — disse Andrea porgendogli un foglio di pergamena ripiegato e sigillato con una goccia di cera.

— Che cos'è? — domandò il ragazzo, pieno di curiosità. — Il progetto di un nuovo lavoro che vi è stato commissionato? Volete che esegua per voi gli schizzi preliminari?

Maestro Andrea scosse la testa. — È una nota di spesa per la somma di quattordici fiorini — dichiarò placido.

Leonardo sentí il cuore cascargli sotto i piedi. — Una nota di spesa? Maestro, non fatemi fare l'esattore dei crediti! Io sono venuto alla vostra bottega per diventare un artista.

— Il denaro è l'anima dell'arte, Leonardo. Se non lo hai ancora imparato, sarà meglio che torni da tuo padre e ti prepari a diventare un notaio come lui.

Al solo pensiero Leonardo sentí una fitta pungente, come se gli avessero conficcato un ago in fronte. — No, non voglio diventare come lui. Ma speravo che...

— Speravi che cosa? — lo incalzò Andrea.

Leonardo sollevò la testa e i suoi occhi incontrarono quelli del maestro. Non era il momento di mostrarsi nervosi o impacciati, se voleva guadagnarsi il suo rispetto.

— Speravo che mi chiedeste di realizzare qualche vero lavoro da artista, non di esercitarmi a dipingere vecchie tele o a fare modelli di cera.

— Che cosa? Sei forse cresciuto di dieci anni in un colpo solo durante la notte? L'arte dei maestri è forse penetrata in te mentre dormivi? Per diventare un artista ci vogliono anni, mettitelo in testa, e tu sei qui solo da qualche mese.

— Non si diventa artisti andando in giro a fare commissioni, maestro — insistette Leonardo.

Andrea gli si fece piú sotto, offrendogli una vista ravvicinata del suo naso schiacciato. — Ho spiegato a tutti voi piú volte che un artista inizia il suo lavoro con il vedere e lo completa con il capire. Che cosa credi di poter vedere rimanendo seduto qui? Io ti offro l'occasione di uscire e trovare qualche fonte di ispirazione. E ora porta questa nota alla bottega di maestro Silvestro.

— Maestro Silvestro? Quello che il mese scorso ha preso a prestito quel vostro bronzo?

— Proprio lui — confermò Andrea. — Non lo ha ancora restituito, per questo voglio che me lo paghi.

— Ma la sua bottega è in Oltrarno — si lamentò Leonardo storcendo il naso. Oltrarno era il nome della zona di Firenze che si allungava sulla riva sud del fiume Arno. All'epoca era ancora piuttosto un villaggio che una parte della città, e spesso era soggetta a inondazioni ed epidemie di peste.

— Proprio cosí — ribadí il maestro impassibile. — Sono certo che i tuoi splendidi vestiti lasceranno una benefica traccia di colore nelle vite degli infelici che abitano laggiú.

Leonardo si aggiustò la tunica e con un colpetto fece volar via un po' di cenere che era rimasta sulla manica. — Tutti i giovani di Firenze si vestono in questo modo — disse, come a volersi difendere.

— Tutti i *ricchi* giovani di Firenze — lo corresse maestro Andrea.

— Non c'è niente di male nel voler fare una buona impressione.

— No davvero, su questo ti do ragione — ammise l'artista, e fece un segno con la mano, lasciando capire che era arrivato il momento di congedarsi. — E ora vai a fare una buona impressione a maestro Silvestro.

Leonardo abbandonò lo studio e attraversò la stanza togliendosi il grembiule mentre si dirigeva verso l'uscita.

— Dove stai andando? — chiese Nicolò.

— Devo fare un'importante commissione per maestro Andrea — rispose Leonardo in tono altezzoso. — Vuole che eserciti i miei occhi e la mia intelligenza.

Lasciatasi alle spalle la bottega, procedette a grandi passi per Via dell'Agnolo, borbottando fra sé pieno di risentimento. Con tutto il lavoro che gli era costata, la sua macchina volante era distrutta, e lui, il suo creatore, retrocesso al ruolo di esattore di crediti. Dubitava seriamente che quel giorno avrebbe potuto vedere qualcosa in grado di fornirgli ispirazione.

In quell'anno 1466 Firenze rappresentava uno snodo fondamentale per le attività commerciali e bancarie di tutta Europa, e il grande movimento che si poteva osservare per le sue strette vie attestava l'importanza della città. Carri e carrozze procedevano fianco a fianco, pigiati l'uno contro l'altro, facendosi largo in mezzo ai lavoratori che si affrettavano a raggiungere le fonderie e le manifatture tessili, o a quelli che facevano ritorno dalle loro mansioni. Le case si alzavano fino a tre piani, con i balconi sporgenti dalle alte facciate. I vicini che abitavano sui lati opposti della strada potevano quasi, allungando le braccia, darsi una stretta di mano dalle rispettive finestre.

Avvicinandosi all'Arno, Leonardo osservò le larghe chiatte che si lasciavano trasportare dalla corrente, con le loro pezze di stoffa fiorentina dai colori splendenti destinate ai mercati di Spagna, Francia, Inghilterra e Germania. Altri barconi trasportavano carichi di lana non ancora lavorata da consegnare alle manifatture cittadine, dove sarebbe stata lavata, cardata e tinta.

Davanti ai suoi occhi, in lontananza, si profilava il piú antico ponte della città, il Ponte Vecchio, con la sua muratura di pietra color miele immersa nel bagliore del sole infuocato d'agosto. Su entrambi i lati del ponte erano allineate le botteghe dei macellai, dei pellettieri e dei maniscalchi. Al suo passaggio, un maniscalco attraversò il ponte rovesciando nel fiume un secchio pieno di cenere, e subito venne investito dalle rabbiose imprecazioni del barcaiolo che proprio in quel momento passava di sotto.

Non appena entrato in Oltrarno, a Leonardo tornò alla mente il villaggio di Anchiano, diverse miglia piú a nord, dove aveva trascorso l'infanzia. Dalle corde tese in mezzo agli alberi pendeva la biancheria, davanti alle porte delle case razzolavano i polli, e ovunque si sentivano l'odore dell'aglio e il profumo del pane messo a cuocere.

In stridente contrasto con quel paesaggio di povere casupole, si ergeva un palazzone in pietra, che balzava inaspettato davanti agli occhi come il fronte di una gigantesca scogliera spuntata chissà come nel bel mezzo dell'Oltrarno. Leonardo vide una piccola folla di lavoratori affaccendarsi intorno alle sue impalcature. Sapeva, per avere ascoltato le chiacchiere degli altri apprendisti, che quello era il palazzo che si stava facendo costruire Luca Pitti, un anziano uomo politico a cui piaceva credersi il primo cittadino di Firenze. In realtà la famiglia piú potente della città era quella dei Medici, ma Pitti era deciso a dimostrare di essere in tutto e per tutto uguale a loro, anche a costo di cadere in disgrazia.

Leonardo svoltò a destra, lasciandosi alle spalle il palazzo e puntando verso la chiesa di Santo Spirito.

La bottega di Silvestro era in uno dei vicoletti che si diramavano dietro l'edificio, ma Leonardo non ricordava di preciso quale. Si fermò e tirò un bel respiro. Subito le sue narici furono colpite dal pungente odore del letame, delle corna di bue bruciate e dell'argilla bagnata, tutti materiali che venivano utilizzati per le colate delle statue in bronzo.

Lasciandosi guidare dal naso, non gli ci volle molto a trovare la bottega di maestro Silvestro. La casa non era in buone condizioni: le imposte, abbandonate a se stesse, penzolavano dalle finestre, e dal tetto mancavano diverse tegole; un fumo acre si alzava dalla fornace formando una nuvola scura che rimaneva sospesa in mezzo al vicolo.

La porta era socchiusa. Leonardo la spinse ed entrò. Due apprendisti dall'aspetto burbero, con i grembiuli sgualciti e pieni di macchie, lo guardarono avanzare. Stavano lavorando a una colata di cera. Uno aveva la faccia tempestata di foruncoli, l'altro non la smetteva di contorcersi, come se avesse i pidocchi.

Fiero della sua eleganza, Leonardo raddrizzò la schiena assumendo un portamento distinto e domandò: — È in casa maestro Silvestro?

I due apprendisti si scambiarono un'occhiata ottusa. A Leonardo ricordarono due buoi.

— È nel suo studio — grugní il Brufoloso.

— E dove sarebbe? — chiese Leonardo.

Il Pidocchioso rovesciò indietro la testa a indicare una robusta porta in fondo alla bottega.

Leonardo accennò un gesto di ringraziamento e si

avviò. Alle sue spalle sentí uno dei due mormorare:
— Forse si crede un ambasciatore del papa.

L'altro apprendista ridacchiò. Leonardo li ignorò e diede un'occhiata alla stanza. Sugli scaffali appesi al muro c'erano solo pochi barattoli di pigmento, tutti incrostati di polvere. Scarti di setole e schegge di legno erano sparsi sul pavimento di giunchi.

Leonardo aveva già alzato il pugno per bussare alla porta dello studio, quando fu raggiunto da un'improvvisa esplosione di voci rabbiose provenienti dall'interno. I toni erano cosí furiosi che ricordavano un abbaiare di cani intorno a un osso. E, sebbene attutite dalla pesante porta, le parole erano perfettamente distinguibili.

— Oggi! Avete detto oggi! — ringhiò la prima voce, ruvida come carta vetrata.

— Ho detto che le parti sarebbero state completate entro oggi — tuonò la seconda, secca e impetuosa come una raffica di vento. — Non ho mai detto che l'intera costruzione sarebbe stata finita, mai!

— Immagino sappiate quello che succede a coloro che ostacolano i miei progetti — gracchiò il primo uomo.

— Tenete le vostre minacce per quelli che terrorizzate dietro pagamento — ribatté il secondo. — Tutto sarà pronto nei tempi convenuti.

Leonardo avvertí nel tono la fragilità di quella promessa.

— Molto bene — gracidò la prima voce. — Ma ci saranno conseguenze per voi se verrete meno al vostro impegno.

— Silvestro non viene mai meno ai suoi impegni — incalzò l'altro, riacquistando d'un tratto la sua spavalderia. — Viene solo abbandonato da uomini meschini, soltanto questo. Non preoccupatevi, la nostra opera di distruzione travolgerà il piano, d'accordo?

— Statene pur certo — fu la brusca risposta.

Nel corso della discussione, Leonardo si era avvicinato sempre piú alla porta. Quando, di colpo, questa si aprí, sentí il cuore salirgli in gola. Con uno scatto si fece da parte, mentre un individuo dall'aspetto spaventoso, con un mantello verde scuro e un cappuccio dello stesso colore infilato sulla testa, balzava fuori dalla stanza.

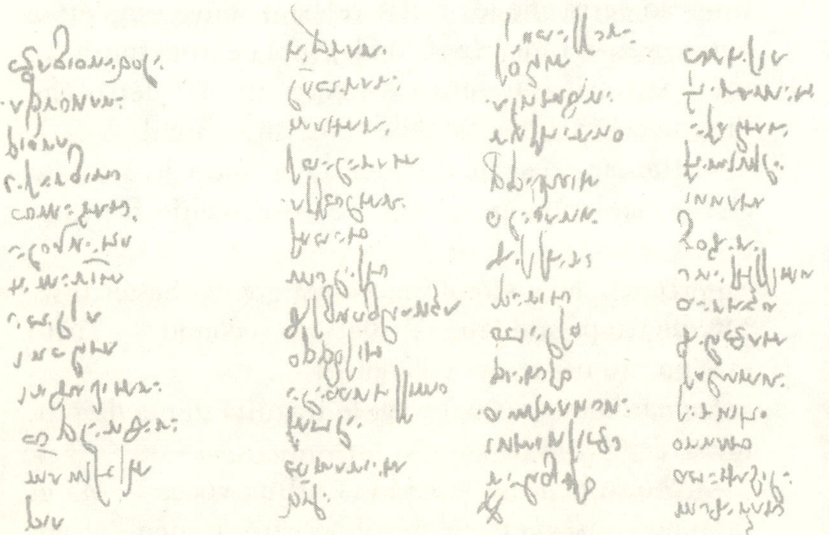

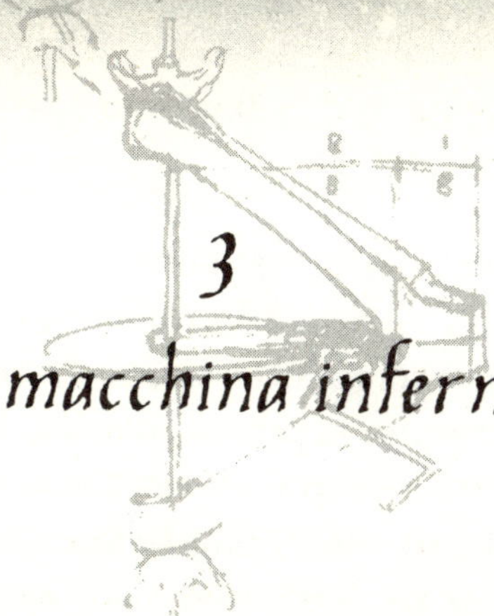

3
La macchina infernale

Lo sconosciuto si fermò sulla soglia e fissò Leonardo con sguardo ostile. Aveva una faccia spigolosa, dal colorito olivastro, con folte sopracciglia e una specie di squarcio al posto della bocca: pareva fosse stata intagliata nella pietra da uno scultore impaziente che aveva poi abbandonato il lavoro a metà.

Leonardo si sentí scrutato a fondo da quegli occhi grigi, freddi. Aveva la sgradevole sensazione che se quell'uomo lo avesse anche soltanto sospettato di essere rimasto a origliare alla porta, la sua vita non sarebbe valsa nemmeno un denaro.

Lo sguardo dello sconosciuto si spostò a esaminare i vestiti del ragazzo, la sua costosa tunica e la calzamaglia scarlatta. Qualcosa simile a un sorrisetto divertito gli attraversò per un istante le labbra. "È ovvio che non rappresenti una minaccia per me" sembrava dire. "Non è il caso che perda il mio tempo con te."

Senza proferire parola, si allontanò. Leonardo si sentí allo stesso tempo offeso e sollevato. Approfittando della porta aperta, si intromise con cautela nello studio di maestro Silvestro.

Questi se ne stava in fondo alla stanza, in piedi, le larghe spalle rivolte verso la porta. Borbottava fra sé parole rabbiose mentre si versava un boccale di vino. Lo riempí fino all'orlo e lo trangugiò in un unico sorso deciso, rovesciando la testa all'indietro, come se avesse gettato una secchiata d'acqua sopra un incendio, poi tornò a riempirsi il boccale.

— Lo infilzerò, quel maledetto idiota, se solo riprova a parlarmi in quel modo — lo sentí farfugliare Leonardo.

Incerto su quale dovesse essere la sua prossima mossa, il ragazzo rimaneva in piedi sulla soglia. Vedere e capire, gli aveva raccomandato maestro Andrea. Senza fare rumore, si mise a osservare Silvestro. Notò che i suoi vestiti, un tempo raffinati e costosi, erano stati rammendati e rattoppati piú volte. Questo faceva pensare che fosse stato un artista di successo, e che ora stesse attraversando tempi duri. Il fatto poi che gli stessero larghi indicava probabilmente che era stato piú in carne e poi era dimagrito. Forse a furia di tracannare caraffe di vino sostituendole ai pasti, pensò Leonardo.

Mentre Silvestro continuava a borbottare cupo dentro il suo boccale, il ragazzo proseguí l'ispezione. Alla sua destra c'era la scrivania, ingombra di boccette colorate, spezzoni di composizioni, barattoli di polvere e inchiostro. La sua curiosità fu subito attratta da un grande foglio che spiccava in mezzo a quella confusione e su cui c'erano strani disegni, di un tipo che non aveva mai visto.

Con passo furtivo si avvicinò ancora un po' alla scrivania. Il foglio era letteralmente ricoperto da complicati schemi con ruote dentate, carrucole, bielle, pesi e contrappesi, il tutto combinato assieme a formare un meccanismo complesso.

"È di questo che stavano discutendo quei due?" si domandò. "E se è cosí, di cosa si tratta?"

Nella sua vita aveva già visto qualche congegno che basava il proprio funzionamento su una combinazione di ingranaggi, come il mulino ad acqua che sorgeva sui terreni della sua famiglia, ad Anchiano, ma nulla che potesse dirsi davvero simile a quanto rappresentato in quel disegno. Una volta, si ricordò, aveva visto qualcosa di non troppo diverso all'interno di un costoso orologio che maestro Andrea stava decorando per uno dei suoi clienti. Ma il congegno raffigurato su quel foglio era un'altra cosa.

"Cos'avevano detto a proposito di un'opera di distruzione?"

Leonardo osservò piú attentamente lo schema, cercando di unire mentalmente le diverse componenti, pezzo per pezzo, e provando a immaginare che cosa sarebbe potuto succedere quando i pesi si fossero mossi e gli ingranaggi avessero cominciato a ruotare. Con un dito iniziò a seguire le linee di raccordo tra le diverse parti, abbozzando nell'aria i possibili movimenti del congegno. Era cosí assorto in quell'esercizio che quando sentí una mano robusta afferrarlo per la spalla fu colto totalmente di sorpresa.

— E tu chi diavolo sei?

Maestro Silvestro lo fece girare e gli lanciò un'occhiata torva, piena di diffidenza. La sua faccia rozza, dalla mascella pronunciata, era suppergiú dello stesso colore della goccia di vino che gli scendeva lungo il mento. Con la mano libera afferrò il foglio per un angolo e lo capovolse in modo che i disegni rimanessero nascosti.

— Che cosa ci fai nel mio studio, ladruncolo? — domandò.

Dalla sua bocca si sprigionava un odore di alcol cosí forte che Leonardo si sentí svenire. Provò a divincolarsi, ma le grosse dita di Silvestro non volevano saperne di lasciare la presa.

— Non sono un ladro — protestò. — Vengo da parte di maestro Andrea del Verrocchio.

— Una spia! — esclamò Silvestro. — Quel porco ti ha mandato qui per rubare i miei segreti e farli fruttare a suo vantaggio. Be', qualunque cosa tu abbia visto su quel foglio, non hai fatto un bell'affare!

Su queste parole, le dita di Silvestro affondarono ancora di piú nella sua carne, come se volessero stritolargli la spalla.

— Non sono nemmeno una spia — insistette Leonardo con la forza della disperazione. — Devo solo consegnare un messaggio.

Cosí dicendo, si tastò la tunica in cerca del foglio sigillato, e quando lo ebbe trovato lo porse all'uomo come un'offerta di pace.

Silvestro aggrottò le sopracciglia e diede un'occhiata alla lettera, ma senza prenderla. — Che cos'è? — domandò.

Leonardo esitò, immaginando che una richiesta di denaro avrebbe potuto rendere Silvestro ancora piú furioso. — Sono soltanto un modesto servitore — disse, posando con circospezione il foglio sul bordo della scrivania — e come tale non ho diritto a queste informazioni. Ma sono certo che sarà un messaggio ispirato al profondo rispetto che in molte occasioni maestro Andrea ha mostrato di nutrire per la vostra persona. Non preoccupatevi di aprire la lettera ora. Fatelo quando sarete certo di avere la tranquillità per gustarne fino in fondo i contenuti. Magari questa sera dopo cena...

Le dita di Silvestro lasciarono lentamente la presa, e Leonardo ne approfittò per indietreggiare fino alla porta. Sempre camminando all'indietro, riattraversò la bottega continuando a inchinarsi, attento però a non perdere d'occhio i due apprendisti, che lo guardavano ridacchiando. Ma quando vide Silvestro fare un passo deciso verso di lui, si voltò di scatto e raggiunse di corsa la strada.

La sua frettolosa ritirata dal desolato rione d'Oltrarno ebbe fine solo sul Ponte Vecchio, quando poté finalmente rallentare il passo, sentendosi di nuovo al sicuro. Sull'altra sponda dell'Arno si fermò a riprendere fiato appoggiato a un parapetto, lo sguardo fisso sull'acqua che scorreva lí sotto.

Quella vista lo fece tornare con la memoria a un giorno dell'anno precedente, quando era rimasto per un lungo momento appollaiato sopra una sporgenza rocciosa a strapiombo su quello stesso fiume, ma diverse miglia piú a nord. Allora aveva provato il desiderio di allargare le braccia quasi fossero ali e volare via come un uccello, lasciandosi alle spalle la pigra monotonia dei giorni trascorsi alla fattoria di famiglia. Distratto da quel sognare a occhi aperti, aveva perso l'appoggio e aveva finito per fare un tuffo involontario nelle acque del fiume. Sballottato dalla corrente, era infine riuscito ad aggrapparsi al tronco di un vecchio albero ricurvo e a tirarsi a riva. Se non avesse incontrato quell'albero, avrebbe seriamente rischiato di venire trascinato in basso dalla corrente e di morire annegato.

Il solo ricordo di quella brutta avventura fu sufficiente a fargli battere il cuore come un martello. Decise quindi di deviare dal corso del fiume e, procedendo di buon passo, si incamminò per la strada che conduceva verso il centro della città.

Piazza della Signoria era tutto un chiassoso brulicare di mercanti, giullari, politicanti e predicatori che si contendevano l'attenzione dei passanti. Una nutrita folla si era radunata davanti ai gradini del palazzo dove si riuniva la Signoria. Lí, agitando nell'aria il pugno con fare esaltato, un individuo stava tenendo un improvvisato comizio: — Questo è il bel risultato a cui ci condurranno i Medici, una guerra contro Venezia! — ammoniva con voce stridula. — E per che cosa? Per assecondare gli interessi di un arricchito figlio di un arricchito, un bandito che ha rubato il titolo di Duca di Milano!

Al nome dei Medici, dalla folla si levò un boato di disprezzo, subito seguito da urla di approvazione per le parole dell'oratore. Un uomo soltanto osò dissentire ad alta voce, ma fu immediatamente fatto tacere dai suoi vicini.

Dal lato opposto della piazza, Leonardo poteva sentire un altro oratore tessere gli elogi dei Medici fra gli applausi del suo pubblico. E per tutta la piazza si aggiravano uomini dalle voci taglienti che, con i pugni alzati, avvicinavano i passanti chiedendo la loro opinione.

Già altre volte Leonardo aveva sentito discutere animatamente in quel luogo, ma le dispute finivano di solito con qualche caraffa di buon vino e qualche allegra risata. Nelle ultime settimane, invece, avevano preso una piega violenta, e i toni si erano fatti piú minacciosi e ostili.

Queste considerazioni gli fecero tornare alla mente l'acceso scambio di battute che aveva appena ascoltato alla bottega di Silvestro. E proprio allora, come se fosse stato d'improvviso evocato da quel pensiero, scorse davanti a sé l'uomo dal mantello verde attraversare la piazza.

A quella vista rimase immobile, cercando di nascondersi dietro alcune suore vestite di nero che erano state fermate da un venditore ambulante. Quando le religiose si spostarono, si sentí sollevato nel vedere che il sinistro personaggio ora gli voltava la schiena. Si era unito a un gruppetto il cui capo era un tipo allampanato dai capelli di un rosso acceso e dal lungo naso appuntito.

"Saranno tutti coinvolti nello stesso complotto di Silvestro?" si domandò Leonardo.

Attento a non farsi riconoscere, si avvicinò un po', cercando di cogliere le loro parole. La caratteristica voce stridente dell'uomo in mantello verde spiccava su tutte le altre, ma da quella distanza non si riuscivano a distinguere le parole. Tutt'a un tratto Leonardo lo vide congedarsi con un gesto deciso della mano e dirigersi verso il lato nord della piazza.

Per un istante il ragazzo rimase incerto sul da farsi. Per quell'ora sarebbe già dovuto essere di ritorno alla bottega, ma per cosa? Per passare il resto della giornata a distendere colla di pesce sulle tele?

Vedere e capire, gli aveva raccomandato maestro Andrea. Proprio quello che avrebbe fatto. Avrebbe seguito quell'uomo e scoperto che cosa Silvestro era tanto ansioso di nascondere.

Aveva appena iniziato a pedinare lo sconosciuto, quando si vide sbarrare la strada dall'uomo dai capelli rossi. — Oh! Ecco qui un giovane pavone che si muove furtivo come un topo!

Leonardo si fermò e lo guardò di sottecchi. — Me ne stavo andando per gli affari miei — disse, dandosi una sistemata alla tunica. — Con che diritto mi intralciate il cammino?

— Con il diritto che ogni onesto cittadino di Firenze ha di difendere il pubblico interesse — rispose l'altro. Se ne stava tutto chinato in avanti, e il lungo naso appuntito si muoveva da una parte all'altra come se stesse tentando di infilzare un pesce. — Dimmi un po', giovane pavone, da che parte stai? Per il Poggio o per il Piano?

La domanda era cosí ridicola che Leonardo si sentí preso in giro. — Se volete discutere di geografia, andate a importunare qualcun altro — rispose seccamente.

Subito, vedendo i quattro amici del rosso avvicinarglisi come per accerchiarlo, si pentí di aver parlato in quel modo. Alcuni portavano dei randelli appesi alla cintura, e adesso le loro dita ne accarezzavano il manico con aria minacciosa.

— Ti ho fatto una semplice domanda — tornò a grugnire il tizio. — Stai per il Poggio o per il Piano?

Leonardo non aveva la minima idea di cosa volessero da lui, ma era evidente che non sarebbe stata una buona mossa dare la risposta sbagliata. Deglutí. — Non è una domanda da poco.

— Lui è per la valle! — si intromise una voce.

Un giovane corpulento dalla folta barba nera si fece largo a gomitate in mezzo al gruppetto. Dietro di lui veniva un tipo piú basso con una gran testa di riccioli dorati splendenti come un'aureola sul paffuto viso da cherubino.

— Cosa vuol dire che è per la valle? — chiese il rosso. — Che valle?

Il nuovo arrivato gli mise sotto il naso un pugno abbastanza grande da poterli stendere tutti in un colpo solo. — Quella che ti scaverò in mezzo alle orecchie — disse, gonfiando con un sorriso il largo torace. E mentre le sue nocche assaggiavano il cranio del tizio, con l'altro braccio cinse Leonardo per le spalle.

— Vieni via — ordinò in tono risoluto. — Ho cose migliori da farti fare che perdere tempo con questi fanfaroni.

Leonardo sorrise con sollievo. Il giovane dai riccioli d'oro era il suo amico Sandro Botticelli, l'altro era suo fratello Simone. Non appena i tre cominciarono ad allontanarsi, però, gli uomini del rosso si fecero sotto bloccando loro la strada.

Uno sfilò il randello e lo agitò in direzione di Simone. Questi glielo strappò di mano e lo colpí nello stomaco, lasciandolo senza fiato. Il rosso e gli altri risposero con una pioggia di insulti, ma nessuno sembrava intenzionato ad affrontare quella montagna di muscoli, tanto meno ora che Simone era armato.

Leonardo, aspettandosi un nuovo attacco, lanciava fulminee occhiate a destra e a sinistra. Con la coda dell'occhio vide che altre persone stavano venendo verso di loro, urlando parole di sfida e di minaccia.

— Che cosa sta succedendo? I leccapiedi di Pitti sono in cerca di guai?

— Li rimetteremo al loro posto!

— Forza, fateci vedere di cosa siete capaci, servi dei Medici!

I sostenitori delle due parti in lotta iniziarono a spingersi e strattonarsi gli uni con gli altri, trascinando nel tumulto Leonardo e i suoi amici come navi sballottate dalla tempesta. Qualcuno tentò un allungo verso Simone, che non si fece sorprendere e atterrò l'aggressore con un pugno.

— Dobbiamo andarcene da qui! — esclamò Sandro mentre una pietra gli volava sopra la testa.

— Sí, ma come? — domandò Leonardo.

Proprio in quel momento una voce si impose con forza sopra tutto quel chiasso: — Largo! Largo! Fate passare o vi arresto tutti!

— Via, via! Liberate il passaggio! — si sentí ruggire un'altra voce.

Entrambe avevano un accento straniero, tedesco o ungherese. Leonardo alzò la testa e vide un plotoncino di uomini in uniforme aprirsi un varco fra le due parti.

— Grazie a Dio! — sospirò Sandro. — È la guardia cittadina!

Gli uomini della sorveglianza erano tutti mercenari stranieri agli ordini di un capitano anch'esso reclutato fuori Firenze. Questo per garantire che le forze dell'ordine non avessero legami di alcun tipo con nessuna delle famiglie o delle fazioni che si contendevano il potere in città.

— Forza, andiamocene! — ordinò Simone afferrando gli altri due per il braccio e trascinandoli in mezzo alla folla.

Fortunatamente, grazie all'intervento delle guardie che spintonavano via tutti fermando quelli che facevano resistenza, le due bande iniziarono a disperdersi. Non appena furono usciti dalla calca, Leonardo tirò un sospiro di sollievo.

— Vuoi sempre fare piú del necessario, Simone — disse Sandro scuotendo la testa. — Che bisogno c'era di andare a provocarli? Non ti bastava mettere in salvo Leonardo?

— Ah! — replicò lui con aria di scherno. — Non correvamo nessun rischio con quei mentecatti.

I due fratelli erano completamente diversi, salvo che per il loro aspetto corpulento, grazie al quale si erano meritati quel soprannome di Botticelli, piccole botti. Ma Simone era piú muscoloso di Sandro.

Sandro era uno dei giovani artisti che venivano alla bottega di maestro Andrea per fargli da assistente. Era cosí che Leonardo lo aveva conosciuto ed era diventato suo amico. Piú volte era stato ospite a pranzo della sua allegra e chiassosa famiglia, facendo la conoscenza anche dei genitori, dei suoi tre fratelli e delle loro mogli.

— Che cosa volevano dire con quella storia del Poggio e del Piano? — chiese.

— Pitti e i suoi compari formano la cosiddetta fazione del Poggio — spiegò Simone — per via di quel palazzone che si sta costruendo Luca Pitti in Oltrarno, sui fianchi della collina.

— E il Piano?

— Quella è la fazione che fa capo alla famiglia Medici, il cui palazzo sorge da questa parte del fiume, sulla pianeggiante Via Larga. E a quanto pare, ogni cittadino è tenuto a parteggiare per una fazione o per l'altra. Ridicolo, non ti pare?

— Pericoloso piuttosto, direi — osservò Leonardo. — È stata veramente una fortuna che siate passati di lí.

— Già. Ero andato a prendere mio fratello in casa della ricca famiglia Donati — disse Simone accompagnando quelle parole con una strizzatina d'occhio.

Solo allora Leonardo si accorse che Sandro aveva con sé in una borsa tutto il necessario per dipingere. — E cosa ci facevi in casa dei Donati? — domandò.

— Mi è stato commissionato un dipinto — dichiarò Sandro, raggiante d'orgoglio. — Mi hanno chiesto di fare il ritratto di Lucrezia Donati.

— La piú bella donna di tutta Firenze! — esclamò allegramente Simone dando al fratello un colpetto di gomito.

— Lucrezia Donati! — esclamò a sua volta Leonardo. — Ho sentito parlare di tornei in suo onore!

Sandro assunse un'espressione sognante, alzando al cielo gli ardenti occhi azzurri come davanti a una visione. — Lei è l'ideale della femminilità fatto persona. Le parole non riescono a esprimere tanta bellezza, solo l'abilità e la passione di un artista devoto possono farlo.

— Ma — osservò l'amico con aria incredula — tu hai da poco terminato il tuo apprendistato presso la bottega di Fra Lippi, il tuo maestro. Come hai fatto a procurarti una commissione tanto importante?

— Lucrezia è la donna per cui batte il cuore di Lorenzo de' Medici, il figlio dell'uomo piú importante di Firenze — spiegò Sandro. — Spesso deve recarsi fuori città come ambasciatore, e ha espresso il desiderio di poter avere un piccolo ritratto di Lucrezia da portare ovunque con sé. Vuole che sia completato prima della sua partenza per Napoli, che avverrà fra pochi giorni.

— Sí, ma come è arrivato a te? — lo incalzò Leonardo.

Sandro corrugò per un istante la fronte, come infastidito dall'interruzione, poi proseguí: — Lorenzo è andato alla bottega di Fra Lippi, pensando di commissionare il ritratto a quello che è stato il mio maestro, ma Fra Lippi aveva già molto lavoro e non avrebbe potuto consegnarglielo a breve, cosí gli ha indicato me. Sono stato convocato in casa Medici per mostrare a Lorenzo qualcuno dei miei lavori, e lui è rimasto abbastanza ben impressionato da decidersi a ordinarmi il ritratto.

— Vorrei avere anch'io un po' della tua fortuna —

commentò Leonardo con una smorfia di sconforto. — Nel mio futuro, ora come ora, non vedo che noiosi esercizi e lavoretti di nessuna soddisfazione.

— Verrà anche il tuo momento — lo rassicurò Sandro. — Dopotutto, hai appena iniziato il tuo apprendistato.

— E in attesa che venga il tuo momento — si intromise Simone — abbiamo qualcosa di importante da fare.

Cosí dicendo, posò una mano sulla spalla di Leonardo e prese ad allontanarsi dalla piazza.

— Ma il mio maestro... — protestò Leonardo riprendendo la direzione di Via dell'Agnolo.

— Può fare a meno di te ancora per un po' — completò la frase Simone. — Io e i miei amici siamo a corto di manodopera, e ho bisogno di te e di Sandro per salvare la giornata. In fretta, siamo già in ritardo.

— In ritardo per che cosa? — chiese Leonardo.

— Per uno scontro all'ultimo sangue — rispose Simone con un sorrisetto divertito.

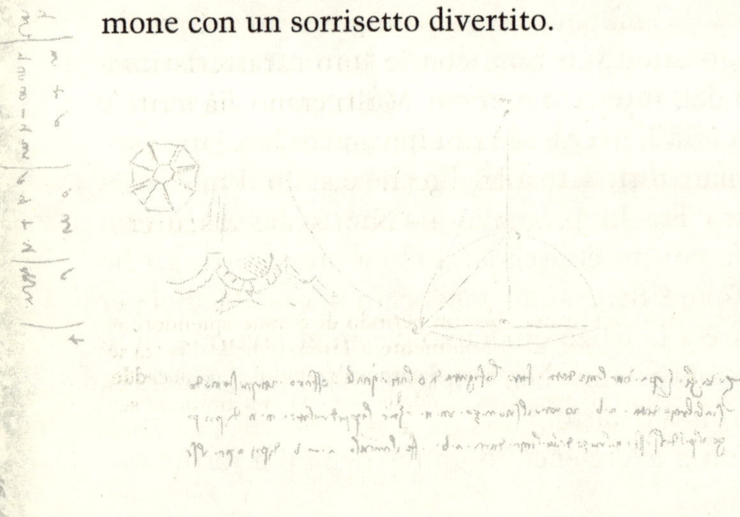

4

Il Leone di Anchiano

Leonardo venne trascinato in mezzo al campo di calcio[1], e a nulla servirono le sue proteste: avrebbe almeno voluto potersi cambiare i vestiti!

— Non c'è tempo — tagliò corto Simone. — La partita è già cominciata e i lanaioli sono piú di noi. Hai già giocato altre volte, vero?

— Ho dato qualche calcio a una palla quando abitavo ancora al villaggio — rispose lui — ma mai in una vera partita.

Il campo era ritagliato nella parte ovest della città, all'interno delle mura, stretto tra un frutteto e un mattatoio. Ogni squadra era composta all'incirca da trenta giocatori, gli orafi con le loro caratteristiche fasce gialle, i lanaioli in rosso. Molti erano già feriti o pieni di lividi, ma non la smettevano di lanciarsi provocazioni a base di insulti e gesti osceni.

Sandro avvertí Leonardo: — Non serve discutere.

[1]Il gioco del calcio fiorentino ebbe un periodo di grande splendore al tempo dei Medici. Si giocava abitualmente a Firenze, nella Piazza di Santa Croce, dalle calende di gennaio al carnevale. Poi il gioco decadde, e oggi si rinnova tutti gli anni in Piazza della Signoria, nel giorno di san Giovanni o in altre occasioni. Le regole e le caratteristiche ricordano piú il rugby che non il moderno gioco del calcio. Il gol veniva chiamato caccia.

Quando c'è di mezzo una partita con i lanaioli, a Simone interessa una sola cosa: vincere.

— E come si vince? — si informò l'amico, visibilmente a disagio.

— Mettendo la palla al di là della linea di fondo degli avversari — spiegò Sandro con un'alzata di spalle. — Questo è tutto quello che sono riuscito a capirci. Se fosse per me non sarei certo qui, ma un fratello è sempre un fratello.

Con un coro di rudi acclamazioni, la squadra degli orafi si avvicinò ai fratelli Botticelli. — Era ora che arrivassi, Simone. Siamo già sotto di una caccia.

— Niente paura, ragazzi — li rassicurò Simone dando a Leonardo una pacca sulla spalla. — Mi sono portato un'arma segreta. Questo è Leonardo da Vinci, il giocatore piú rapido e astuto che mai abbia calciato una palla.

— Si direbbe uno che sa il fatto suo — commentò qualcuno.

— Ma sembra vestito per fare la corte a qualche gran dama piú che per giocare a calcio — scherzò un giovane dall'aria scattante con una gran zazzera di riccioli neri. Le sue parole furono seguite da uno scroscio di grossolane risate.

— Non farti ingannare dall'aspetto, Jacopo — ammoní Simone. — È uno che ha stoffa, non è quel pulcino bagnato che sembra. Sa lavorare la pietra, il metallo e il legno. Al suo villaggio lo chiamavano il Leone di Anchiano.

Un boato di urla selvagge salutò la palla che giungeva in quel momento volteggiando dall'estremità opposta del campo. Prima che toccasse il suolo, le due squadre si scagliarono all'attacco.

— Che cos'è quella storia del Leone di Anchiano? — chiese Leonardo affiancando Simone.

L'altro sorrise mostrando i denti. — Ti ho creato una reputazione. Adesso tutto quello che devi fare è mostrartene all'altezza. Afferra la palla e corri senza mollarla, se ci riesci. Altrimenti calciala in aria verso uno dei nostri.

Il violento impatto fra le due squadre fu sottolineato da una specie di ruggito. Leonardo si sentí spostare di peso come un fuscello. Poi arrivarono i calci e le dita negli occhi. Venne spinto, preso a gomitate, a ginocchiate, a pugni, perfino schiaffeggiato.

L'impressione era che uno degli scopi non dichiarati del gioco fosse quello di procurare il massimo di lesioni alla squadra avversaria o, perlomeno, il massimo concesso dalle regole, che sembravano piuttosto permissive. Piú di una volta Leonardo venne scaraventato a terra a suon di pugni e dovette mettersi in salvo strisciando per evitare di finire calpestato. Ma presto imparò a ricambiare i colpi, e quando si ritrovò coinvolto nell'ennesima mischia riuscí, a suon di spintoni, ad afferrare la palla.

Per qualche istante rimase sua, poi uno dei compagni gliela strappò di mano e la calciò in aria. Con un balzo, l'agile Jacopo andò a intercettarla alla fine della parabola e si lanciò verso la linea di fondo avversaria. Tutti si scagliarono al suo inseguimento. Anche Leonardo si uní alla corsa, sostenendo con grida di incoraggiamento il compagno di squadra. Jacopo continuò a galoppare a tutta velocità, balzando infine oltre la linea con tre passi abbondanti di vantaggio sui suoi inseguitori.

Un boato di entusiasmo si alzò dalla squadra degli orafi. Con il punteggio ora rimesso in parità, entrambe le squadre si raggrupparono al centro del campo per riprendere il gioco.

Nel corso di quel breve intervallo, Leonardo scoprí con orrore che la sua bella camicia di raso e la calzamaglia scarlatta erano irreparabilmente infangate e strappate. E perfino in un momento come quello, mentre era tutto preso a contemplare le macchie d'erba sulle ginocchia, un avversario, affiancandolo da dietro, riuscí a colpirlo con una gomitata.

— Non è piú cosí bello, adesso, ti pare?

Sentendosi avvampare d'ira, a lunghi passi Leonardo raggiunse il centro del campo.

Mentre si aspettava il calcio d'inizio, Sandro lo avvicinò, il viso da cherubino risplendente di un rosso acceso sotto la vaporosa massa di riccioli dorati. — Troppi pasticcini — ansimò sconfortato.

Prima che Leonardo potesse rispondergli, la palla era nuovamente in gioco. Assetato di vendetta, il Leone di Anchiano si lanciò nella mischia. Un'altra caccia, e il risultato sarebbe stato assicurato.

Sul piú bello della mischia, la palla schizzò fuori dalla massa di corpi avvinghiati, e dopo aver raggiunto l'apice della traiettoria ricadde inaspettatamente fra le braccia di Sandro. In preda a un improvviso sgomento, il giovane rimase immobile. Ululando e strepitando, i lanaioli mossero verso di lui, stringendolo in cerchio come lupi sulla preda.

Dall'altra parte del campo, Simone agitava freneticamente le braccia chiamando la palla.

— Calciala via! — urlò Leonardo, correndo in aiuto dell'amico.

Sandro rimaneva sul posto, come paralizzato, mentre ormai le mani fameliche dei lanaioli gli erano quasi addosso. Una frazione di secondo prima che fosse troppo tardi, Leonardo riuscí a strappare la palla al compagno e, dopo aver schivato con una finta il branco avversario, con le ultime forze la calciò verso il cielo.

Con un balzo Simone la afferrò. Un istante dopo, Leonardo e Sandro sparirono sotto una valanga di corpi. Schiacciato sotto tutto quel peso, Leonardo lottava in cerca d'aria facendosi largo come poteva nell'oscurità impregnata di sudore. Poi, da qualche parte in mezzo a quella bolgia di grugniti e imprecazioni, sentí il richiamo debole e sofferente di Sandro.

In quel momento un poderoso urlo di trionfo risuonò per tutto il campo.

Simone aveva segnato la caccia della vittoria.

A uno a uno i giocatori vennero trascinati via da quella soffocante ammucchiata, liberando le due vittime intrappolate sotto. Ancora un po' stordito, tutto rosso e ansimante, Leonardo venne tirato fuori per un piede. I compagni di squadra gli si accalcarono intorno stringendogli la mano e dandogli grandi colpi sulle spalle. L'inaspettata soddisfazione di ritrovarsi festeggiato come un eroe allontanò momentaneamente il triste pensiero dei suoi vestiti sciupati.

— Tirati su, Sandro, abbiamo vinto!

Ma Sandro rimaneva raggomitolato al suolo, tenendosi stretto il polso della mano destra e si lamentava: — No, no, no, io ho perso. Io ho perso tutto!

A casa Botticelli, la madre di Sandro avvolse una benda attorno al polso indolenzito del figlio, continuando per tutto il tempo della medicazione a borbottare fra sé con aria risentita. Quando diede la stretta finale alla fasciatura, Sandro si ritrasse leggermente. La donna si alzò, indietreggiò di qualche passo e rimase a contemplare il lavoro. All'interno della fasciatura c'era un impiastro di ortiche cotte e aceto dal quale si alzava un odore pungente.

— Ora devi tenere il braccio a riposo — avvertí. — Io vado in cucina a prepararti un brodo di porri e piedini di maiale. Vedrai che ti farà tornare un po' di colore.

Sandro rimase a fissare in silenzio la benda chiazzata di verde e arricciò il naso.

— Sono sicuro che gli farà bene — disse Leonardo educatamente. E soggiunse fra sé: "Se riesce a sopravvivere."

La donna scappò via, lasciando i due giovani soli per la prima volta dopo la fine della partita. Solo da poco, dopo avere completato il suo apprendistato con Fra Filippo Lippi, Sandro si era messo a lavorare in proprio. In attesa che potesse permettersi di aprire una bottega per conto proprio, il padre lo aveva autorizzato a utilizzare come studio una delle stanze sul retro della casa, abitualmente sfruttate come ripostigli.

Era proprio in quella stanza che se ne stavano seduti ora, circondati da disegni di santi, centauri, madonne, satiri e angeli, sparsi su tutte le pareti.

— Che maledetta sfortuna hai avuto... — mormorò Leonardo in tono affettuoso. — Proprio a te dovevano calpestare il braccio!

Sandro alzò lentamente gli occhi blu, quasi non volesse tornare a guardare un mondo che aveva dato prova di essere cosí crudele con lui. — Chissà quanto ci vorrà prima che possa tornare a tenere in mano un pennello... — gemette. — Stavo per salire il primo gradino sulla scala del successo, e ora il piolo si è spezzato sotto il mio piede.

Ascoltando quelle parole, Leonardo provò una stretta al cuore. Vedere il gioioso e spensierato Sandro cosí inconsolabilmente abbattuto era come vedere il sole oscurato da un'eclissi. — Forse Lorenzo potrebbe aspettare ancora un po' per il suo ritratto... — provò a suggerire.

— Ti ho già detto che vuole che sia pronto prima di partire per Napoli, la settimana prossima — sospirò l'amico. — E i signori di ricca famiglia come i Medici sono abituati a ottenere sempre quello che vogliono.

Leonardo assentí in silenzio, comprendendo perfettamente quello che Sandro voleva dire. Anche suo padre aveva sempre affermato che non bisognava mai creare difficoltà alle persone ricche e potenti. — Ci saranno altri clienti, Sandro.

— Lo credi davvero? Altri clienti per un artista che alla prima commissione non è stato in grado di mantenere il suo impegno? No, questa sarà la mia rovina. Sarebbe stato meglio che rimanessi in Piazza della Signoria a vedermela con i ruffiani di Pitti.

Quell'allusione ai disordini in piazza rimise in movimento tutta una serie di pensieri che nella mente di Leonardo erano stati come sommersi dal rapido succedersi degli eventi, rimanendo però sempre in qualche modo presenti come un imprecisato disturbo sullo sfondo.

— Sandro, mi ricordo male o Simone ha detto che i sostenitori dei Medici vengono chiamati la fazione del Piano?

— Piano, lago, montagna... Che differenza vuoi che faccia per me? — balbettò lui svogliatamente.

«La nostra opera di distruzione travolgerà il piano» aveva detto Silvestro. E Leonardo era sicuro che quella frase avesse qualcosa a che vedere con il congegno di cui aveva visto i disegni.

Chiudendo gli occhi, provò a richiamare alla mente l'immagine dello studio di Silvestro. Da sempre, per quanto era in grado di ricordare, aveva posseduto il dono di saper mettere a fuoco nella memoria ogni particolare di un'immagine che aveva avuto davanti agli occhi. Ora si posizionò idealmente all'interno dello studio e avanzò verso la scrivania. Davanti a sé rivide quel disegno, preciso in ogni singolo dettaglio, ma ancora sfuggente nell'insieme, e soprattutto indecifrabile per quanto concerneva le possibili applicazioni. Per poterlo studiare meglio, avrebbe dovuto farne una copia.

Alzandosi dalla sedia, con passo un po' incerto si

avvicinò a una pila di fogli da disegno. — Sandro, puoi prestarmi qualcuno di questi fogli?

— Fa' pure — bofonchiò l'amico, massaggiandosi il polso acciaccato.

Leonardo prese un foglio e lo posò sopra un tavolo accanto alla finestra. Poi, afferrato un pezzo di carboncino da un barattolo, iniziò a tratteggiare. Un ingranaggio qui, una ruota là, una funicella sopra, un contrappeso sotto... Sí, ci assomigliava parecchio. E mentre la macchina prendeva forma sul foglio, un progetto prendeva corpo nella sua mente.

«Quando ti si presenta un'occasione, afferrala al volo prima che qualcun altro te la soffi sotto il naso» gli aveva sempre ripetuto suo padre.

— Sandro, sai quella scala del successo di cui parlavi prima? Cosa ne diresti, invece di salire un gradino alla volta, di ritrovarti in cima in un colpo solo?

L'amico gli lanciò uno sguardo accorato. — Che cosa vuoi dire?

Leonardo prese il foglio e glielo mise davanti agli occhi. — Guarda, questa è la riproduzione di un disegno che ho visto oggi nello studio di maestro Silvestro. Quell'uomo è coinvolto in qualche complotto contro i Medici, ne sono certo. — E gli riferí quello che aveva sentito attraverso la porta e di come lo sconosciuto dal mantello verde gli fosse poi ricomparso davanti in Piazza della Signoria.

— Qui vedo solo un gran mucchio di aste, ruote e ingranaggi — protestò Sandro scorrendo pigramente il disegno. — Niente che possa costituire una minaccia per nessuno.

— Ascolta: supponi che i Medici siano in qualche modo in pericolo. Non sarebbero forse piú che riconoscenti verso chiunque riuscisse a metterli in guardia per tempo? E non è forse lecito immaginare che ripagherebbero costui, o costoro, con una lunga serie di incarichi ben retribuiti per tutto il corso della loro vita? Per te non ci sarebbero piú pioli spezzati con cui dover fare i conti.

"Né sfacchinate per me alla bottega di maestro Andrea" pensò Leonardo. Avrebbe potuto approfittare della gratitudine dei Medici per ottenere una commissione tutta per sé!

— E per quale ragione dovrebbero prendere sul serio i nostri avvertimenti? — obiettò Sandro. — Tu non sei che un semplice apprendista, e quanto a me, dovrò già considerarmi fortunato se non mi sbatteranno in prigione per aver rotto il contratto!

— Ti arrendi troppo facilmente, tu — lo rimproverò Leonardo. — Il contratto non è ancora rotto. Ci dev'essere qualcosa che puoi fare.

Sandro rimase un momento pensieroso, poi si illuminò. — Sí, hai ragione! — esclamò balzando in piedi. — Per prima cosa andrò in chiesa, alla Cappella degli Innocenti, e pregherò perché Lorenzo si buschi qualche malattia fino a quando non sarò tornato in grado di dipingere. Ma no... — e qui si diede una grande manata sulla fronte — che cosa sto dicendo? Che razza di cristiano sono per desiderare la malattia di chi mi ha offerto un lavoro? No, non va! Meglio allora, piuttosto, un piccolo litigio fra Lorenzo e Lucrezia, giusto il tempo che io mi rimetta...

Leonardo ripiegò il foglio con il disegno e lo ripose nella tasca interna della tunica. — Sandro, sei completamente privo di senso pratico, come al solito. L'unica cosa di cui hai davvero bisogno è trovare qualcuno che ti aiuti a finire il ritratto.

— Ah, la metti giú facile tu — sospirò l'amico. — Quale artista degno di questo nome accetterebbe di lavorare nell'ombra, lasciando che sia un altro a firmare la sua opera?

Leonardo gli posò una mano sulla spalla. — Forse nessun artista, ma un apprendista sí — annunciò con un sorriso. E, sottolineando con intenzione ogni parola, soggiunse: — Un apprendista di grande talento.

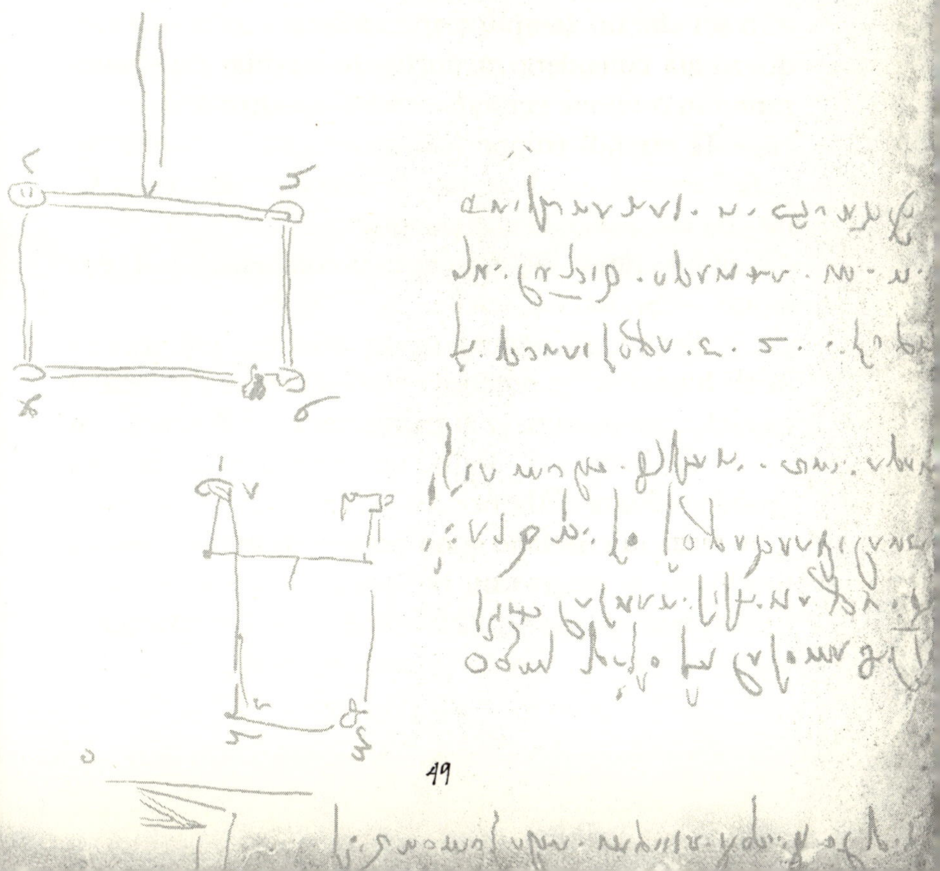

5
Un uccello in volo

Il giorno seguente, appena uscito dalla bottega, Leonardo incappò in un'imboscata. Aveva percorso sí e no una ventina di metri giú per Via dell'Agnolo, quando si sentí afferrare e trascinare nell'oscuro vicoletto che costeggiava la bottega del calderaio.

Prima che potesse chiamare aiuto, il palmo di una mano sudicia gli si stampò sulla bocca. E mentre qualcuno, da dietro, gli teneva le braccia immobilizzate lungo i fianchi, il suo occhio sinistro percepí un bagliore metallico.

Era uno scalpello, affilato e lavorato fino a ottenerne una lama tagliente come quella di un rasoio.

— Se ci tieni alla vita, non ti conviene fare l'eroe — sibilò una voce.

Leonardo la riconobbe: era quella dell'apprendista di Silvestro, il Brufoloso. Dalla sua bocca uscivano zaffate d'aglio miste a puzza di pesce. Il Pidocchioso probabilmente era quello che, da dietro, gli teneva ferme le braccia.

Il Brufoloso gli liberò la bocca, continuando però a tenerlo sotto la minaccia dello scalpello, che brandiva cosí vicino al suo viso da potergli tranquillamente aprire una guancia in due, se avesse provato a chiamare aiuto. Con l'altra mano iniziò a frugare nella cartella di cuoio che Leonardo teneva legata alla cintura.

— Cos'ha lí dentro? — chiese il Pidocchioso.

— Solita roba: pennelli, spatole, stracci... — rispose il Brufoloso. Poi, squadrando Leonardo da capo a piedi, soggiunse: — Oggi a quanto pare non ti sei messo in ghingheri, eh, Leonardo da Vinci?

— Qualcuno si è fregato il tuo bel completino? — lo stuzzicò il Pidocchioso.

Leonardo quella mattina si era vestito con i tristi abiti da lavoro che indossava quando era arrivato a Firenze, in attesa che i suoi vestiti eleganti venissero lavati e rammendati dopo le disavventure del giorno prima. Deciso a difendere la propria rispettabilità, replicò con una certa durezza: — Mi vesto bene solo in occasioni speciali.

— Come per andare a far visita al vecchio Silvestro, vuoi dire? — lo schernì il Pidocchioso.

— Eccoci al punto — si inserí il Brufoloso. — Quando sei entrato nello studio di maestro Silvestro non hai visto niente, vero?

Leonardo si sentiva sulle spine. — Non so di cosa stiate parlando. Ero lí solo per consegnare un messaggio da parte del mio maestro.

— Oh, sí, certo, la nota di spesa — ridacchiò il Pidocchioso. — Il vecchio Silvestro per poco non strangolava sua nonna quando l'ha vista.

— Ed era ancora piú infuriato quando gli abbiamo detto che ti abbiamo notato ficcanasare a destra e a manca — ci tenne a precisare il Brufoloso. — Ha fatto avvertire il suo cliente.

— Ora, si dà il caso che questo cliente non abbia alcuna simpatia per le persone che ficcano il naso nelle sue faccende — proseguí l'altro. — Ha detto a Silvestro di occuparsi lui della faccenda.

Il Brufoloso lanciò a Leonardo un'occhiata cattiva. — Perciò, eccoci qua.

E, afferrandolo per un lembo della casacca, gli premette lo scalpello contro la guancia.

Leonardo deglutí a fatica. La copia dei disegni di Silvestro, tutta ripiegata, era dentro una tasca interna della casacca, pericolosamente vicina alla mano del tizio stretta sul suo vestito. Aveva passato una buona metà della notte a perfezionare quei disegni, prendendo in prestito a Gabriello una delle sue candele.

— Il lavoro di un artista è una faccenda riservata — disse il Brufoloso. — Lo capisci?

Leonardo non poteva annuire senza correre il rischio di tagliarsi la faccia. — Sí, lo capisco — mormorò in un soffio.

— Che cosa hai visto?

— Niente — rispose in tono mansueto, mentre sentiva il suo cuore battere contro il foglio ripiegato nella casacca.

Il Brufoloso mollò la presa e con la mano gli diede un buffetto in testa come si fa con un bravo cane. — Proprio cosí, molto bene. Non hai visto niente, non sai niente e non ricordi niente.

Con la lama dello scalpello ancora vicinissima alla faccia, per un momento Leonardo desiderò che le cose stessero davvero cosí.

Con un gesto il Brufoloso ordinò al compagno di

lasciargli le braccia. Poi, ridendosela sotto i baffi, i due si dileguarono veloci in mezzo alla folla che transitava per Via dell'Agnolo.

Leonardo si lasciò cadere con la schiena contro il muro e con la mano andò istintivamente a toccarsi la guancia, come per verificare che fosse ancora tutta intera. Le cose stavano prendendo una piega piú pericolosa di quanto avesse previsto. Aveva senso mettere in pericolo la propria vita solo per riuscire a entrare nelle grazie dei Medici? No, soltanto un pazzo poteva correre il rischio di fare la fine del sorcio, rimanendo intrappolato in quella lotta per il potere.

Con una mano fece pressione sulla casacca all'altezza del foglio ripiegato. Forse avrebbe dovuto bruciarlo prima che Silvestro e i suoi amici scoprissero che aveva fatto una copia del loro disegno. Eppure no, non poteva fare a meno di provare la sensazione che lí ci fosse la chiave del suo futuro, un'opportunità da afferrare per entrare a far parte di un mondo piú eletto.

Il suono della campana di una chiesa vicina lo riportò al presente. Era già in ritardo. Ci sarebbe stato tempo piú avanti per rimettere un po' di ordine nei suoi progetti. Con uno scatto balzò letteralmente fuori dal vicolo e, sempre continuando a correre, percorse la strada che portava al mercato.

Sandro era già sul luogo dell'appuntamento: di fianco alla statua dell'Abbondanza, nel cuore del Mercato Vecchio di Firenze. — Dove sei stato? — domandò, vedendolo spuntare tra la folla. — Sono secoli che aspetto.

Leonardo dovette alzare la voce per farsi sentire in mezzo allo schiamazzo delle contrattazioni. — Non potevo lasciare la bottega prima di aver finito tutti i lavori per maestro Andrea — rispose. Aveva deciso di non fare parola del suo incontro con gli apprendisti di Silvestro prima di avere preso una decisione sul da farsi.

I due amici erano circondati dai banconi dei macellai, assediati da nugoli di insetti attratti dall'odore della carne cruda. Con la mano malata, Sandro colpí una mosca facendola volare via. — Dunque ho riflettuto sul tuo piano — disse — e non mi ha fatto bene allo stomaco. Ogni volta che ci penso, lo sento bruciare come se ci si rivoltasse dentro un esercito di ricci.

E cosí dicendo si incamminò, facendosi goffamente strada fra due venditori impegnati in una lite furibonda. Leonardo procedeva a zigzag in mezzo alla folla, cercando di non perdere di vista l'amico.

— C'è una cosa di cui dobbiamo discutere prima — disse, tornando a farsi sotto. — Il mio compenso.

Sandro si fermò. Adesso erano davanti alla bancarella di un pescivendolo, con una ricca esposizione di trote, lucci e anguille. Gli occhi dei pesci erano spalancati, e cosí le loro bocche, quasi mostrassero ancora la sorpresa per essere stati pescati.

— Il tuo compenso? — chiese Sandro con un'espressione molto simile a quella dei pesci.

— Perché sei cosí meravigliato? Non mi dirai che lavori per niente.

— Cosa c'entra? Io sono un artista, tu sei solo un apprendista.

— Apprendista o no, quello che mi preparo a fare è un lavoro professionale — ribatté Leonardo nel tono piú ragionevole che riuscí a trovare. — Maestro Andrea dice che il denaro è l'anima dell'arte.

— Fra amici non bisognerebbe mai discutere di soldi — replicò Sandro, rimettendosi in cammino. — Il denaro è il veleno che fa appassire il fiore dell'affetto.

— E questo cosa dovrebbe essere? Un proverbio?

L'altro alzò le spalle. — È quello che mi dicono sempre i miei fratelli quando cerco di farmi prestare dei soldi.

Ora stavano costeggiando la bancarella di un venditore di uccelli, con una pila di gabbie accatastate una sopra l'altra come mattoni. In cima c'era un'allodola che sbatteva freneticamente le ali contro le sbarre della gabbia, come impazzita. Sentirsi cosí vicina al cielo doveva rendere la sua prigionia ancora piú insopportabile.

Leonardo sapeva che cosa stava provando quell'allodola. — Ho un'idea su come si potrebbe sistemare la faccenda del compenso — suggerí. — Perché non mi fai un bel regalo?

— Sí, forse questa potrebbe essere la strada giusta — convenne Sandro. — Diciamo un regalino.

— D'accordo. Quell'uccello — indicò prontamente Leonardo.

Sandro inclinò un po' la testa, lanciando all'allodola un'occhiata poco convinta. — Non mi pare cosí bello.

— Ascolta, tu regalami l'uccello, e io mi riterrò soddisfatto.

— Quello viene sei soldi — si intromise il venditore allungando la mano.

— Sei soldi! Ma è una pazzia! — protestò Sandro.

— Vuoi passare il resto della giornata a discutere — domandò Leonardo — o preferisci arrivare alla Torre Donati prima che faccia troppo buio per dipingere?

Sospirando, Sandro infilò una mano nella borsa. Con grande cautela, contandole una a una, tirò fuori le monete e le mise in mano al mercante.

— Spero tu sia consapevole di avermi mandato in rovina.

— Non preoccuparti — lo tranquillizzò Leonardo tirando giú la gabbia dalla pila. — Presto sarai abbastanza ricco e famoso da poterti comprare qualche migliaio di uccelli come questo.

La gabbia era chiusa con un semplice anello di metallo che Leonardo fece scorrere all'insú, aprendo lo sportellino. L'allodola balzò sul palmo aperto della sua mano.

— Ma cosa stai facendo?! — esclamò Sandro allibito. — Cosí la fai...

L'allodola volò via. Prontamente Leonardo tirò fuori dalla casacca il foglio ripiegato con il famoso disegno, e sull'altro lato eseguí una serie di rapidi schizzi dell'uccello mentre si alzava in volo. L'allodola prese quota librandosi nell'aria, con estrema grazia, fino a scomparire dietro la cupola del Duomo, la cattedrale di Firenze.

— Quelli sono i miei soldi che volano via! — protestò Sandro.

Leonardo restò un attimo a rimirare il proprio lavoro. — A che ti serve avere un uccello se non lo puoi osservare mentre vola?

Sandro diede una sbirciata al foglio. In quei pochi istanti, Leonardo aveva tracciato una serie di fulminei disegni dell'uccello in volo, abbozzando la sequenza dei movimenti delle ali e della coda mentre lo perdeva di vista oltre la linea dei tetti.

— Come hai fatto a vedere tutte queste cose? — si meravigliò. — Andava troppo veloce!

— No, non per chi sa guardare con attenzione — replicò Leonardo. Con il pezzo di carboncino che aveva ancora in mano si toccò la tempia. — Ogni cosa che vedo rimane immagazzinata qui dentro. Ho un intero serbatoio di immagini nella testa.

— Ma non c'è bisogno di tante complicazioni per dipingere un uccello — osservò Sandro.

— Non è il dipingere che mi interessa. Io voglio capire come fa a volare.

— Vola perché è quello che deve fare. Un uccello è fatto per volare nell'aria, un pesce è fatto per nuotare nel mare e un uomo è fatto per camminare sulla terra.

— E un apprendista è fatto per rimanere al suo posto — soggiunse Leonardo parlando sottovoce. — Be', staremo a vedere.

Non impiegarono molto per raggiungere la Torre Donati, un'alta fortezza in pietra giallognola. Sandro afferrò il battente d'ottone a forma di testa di drago e picchiò tre colpi alla porta. Venne ad aprire un uomo grassoccio dall'aria poco simpatica, vestito di una giubba color cremisi, che con modi bruschi fece loro segno di avanzare.

— È Tommaso, il ciambellano — sussurrò Sandro all'orecchio di Leonardo. Poi, rivolto all'uomo: — Questo è il mio assistente Leonardo da Vinci. La vostra padrona è pronta per la seduta?

Tommaso fece un passo indietro e chiamò forte: — Fresina!

Una ragazza di circa tredici anni spuntò sgambettando da una stanza sul retro. Aveva un viso sottile, lunghi capelli biondi raccolti in trecce, e portava la caratteristica veste grigia degli schiavi.

— Fresina, va' dalla tua padrona — le ordinò Tommaso — e dille che i pittori sono qui.

Pronunciò la parola "pittori" con un tono quasi disgustato, come se stesse annunciando che era arrivato il carro con il letame per il giardino.

La ragazza fece un cenno col capo e si affrettò verso l'interno della casa.

— Immagino che conosciate la strada — disse Tommaso a Sandro.

— Si comporta come se fosse il padrone di casa — osservò Leonardo mentre l'amico lo guidava su per una scalinata.

— Noi artisti rappresentiamo una categoria insignificante se confrontati con i banchieri, i mercanti e i fabbricanti di stoffe che esercitano la loro professione in città — spiegò Sandro. — Il nostro compito è solo quello di assecondare i bisogni dei ricchi, e in questo senso non c'è nulla che ci renda diversi da un cuoco o da un sarto.

Giunti all'ultimo piano, entrarono in un'ampia stanza tagliata diagonalmente dal sole che filtrava dalla finestra volta verso occidente, e interamente rivestita di pannelli in lucente legno di quercia. A uno dei muri era appeso un arazzo che riproduceva le *Fatiche di Ercole*, e sotto la finestra c'era una grande cassapanca decorata con scene di caccia al cervo.

Piú o meno al centro della stanza era sistemato un cavalletto, e sul cavalletto era posato un piccolo ritratto di una trentina di centimetri di lato. Leonardo si avvicinò a osservarlo. I capelli castani, pettinati all'ultima moda, erano quasi finiti, e cosí pure le delicate orecchie. Le sopracciglia erano state soltanto abbozzate, e con tratto ancora piú incerto erano state tracciate le linee del naso. Il resto della faccia era ancora bianco.

— Eccellente, almeno per adesso — commentò.

— Qualunque cosa tu faccia, non me lo rovinare — disse Sandro, visibilmente preoccupato. — Sforzati di seguire il mio stile. E non dimenticare mai che per fare contenti i tuoi soggetti, nel ritratto devi trasfigurarli fino alla perfezione. Immagina che siano assurti alla beatitudine celeste, e dipingili come apparirebbero in paradiso.

— Non ho nessuna idea di come apparirebbero le persone in paradiso — obiettò Leonardo. — Io posso solo dipingere quello che vedo.

Sandro cominciò a tirare fuori dalla borsa gli strumenti della sua arte e a disporli sul tavolino accanto al cavalletto. — Dovrai mischiare tu i colori sulla tavolozza — disse. — Oggi il mio polso mi fa vedere le stelle.

— D'accordo, lascia fare a me.

Mentre Leonardo sistemava i colori e preparava le diverse tonalità di cui avrebbe avuto bisogno per completare il ritratto, Sandro non smise un istante di assillarlo con le sue raccomandazioni, profondendosi in consigli non richiesti sull'uso della biacca di piombo o sugli effetti del giallo di cromo.

Leonardo sollevò minacciosamente la tavolozza. — Se non la smetti di starmi addosso come una madre apprensiva, giuro che te la rompo sulla testa — lo avvertí.

Fu in quel momento che Lucrezia Donati fece il suo ingresso nella stanza.

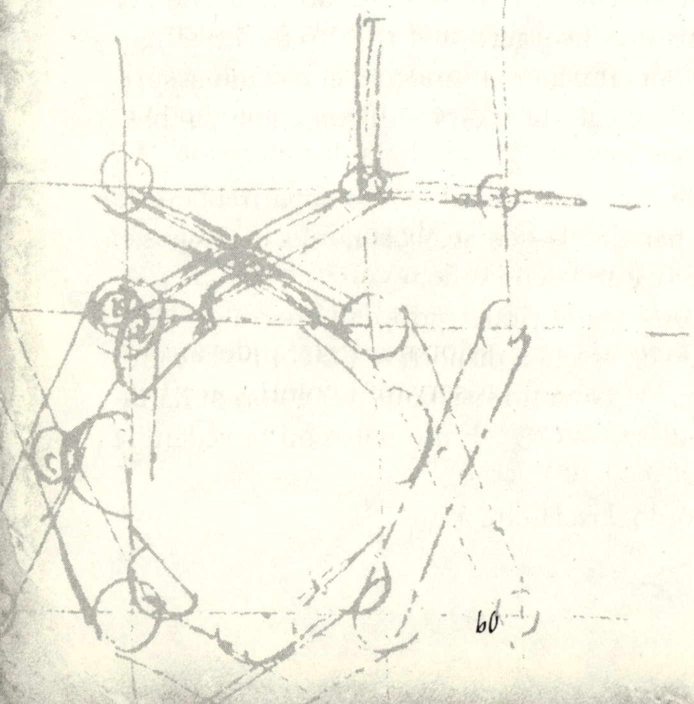

6

La ragazza nella torre

Leonardo sentí un tuffo al cuore. Come avrebbe potuto un ritratto rendere giustizia a quei dolci occhi scuri, a forma di mandorla, che alla vista della tavolozza sollevata si erano spalancati in tutta la loro attonita meraviglia, per contrarsi l'istante successivo in un'allegra risata?

— Che cosa sta succedendo? È scoppiata una guerra? — scherzò Lucrezia. — Non ci sono già abbastanza disordini per le strade senza che anche gli artisti debbano cominciare ad azzuffarsi tra loro?

La sua bocca, continuamente mutevole a seconda delle sillabe che pronunciava, aveva la stessa vivacità degli occhi. Sotto la superficie di quello splendido viso si potevano intravedere migliaia di espressioni diverse.

Per quanto si sforzasse di distogliere lo sguardo, Leonardo non riusciva a fare a meno di fissare la giovane. Inclinò la tavolozza in direzione della finestra e la squadrò con aria professionale, strizzando un po' gli occhi. — Volevo solo osservare i colori sotto l'effetto della luce — mentí.

— Sí, è molto importante capire come i colori prendono la luce — gli fece eco Sandro, posando un dito sul bordo della tavolozza e spingendola delicatamente verso il tavolino.

La schiava Fresina era entrata al seguito della sua padrona, portando vino e dolci sopra un vassoio che posò su un altro piccolo tavolo addossato alla parete accanto alla porta. Lucrezia la congedò con un gesto della mano.

— Le sue sembianze sono davvero insolite — osservò Sandro guardandola uscire.

— Che modo complicato di esprimersi! Siete tutti cosí, voi artisti? Non potevate semplicemente dire che la trovate molto carina? — lo prese in giro bonariamente Lucrezia.

Sandro arrossí e, schiarendosi la voce con evidente nervosismo, domandò: — Da dove viene?

— Dalla Circassia, sulle rive del Mar Nero. Mio padre l'ha acquistata al mercato di Venezia. Dice che gli schiavi di quella regione sono addestrati meglio dei Tartari e lavorano piú dei Russi. E le loro donne sono rinomate per la bellezza.

In quel momento c'era un unico pensiero nella mente di Leonardo, e non riuscí a impedirgli di uscire allo scoperto. — La sola bellezza che può interessarci oggi è quella che ci sta di fronte agli occhi — disse.

Le lunghe ciglia di Lucrezia vibrarono con dolcezza mentre il suo volto assumeva un'espressione divertita. — Siete molto galante — osservò — e le vostre parole si direbbero sincere. Sotto quell'abito dimesso batte forse il cuore di un antico cavaliere?

Leonardo sentí le guance farglisi di fuoco, e sperò che Lucrezia non se ne accorgesse. Con un gesto ampio della mano si tolse il copricapo e, inchinandosi, si presentò: — Leonardo da Vinci.

— Che cosa vi porta qui oggi, Leonardo?

— È allievo di un mio buon amico, maestro Andrea del Verrocchio — si intromise Sandro. — Andrea mi ha chiesto di aiutarlo a perfezionare la sua tecnica.

— E in che modo?

— Maestro Sandro Botticelli mi ha gentilmente concesso di intervenire con un piccolo contributo sul vostro ritratto — disse Leonardo.

— Un piccolissimo contributo — sottolineò Sandro. — Pochi dettagli sullo sfondo, niente di piú, ma abbastanza per verificare il suo modo di trattare i tendaggi e gli arredi.

— Ed è quello che farà adesso? — volle sapere Lucrezia.

— Be', sí — confermò Sandro. — Stavamo appunto preparando i colori quando siete entrata.

— In tal caso non avrete bisogno di me — disse Lucrezia avviandosi verso la porta.

— Oh, sí invece, certo che avremo bisogno di voi! — esclamò Leonardo. — Un ritratto deve la sua riuscita all'equilibrio fra gli elementi che lo compongono: il soggetto deve riflettersi nello sfondo e in tutti gli oggetti che entrano a farne parte.

— Proprio cosí — convenne Sandro. — È molto importante che le forme della stanza si accordino armoniosamente con gli incantevoli lineamenti del nostro soggetto.

Cosí dicendo, accompagnò Lucrezia verso un panchettino e la fece sedere.

— Ora dovreste riprendere la posizione di ieri.

Guidandola con un dito, delicatamente, le fece inclinare la testa in modo che non guardasse verso la tela.

Leonardo si sentí sollevato: era di vitale importanza che la giovane donna non si accorgesse che, in effetti, quello che stava dipingendo era il suo viso. Senza perdere tempo, finí di mescolare i colori e si diede a completare la linea del naso lasciata incompiuta da Sandro, che intanto faceva del suo meglio per distrarre Lucrezia con una conversazione brillante.

Il lavoro era piú impegnativo e stimolante di quanto Leonardo avesse immaginato. In quei primi mesi di apprendistato si era già esercitato a fare copie di dipinti e aveva anche realizzato qualche paesaggio di suo pugno, ma dai lineamenti di Lucrezia si sprigionava un'energia cosí particolare che restituirla sulla tela era come voler catturare la fluttuante essenza del mare, o il volo di un'allodola nel cielo.

Stava lavorando al mento, quando la giovane cominciò a dare i primi segni di impazienza. — Tutto questo tempo per pochi insignificanti dettagli sullo sfondo... — protestò.

— Ahimè, il nostro Leonardo è piuttosto lento — si scusò Sandro con aria contrita. — Il fatto è che lavora con la mano sinistra, vedete... No, non guardate! È importante che non facciate nessun movimento con la testa.

Lucrezia sospirò profondamente, ma rimase immobile.

— Darò un'occhiata io ai suoi progressi — disse Sandro.

Cosí dicendo, si portò dall'altra parte del cavalletto, e alla vista del ritratto aggrottò le sopracciglia.

— Qui — bisbigliò, indicando le labbra — è troppo scuro.

— È esattamente quello che vedo — replicò Leonardo con fermezza.

— No, è sbagliato — insistette Sandro. — Ora ti faccio vedere.

Noncurante del polso acciaccato, fece un gesto per prendere il pennello. Leonardo si spostò di lato, impedendogli di afferrarlo. Ne nacque una piccola zuffa, che terminò con un grido acuto di Sandro. Con una smorfia di dolore balzò indietro, scoprendo involontariamente la fasciatura intorno al braccio destro.

Lucrezia si alzò e corse verso di lui. — Che succede? Vi siete ferito?

Con delicatezza gli prese il braccio e muovendolo piano lo scostò dal corpo cercando di alleviare il dolore. Sandro, confuso, la lasciò fare.

— Non è niente. Sta bene — provò a minimizzare Leonardo cercando di riaccompagnarla verso il panchetto.

Troppo tardi. Lucrezia ora era in piedi davanti al cavalletto e fissava il ritratto. Il viso era quasi completato. — Non è vero che avete dipinto lo sfondo! — Cosí dicendo, lanciò un'occhiata prima a Leonardo, poi al braccio fasciato di Sandro. — Vedo che non siete nella condizione di poter dipingere, signor Botticelli, ma perché mettere in piedi tutta questa sceneggiata?

Sandro abbassò la testa. — Non era mia intenzione ingannarvi. Questo stratagemma era stato pensato per non perdere la stima di Lorenzo de' Medici — confessò. — Non volevo che scoprisse che non sono in grado di portare a termine il lavoro che mi ero impegnato a fare per lui. Questa è la prima volta che mi viene commissionata un'opera da una persona cosí importante, e tremo al pensiero delle possibili conseguenze in caso di mancata consegna.

Lucrezia sembrava quasi non ascoltarlo. Era tutta assorta nella contemplazione della tela. Senza distogliere lo sguardo, alzò un dito per sistemarsi una ciocca di capelli, e la si sarebbe detta sorpresa di non vedere il ritratto fare la stessa cosa. — Davvero stento a credere che sia stato dipinto da uno sconosciuto — disse. — Già a questo stadio del lavoro, mi ci riconosco cosí tanto che sono sicura che io e il mio ritratto potremmo tranquillamente scambiarci di posto senza che nessuno noti la differenza.

Quando Lucrezia spostò il suo sguardo su di lui, Leonardo si sentí scrutare con la stessa intensità con cui un attimo prima la giovane aveva osservato il ritratto. Era come se, per opera di quel dipinto, si fosse aperta una porta fra loro, e ora lei potesse vederlo con la stessa lucidità e la stessa precisione con cui lui l'aveva raffigurata.

— È un grande dono quello che avete, di saper vedere cosí in profondità — disse.

Leonardo si ritrovò senza rendersene conto a cincischiare nervosamente l'orlo della casacca. — So... sono contento che vi piaccia — balbettò.

— Sí, Leonardo ha discrete potenzialità — dovette ammettere Sandro. — Naturalmente io avevo già tracciato le linee fondamentali e gli avevo fornito dettagliate istruzioni su come continuare.

Al suono della sua voce, Lucrezia si volse verso di lui e l'incanto si spezzò. Leonardo ebbe la sensazione che nella stanza fosse improvvisamente calato il buio.

— Ma come pensavate di riuscire a non far scoprire il vostro gioco? — chiese Lucrezia. — Avrei dovuto non guardare mai il ritratto, neppure alla fine della seduta...

— Nei nostri piani, a un certo punto Sandro avrebbe dovuto prendere il mio posto e fingere di dipingere la parte che in effetti avevo già dipinto io — spiegò Leonardo. — Di fatto, il suo pennello non avrebbe dovuto neppure sfiorare la tela. Nel frattempo a me sarebbe toccato distrarvi in modo che non vi accorgeste di niente.

Un sorrisetto divertito, quasi fanciullesco, si dipinse per un istante sulle labbra di Lucrezia. — Davvero molto ingegnoso — si complimentò.

— Ma ora tutto è inutile. Il piano è andato in fumo... — sospirò Sandro.

Il sorriso sulle labbra della giovane si fece piú largo, e nei suoi occhi brillò una luce maliziosa. — Solo se io deciderò di raccontare tutto a Lorenzo.

— Volete dire che sareste disposta a tenere il segreto?

— Il vostro stratagemma era cosí ben congegnato che non intendo vanificarlo, cosí come non intendo perdere il ritratto. Lorenzo crede di essere molto astuto. Questo lo ripagherà dello scherzetto che ha giocato a mio cugino la scorsa settimana. Povero

Giuseppe! Lorenzo e i suoi amici hanno portato via il suo letto da casa con lui sopra che dormiva, e quando si è svegliato era nel bel mezzo di Piazza della Santa Trinità!

Sandro si inginocchiò e le baciò la mano. — Siete troppo buona! Siete una santa!

— Non esageriamo — rise lei. — Credo comunque che un certo senso del divertimento non sarebbe fuori luogo in paradiso!

Anche Leonardo rise, ma prima che potesse gustarsi quel momento di sollievo qualcuno bussò concitatamente alla porta.

— Avanti! — disse Lucrezia.

Il viso sottile di Fresina fece capolino. — Padrona — annunciò — il signor Lorenzo de' Medici sta salendo. Dice che vuole vedere il ritratto.

— Grazie, Fresina — rispose Lucrezia. Con il solito gesto della mano la congedò, poi andò personalmente a chiudere la porta.

Sandro afferrò Leonardo per le spalle e lo spinse verso la finestra.

— Svelto! — ordinò. — Nella cassapanca!

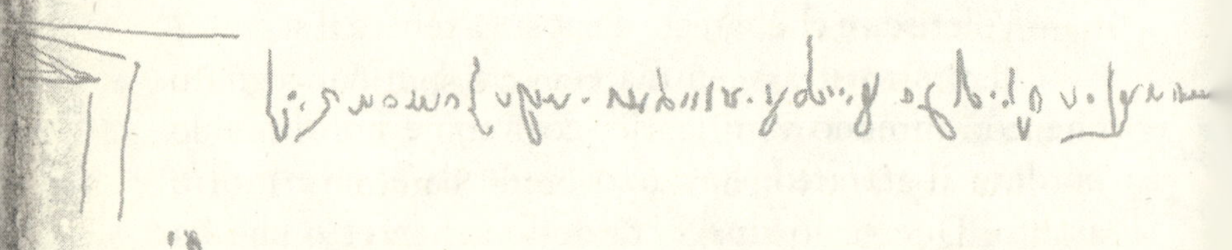

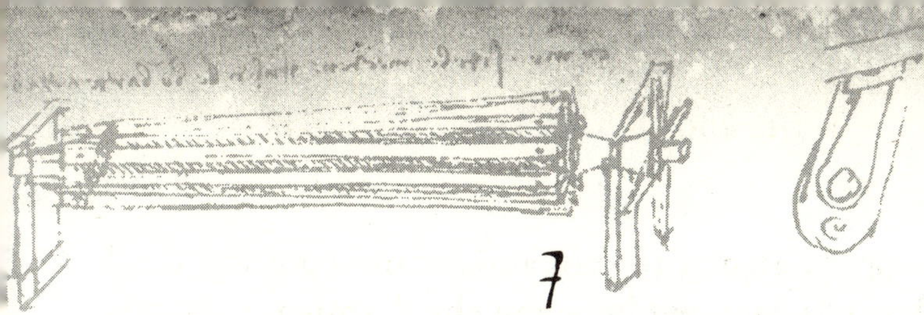

7
Una prigione ben costruita

Con un colpetto, Sandro fece saltare il gancio della serratura e sollevò il coperchio della cassapanca. — Forza, entra! — ordinò.

— Ma sei impazzito? — esclamò Leonardo. — Io lí dentro non ci vado!

— Ci devi andare — insistette Sandro, fissandolo con un'espressione di panico. — Se Lorenzo de' Medici ti trova qui, capirà tutto!

— Il signor Botticelli ha ragione — intervenne Lucrezia. — Lorenzo si accorgerà che il colore sulla tela è ancora fresco e si domanderà per quale ragione abbia smesso di dipingere. Noterà la fasciatura al suo braccio e, ancora peggio, vedrà che le vostre mani, Leonardo, sono tutte sporche di colore.

Leonardo si guardò le mani con orrore. Nella breve lotta con Sandro, le dita gli si erano tutte imbrattate di colore: in quella situazione non poteva esserci indizio piú schiacciante, neanche se avesse avuto le mani grondanti di sangue.

— Ma lí dentro non ci sto, non c'è spazio! — tentò ancora di protestare.

— Ma sí che c'è spazio — ribatté Sandro. — I tuoi studi sulla prospettiva non ti hanno insegnato niente?

Con riluttanza Leonardo si avvicinò alla cassapanca e fece per sollevare una gamba. Sandro gli stava attaccato e continuava a pungolarlo. Quando lo vide finalmente dentro, iniziò a spingerlo verso il basso per farlo inginocchiare. Da ultimo, pigiando un po', Lucrezia riuscí a far stare nella cassapanca anche la borsa con i suoi attrezzi.

— Tutto sarebbe piú facile se fossi un po' piú basso — grugní Sandro. — Piega le spalle e tira in dentro il mento. E soprattutto sta' fermo!

Furono quelle le ultime parole che Leonardo udí prima che il coperchio venisse richiuso pesantemente sopra la sua testa.

Immerso nella totale oscurità di quella prigione, sentí la porta della stanza aprirsi.

Poi una voce nasale, singolarmente acuta, disse: — Lucrezia, signor Botticelli... Si lavora sodo, a quanto vedo.

— Lorenzo, non vi aspettavo — replicò allegramente la giovane.

— Spero di essere ugualmente il benvenuto — ribatté lui in tono scherzoso.

— Ma certo che sí! — rise lei. — Ero per l'appunto un po' stanca di dover rimanere in posa, e il vostro arrivo mi dà un ottimo pretesto per convincere Botticelli a interrompere la seduta.

Sembrava del tutto noncurante e rilassata, non come qualcuno che abbia appena finito di chiudere un uomo dentro una cassapanca.

— Quando ho saputo che eravate qui, signor Botticelli, mi sono rallegrato di poter osservare da vicino la vostra abile mano all'opera.

A quelle parole, dentro la cassapanca, Leonardo ebbe un sussulto. L'ultima cosa da augurarsi era che Lorenzo scoprisse il polso immobilizzato di Sandro.

Quest'ultimo si schiarí la voce nervosamente. — Naturalmente sarei contento di continuare la seduta, ma se la signora Lucrezia si sente stanca...

— E comunque il sole sta già tramontando — gli venne in aiuto lei. — Non è possibile continuare.

— D'accordo. Ma visto che c'è ancora abbastanza luce per riuscire a vedere, lasciate almeno che dia un'occhiata al lavoro cosí com'è, in corso di esecuzione — propose Lorenzo.

— Non sarebbe meglio aspettare che il ritratto sia completato? — suggerí Sandro.

Leonardo percepí una nota di allarme nella sua voce.

— Via, signor Botticelli! — esclamò Lorenzo divertito. — Un'immagine di Lucrezia, anche se incompiuta, delizierà i miei occhi assai piú di quanto non possa fare il ritratto finito di qualsivoglia altra dama fiorentina.

Leonardo sentí i passi di Lorenzo muovere verso il cavalletto. Chiuso lí dentro, poteva ascoltare i battiti del proprio cuore, che adesso si era messo a palpitare piú veloce, chissà se per il timore che il signore scoprisse l'inganno o per la preoccupazione che il ritratto potesse non piacergli.

"Che tipo è questo Lorenzo de' Medici?" si chiese nuovamente. Era il figlio primogenito dell'uomo piú potente di Firenze, e l'innamorato della bella Lucrezia. Di sicuro doveva essere attraente, un signore dal portamento regale, a dispetto di quella strana voce.

Decise che doveva assolutamente vederlo con i propri occhi. Posò una mano sul coperchio della cassapanca e lo spinse in su abbastanza da far entrare una sottile lama di luce. Poi accostò gli occhi a quella minuscola fessura, non piú alta di un dito, e lo vide. Lorenzo de' Medici era là, in piedi davanti al cavalletto, e Leonardo non avrebbe potuto essere piú stupefatto.

Quello che vedeva era un giovane di media altezza che non dimostrava piú di sedici anni. Il suo aspetto non aveva nulla di troppo signorile. Al contrario, aveva un'aria alla buona, da uomo di campagna, con un naso schiacciato che sembrava un bulbo e un mento prominente che faceva pensare ai contrafforti di una cattedrale; i capelli, neri e lisci, gli scendevano fin sulle spalle come lo scialle di una vedova.

Perfino Sandro, che era sempre cosí preoccupato di rendere graziosi i suoi soggetti, avrebbe avuto del filo da torcere a tirar fuori un ritratto attraente da quei lineamenti, pensò Leonardo.

Lorenzo incrociò le braccia e osservò attentamente il dipinto. — Già si vede la dolcezza dei suoi tratti affiorare dalla tela — disse — come la sagoma di una nave che spunta dalla nebbia. Pensate di riuscire a completarlo entro la fine della settimana?

— Certo — rispose Sandro. E in quella semplice parola, Leonardo poté avvertire il senso di sollievo dell'amico per essere riuscito a fare in modo che chi gli aveva commissionato il lavoro non sospettasse di niente. Ma proprio in quel momento Sandro alzò lo sguardo e l'occhio gli cadde su quella preoccupante fessura sotto il coperchio della cassapanca. Allarmato, iniziò a mordersi nervosamente il labbro.

— Mio padre mi ha chiesto di tenermi pronto a partire per Napoli uno qualunque di questi giorni — disse Lorenzo — e devo avere questo ritratto con me.

Cosí dicendo, a grandi passi si avvicinò alla finestra, quasi da lí pensasse di poter gettare un'occhiata a quella città cosí lontana. Sandro lo aggirò velocemente e gli si piazzò davanti in modo da impedirgli la vista della cassapanca. — Ah, già, la vostra ambasciata a Napoli — disse. — Ambasciate, alleanze, non potete pretendere di averli tutti dalla vostra parte.

Lorenzo rise. — Ditelo a Luca Pitti e ai suoi amici.

— Forse sarà meglio lasciare il signor Botticelli da solo — intervenne Lucrezia — cosí potrà sistemare in pace i suoi attrezzi. Sono sicura che vorrà essere a casa per cena.

— Questo mi permette di andare dritto alla seconda ragione della mia visita — dichiarò Lorenzo con entusiasmo. — Sto andando a casa di Leon Battista Alberti.

— Alberti l'artista? — chiese Sandro indietreggiando a piccoli passi verso la cassapanca, sempre piú vicino, tanto da ostruire ormai completamente la visuale a Leonardo.

— Sí — proseguí Lorenzo — ma anche Alberti l'architetto, l'atleta, lo scrittore, lo storico, l'ingegnere. Non soltanto la sua conversazione è la piú brillante dell'intera Toscana, ma la sua tavola indurrebbe all'ingordigia un eremita. Sono certo, Lucrezia, che vorrete venire con me.

— Qualche volta, Lorenzo, mi sembra che sappiate

leggere con tanta facilità nella mia mente che desidererei avere qualche segreto di cui non mettervi a parte — rise lei.

— E voi verrete con noi, signor Botticelli — soggiunse Lorenzo.

— Ehm... — farfugliò Sandro, colto di sorpresa — ho diverse cose da...

Senza terminare la frase, si lasciò cadere pesantemente sulla cassapanca. Leonardo tornò a brancolare nell'oscurità piú totale.

— Niente che non possa aspettare — decretò Lorenzo. — No, signor Botticelli, dovete assolutamente venire. Insisto!

Si avvertiva un che di metallico nella sua voce, che pur non aveva perso nulla della sua amabilità. Per la prima volta Leonardo realizzò che quel giovane era davvero qualcuno che stava imparando a esercitare il potere. Ma, se confrontato alla bellezza e allo spirito di Lucrezia, continuava a sembrargli un ben triste partito.

— Credo che sarebbe una saggia decisione accettare l'invito di Lorenzo — avvertí Lucrezia in tono pungente. — Pensate a quante altre commissioni potreste ottenere.

— Già, certo, il lavoro — mormorò Sandro con aria assente.

— Venite, ho qui fuori una carrozza abbastanza grande da ospitarci tutti — tagliò corto il giovane Medici con fare gioviale.

Sandro si avviò dietro di lui. Mentre uscivano, Leonardo poté ascoltare le invitanti descrizioni della festa che li attendeva in casa Alberti. Quando il suono delle loro voci fu completamente sfumato, lasciò passare ancora qualche minuto, per essere ben certo che tutti si fossero allontanati.

Infine, giudicando la situazione ormai abbastanza sicura, posò una mano contro il coperchio della cassapanca e diede una spinta. Il coperchio non si scostò di un centimetro.

Atterrito, spinse ancora, con piú forza. Ma anche questa volta il coperchio rimase fermo al suo posto. Forse quando Sandro si era seduto sopra aveva involontariamente fatto scattare il gancio della serratura, con il risultato che ora la cassapanca risultava chiusa dall'esterno.

Leonardo era intrappolato!

Il suo primo impulso fu quello di gridare chiamando aiuto, ma subito scartò l'idea: non avrebbe sopportato l'umiliazione di farsi trovare rannicchiato là dentro, e poi c'era il rischio che venisse allo scoperto la manovra ordita alle spalle di Lorenzo per riuscire a completare il ritratto.

No, doveva trovare il modo di uscire di lí da solo per poi svignarsela senza farsi notare. In fondo, quello che lo teneva in trappola non era altro che un fermaglio di metallo agganciato a un piccolo spinotto che sporgeva sul fianco della cassapanca. Niente di cosí terribile da non poterne venire a capo.

Inarcando la schiena, provò a spingere sul coperchio con la forza delle gambe, nel tentativo di far saltare il fermaglio. Ma per quanto si sforzasse, si rese conto di non avere abbastanza spazio per poter fare leva. Allora cominciò a dimenarsi in modo sempre piú scomposto, tirando calci e pugni alle pareti. Cercò di scoprire qualche segno di cedimento del legno attorno alle linee di giunzione, ma invano.

Ansimando per lo sforzo, imprecò contro l'artigiano fiorentino che aveva costruito una prigione tanto solida. Forse, si disse, a quel punto davvero non gli rimaneva che chiamare aiuto, e poi che succedesse quel che doveva succedere.

Con un gemito di sconforto si abbandonò lungo il fianco della cassapanca. Fu allora che sentí qualcosa di duro spingere contro le sue costole: era la borsa con gli attrezzi per dipingere. Se n'era completamente dimenticato. Dentro c'erano stracci, pennelli, un bulino e... una spatola.

Dopo una lunga serie di contorsioni, riuscí a infilare una mano nella borsa. Tastò alla cieca finché non fu certo di stringere fra le dita il manico della spatola, poi la estrasse con cautela rigirandola verso l'esterno.

Sperando che la lama non cedesse, la spinse con forza sotto il coperchio, incastrandola nella sottilissima fenditura che lo divideva dal resto della cassapanca, quindi la fece scorrere piano in cerca del fermaglio.

Il metallo della lama incontrò quello del fermaglio con un clang sordo. Trattenendo il respiro, Leonardo iniziò con estrema attenzione a manovrare il manico della spatola in modo che la lama spingesse contro il fermaglio. Che per un lungo, terribile momento, resistette.

Quando lo sentí cedere, a stento Leonardo riuscí a soffocare un urlo di trionfo. Sollevò il coperchio e mise fuori la testa. La prima boccata d'aria fresca ebbe l'effetto inebriante di un sorso di vino. Passandosi una mano tremante sulla fronte sudata, si alzò in piedi e, tutto indolenzito, fece per uscire. Ora bisognava solo trovare il modo di andarsene via di lí senza essere scoperti.

— Qui! Qui dentro!

La voce proveniva dall'esterno, oltre la porta. Ci furono rumori concitati, come di una rissa, poi la maniglia cominciò a muoversi. Leonardo ebbe appena il tempo di riaccucciarsi in tutta fretta dentro la cassapanca e di riabbassare il coperchio sopra la testa. Prima di tornare a sprofondare nell'oscurità, riuscí a catturare l'immagine fuggevole di quattro figure che si introducevano nella stanza. Trattenendo un gemito, si domandò se sarebbe mai riuscito a venir fuori da lí.

— Non c'è altro da fare — dichiarò una voce stridente, dal suono deciso. — Dobbiamo ucciderla subito. Non ci vorrà molto, basta un piccolo taglio.

— No! — protestò un'altra voce. — Non voglio che ci sia uno spargimento di sangue qui, in casa del mio padrone.

— Il tuo padrone? — intervenne una terza voce in tono sarcastico. — È a me che devi ripagare i tuoi debiti. Il tuo padrone sono io, per tutte le volte che hai avuto bisogno di me.

A questo punto ci fu un suono soffocato, come di qualcuno che cercasse di gridare.

— Tienila bene! — sibilò il terzo uomo. — Te la sei già fatta scappare una volta.

Impietrito, Leonardo si rese conto di aver riconosciuto due di quelle voci. La prima, ruvida e dall'accento straniero, era quella dell'uomo che aveva sentito discutere con maestro Silvestro. La seconda era quella di Tommaso, il ciambellano. La terza non l'aveva mai sentita, ma si sarebbe detta quella di qualcuno abituato a dare ordini.

— Ha ascoltato troppo — riprese la voce tagliente dall'accento straniero. — Facciamola fuori e andiamocene.

— Metti via quel pugnale, Rodrigo! — ordinò il terzo uomo. — Dobbiamo usare l'intelligenza.

— D'accordo. Quel cuscino là, sulla sedia — suggerí allora la rude voce di quello che era stato chiamato Rodrigo. — Soffochiamola, e nessuno saprà com'è morta. A chi può interessare quel che è successo a una schiava?

A Leonardo non restava piú una goccia di saliva in bocca. Sapeva di correre un rischio molto grosso, ma doveva assolutamente vedere ciò che stava succedendo in quella stanza. Posò la punta delle dita sul coperchio e lo sollevò di un soffio.

Da quell'impercettibile spiraglio riuscí a intravedere la giubba color cremisi del ciambellano e la veste grigia della schiava Fresina. Spostando leggermente la testa all'indietro, vide che Tommaso teneva stretta la giovane, le braccia immobilizzate lungo i fianchi, e con l'altra mano faceva pressione sulla sua bocca perché non gridasse. Un po' piú a sinistra gli parve di scorgere lo scintillio di un pugnale stretto da una mano guantata.

— Deciditi, Tommaso! — si spazientí la terza voce. — Se siamo in questa situazione, è colpa della tua negligenza!

Il ciambellano sembrava in preda al panico. — No, no! Fare la spia per conto vostro è una cosa, ma non diventerò un assassino!

Ci fu un silenzio carico di tensione. — Molto bene — disse la terza voce. — Passa a me la ragazza.

Una figura dagli sfarzosi vestiti, con un viso lungo, aristocratico, fece un passo in avanti entrando nel campo visivo di Leonardo e si fece consegnare Fresina, stampando la sua mano sulla bocca della ragazza al posto di quella del ciambellano. — Se non hai abbastanza stomaco per farlo, allora sparisci — disse a Tommaso. — E ti consiglio di tenere la bocca cucita.

Il ciambellano indietreggiò, confuso e riconoscente, verso la porta. Poi ci fu un improvviso bagliore di lama e un tonfo sordo. Con un gemito strozzato, Tommaso era crollato al suolo, il pugnale di Rodrigo piantato nel cuore.

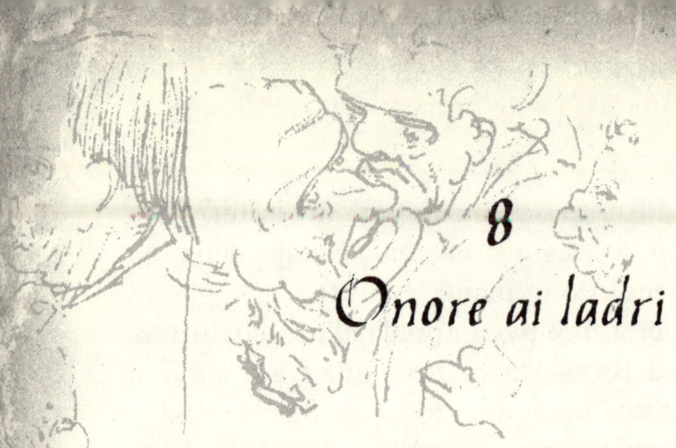

8
Onore ai ladri

L'orrore di quello spettacolo lasciò Leonardo senza fiato. Se ne stava lí impietrito a fissare quel corpo privo di vita attraverso la fessura della cassapanca, e ancora si domandava se per caso i suoi occhi non avessero visto male, quando scorse la sagoma incappucciata di Rodrigo insinuarsi furtiva sulla scena e, dopo essersi inginocchiata accanto al cadavere, ritrarne il pugnale insanguinato.

— Non ti avevo detto di ucciderlo — disse in tono irritato l'uomo dall'aspetto aristocratico, stringendo sempre piú forte la schiava che lottava per liberarsi.

— Avrebbe parlato — si giustificò Rodrigo. — Non lo tenevi abbastanza in pugno da poter essere certo del suo silenzio.

— Ma adesso abbiamo un cadavere insanguinato fra i piedi, e dobbiamo ancora decidere cosa fare della ragazza.

— Cadaveri insanguinati ce ne saranno parecchi, di qui a poco — replicò l'altro. — Due in piú o due in meno, che differenza fa?

— Il nostro piano ha ancora bisogno di essere perfezionato. Non possiamo correre il rischio di farci scoprire adesso. Forza, strappa un pezzo di stoffa dalla manica della ragazza.

Un istante dopo si sentí un rumore di tessuto lacerato.

— E adesso mettilo in mano al morto e stringiglielo bene fra le dita. Poi passa il pugnale insanguinato sopra i vestiti della ragazza.

— Ho capito cos'hai in mente — commentò Rodrigo in tono di approvazione. — Dovrà sembrare che il ciambellano abbia sorpreso la schiava mentre rubava e che lei, vistasi scoperta, lo abbia accoltellato.

Quando Rodrigo le si avvicinò col pugnale, Fresina fece un balzo all'indietro e nei suoi occhi brillò un lampo di terrore.

— Ferma, non ti muovere — ordinò lui. — Non ti conviene.

Compiuto il suo macabro lavoro, indietreggiò di qualche passo, come un artista davanti a un quadro, per esaminare la propria opera.

— E ora cosa facciamo della nostra piccola assassina? — si domandò ad alta voce l'altro, che doveva essere il capo.

— Lascia fare a me. Le spezzo il collo e la sbatto giú dalla finestra — propose freddamente Rodrigo. — Penseranno che sia morta mentre tentava di scappare dal luogo del delitto.

Leonardo si sentí soffocare. Era stato un testimone impotente dell'improvvisa morte di Tommaso, e ora, sempre sotto i suoi occhi, quei due si preparavano ad assassinare una ragazza innocente. Non poteva certo restarsene rannicchiato lí dentro aspettando che le cose andassero come dovevano andare. Ma cosa avrebbe potuto fare lui contro due uomini armati?

— Vai alla finestra e da' un'occhiata in basso — ordinò il capo. — Non dev'esserci niente che possa frenare la caduta.

La cassapanca era sistemata proprio sotto la finestra. All'avvicinarsi dell'assassino incappucciato, Leonardo si fece piú piccolo che poteva, pregando che non si accorgesse dello spiraglio sotto il coperchio. Rodrigo si sporse sopra la cassapanca, bloccando con le gambe l'ingresso della luce dalla fessura.

Quale che fosse il rischio, Leonardo sapeva che quella era l'unica possibilità per salvare la ragazza. Si passò la lingua sulle labbra secche e tese i muscoli delle gambe. Poi, con un grido selvaggio, saltò.

Il coperchio si spalancò andando a sbattere contro la mascella di Rodrigo, che annaspò all'indietro, stordito, e barcollando andò a schiantarsi contro il tavolino su cui Fresina aveva posato il vassoio dei rinfreschi e che gli si rovesciò sulla testa.

Il viso aristocratico e arrogante dell'altro uomo, alla vista di Leonardo, si contorse in una smorfia rabbiosa. — Maledizione, spuntano topi da ogni angolo in questo palazzo infernale! — ringhiò.

Liberandosi di Fresina con uno spintone, sguainò la spada. Leonardo balzò fuori dalla cassapanca e gli si lanciò contro. L'uomo fece per scansarsi. Il ragazzo, confuso, si scagliò a testa bassa contro la sua pancia. Sopra di sé sentiva la lama della spada fendere l'aria. Con una mossa non proprio dignitosa, riuscí a portarsi fuori dal raggio d'azione dello spadaccino. Rodrigo, intanto, stava cercando di rimettersi in piedi. — Per la miseria! — gracchiò. — Ho visto quel tizio a casa di Silvestro. Dev'essere una spia dei Medici!

— Se è cosí, gli faremo capire che ha scelto la parte sbagliata! — urlò minaccioso l'uomo con la spada. Colpendo Leonardo con la punta dello stivale, lo fece cadere sulla schiena e gli puntò la spada contro il petto.

— Non sono una spia! — ansimò Leonardo, gli occhi fissi sulla lama. Ma sapeva bene che protestare la propria innocenza non sarebbe bastato a salvargli la vita.

Fu allora che vide il balzo di Fresina. Con uno scatto felino, la ragazza si impadroní del cavalletto e, afferrandolo per le gambe, iniziò a roteare su se stessa come una trottola. Prima ancora che l'uomo con la spada potesse accorgersi di quello che stava succedendo, fu centrato in pieno sulla faccia dal ritratto di Lucrezia. Fece due passi all'indietro e crollò come un bue abbattuto proprio addosso a Rodrigo, che stava sopraggiungendo. Entrambi si ritrovarono a boccheggiare sul pavimento.

Leonardo saltò in piedi e afferrò Fresina per un braccio. — Vieni, andiamocene!

La ragazza lasciò cadere la sua arma di fortuna ed entrambi si affrettarono verso la porta. Leonardo si precipitò oltre il corridoio e si lanciò giú per le scale.

— Dove stai andando? — chiese Fresina.

— Ovunque non ci sia qualcuno pronto a ucciderci — rispose lui in un fiato.

Grida confuse e rumori di passi sembravano convergere verso di loro da ogni angolo del palazzo, mentre statue e arazzi sfrecciavano davanti ai loro occhi in una visione turbinosa. Quando, varcato il portone d'ingresso, ruzzolarono finalmente sulla strada, quell'uscita precipitosa attirò l'attenzione dei passanti. Intanto, alle loro spalle, le grida di allarme si erano fatte sempre piú forti e distinguibili.

— Sono assassini! Sono assassini! Prendeteli!

Dalle case vicine, la gente si affacciava alle finestre.

— Quella ragazza! Guardate, il suo vestito è insanguinato! — si sentí urlare una voce.

— È una schiava! — le fece eco un'altra, pronunciando quella parola come se fosse stata già di per sé un atto d'accusa.

Leonardo afferrò Fresina per una mano e con uno strattone la fece svoltare in uno stretto vicolo all'angolo con il palazzo. La stradina comunicava con un reticolo di viuzze secondarie, tutte in ombra dopo il tramonto, cosí intricato da formare un vero labirinto. Le grida degli inseguitori si fecero piú lontane. I due fuggitivi si addentrarono ancora un po' nei vicoli, poi si fermarono a riprendere fiato.

Leonardo diede uno sguardo alla ragazza. Le macchie di sangue sul suo vestito gli parvero fiammeggiare come un incendio nella notte. — Cosí non possiamo farci vedere — disse.

Proseguendo la loro fuga lungo una viuzza stretta, si trovarono a costeggiare il retro di un'osteria. Nel cortile c'era una pila di botti che sembrava offrire un buon riparo. Accucciati là dietro, rimasero un lungo momento in ascolto. Qua e là, in lontananza, si sentiva ancora sbraitare qualche voce minacciosa, ma in modo sempre piú sporadico ora che gli inseguitori cominciavano a perdersi d'animo.

— Perché quegli uomini ti volevano uccidere? — chiese Leonardo.

Fresina lo guardò di traverso. — Se lo dico a te, forse dopo mi vorrai uccidere anche tu.

— Non avrebbe senso. Io ti ho salvata.

— Sí, a quanto pare è quello che è successo.

Leonardo era sorpreso dai modi scontrosi della ragazza. — Potresti almeno cercare di mostrarti un po' riconoscente.

— Io sono una schiava — ribatté lei svogliatamente. — La gente tratta me secondo il capriccio del momento. Perché essere riconoscente?

Scuotendo la testa, Leonardo cercò di tornare al punto. — Ascolta, ho bisogno di sapere che cosa è successo là dentro.

Fresina iniziò a tamburellare con le dita sulle ginocchia. — Vedo Tommaso che fa loro entrare in casa da una porta di servizio. Tutti e tre strisciano lungo i muri come ladri, cosí io li seguo. Io sono molto brava a non essere vista.

— Non abbastanza, a quanto pare — osservò Leonardo.

Fresina mostrò i denti come una volpe. — E tu, tu avresti fatto meglio? Tu sei andato a finire in bocca a loro!

Cosí dicendo, con la mano aperta diede una gran pacca per terra.

Leonardo dovette respirare profondamente per rimanere calmo. Parlare con quella ragazza era come fare la lotta con un gatto. — E cos'è successo dopo? — chiese.

— Dopo io sento loro dire cose senza senso, parlare di uno che chiamano il Gottoso.

— Il Gottoso? E chi è?

— Io non so. Non hai sentito quando ho detto che erano cose senza senso? Poi loro trovano me. Prima io scappo, ma poi Tommaso mi prende — continuò facendo il gesto di afferrare qualcosa con entrambe le mani — e mi spingono dentro quella stanza dove tu sei nascosto come un ladro.

— Non sono un ladro — ci tenne a precisare Leonardo. — Mi trovavo lí per un contrattempo.

— E allora adesso cosa dobbiamo fare? Rimanere nascosti qui fino a quando moriamo di fame?

Leonardo si massaggiò la fronte con aria pensierosa. — Non lo so. Non passerà molto prima che le guardie ci scovino.

Fresina ebbe un fremito, e un lampo di paura attraversò i suoi occhi. — Non puoi lasciare che mi prendono. L'anno scorso una schiava che era chiamata Lucia l'hanno accusata di avere avvelenato il suo padrone. E lo sai che cosa hanno fatto a lei?

Leonardo fece segno di no con la testa.

— L'hanno trascinata per le strade in modo che tutti potevano sputare su di lei. Poi con tenaglie roventi strappavano la sua carne dalle ossa prima di bruciare lei viva sul rogo.

Leonardo si sentí rivoltare lo stomaco. — E tu eri lí a vedere?

— Tutti gli schiavi della città erano portati lí a vedere — ricordò Fresina con gli occhi lucidi. — Dicevano che era una lezione per noi tutti.

— Ma questa volta noi sappiamo come sono andate le cose. La verità è dalla nostra parte.

A quelle parole Fresina tornò a infiammarsi. — La verità! Chi crederà a quello che io dico? Una schiava scappata con il sangue sulle mani!

— Forse crederanno a me.

— E tu chi sei?

— Sono un apprendista di maestro Andrea del Verrocchio, uno degli artisti piú conosciuti e rispettati in città.

— Un artista! — esclamò lei, sputando fuori quella parola come se si liberasse da un bruscolino sulla lingua. — Perché non potevi essere un uomo influente? Un banchiere forse.

Leonardo si sentí colpito nell'amor proprio. — Sono anche un esattore dei crediti.

Fresina stavolta sembrò pensarci su. — Questo è già un po' meglio — riconobbe.

— Sí, ma non è ancora abbastanza — disse Leonardo. — Dobbiamo trovare qualcuno che mi creda, ma non andremo molto lontano con quei vestiti sporchi di sangue. Tu rimani qui mentre io faccio un giretto di ricognizione.

Cosí dicendo si alzò e andò a ispezionare un lato dell'osteria. Da una finestra aperta vide grandi tavolate di operai che spazzavano via la sete di una lunga giornata a suon di caraffe di birra e vino, sfamandosi con pane e carni arrostite.

Gli uomini del gruppo piú vicino avevano lasciato cadere i mantelli sul pavimento, non lontano dal vano della finestra. Sulla tavola c'erano già molte caraffe vuote, e gli avventori stavano ora intonando una canzonaccia oscena in cui si parlava di un soldato e della figlia di un mugnaio. L'oste uscí da dietro il bancone e si affrettò a raggiungere il tavolo. — Signori, signori, vi prego. Ci sono alcuni preti che stanno cenando di là.

— Preti? E perché mai dovrebbero scandalizzarsi? — scherzò uno dei commensali. — Le storie che ascoltano ogni giorno dai loro confessionali sono ben peggiori di questa!

Dopo una risata generale, la canzone riprese con piú foga. L'oste stava ancora tentando invano di far valere le proprie ragioni, quando Fresina comparve accanto a Leonardo.

Si guardò un attimo intorno, poi un sorrisetto malandrino le illuminò il viso. — Proprio quello di cui abbiamo bisogno.

Prima che Leonardo potesse fermarla, si era già spinta contro il parapetto della finestra, allungandosi verso l'interno al punto che se Leonardo non l'avesse trattenuta per un lembo del vestito sarebbe sicuramente cascata dentro. Tastando il pavimento alla cieca, arrivò infine a mettere le mani sopra uno dei mantelli. Con un fischio di trionfo iniziò a dimenare i fianchi all'indietro finché non si ritrovò vicino a Leonardo, con il suo bottino ben stretto fra le braccia.

All'interno dell'osteria, intanto, gli uomini continuavano a cantare. Leonardo fissò la ragazza inorridito. — Lo hai rubato!

— Certo che io l'ho rubato. In Circassia un ladro bravo riceve complimenti per le sue dita agili e il suo coraggio.

Leonardo sospirò. In fondo il furto di un mantello sembrava un reato irrilevante se confrontato con il crimine di cui sarebbero stati accusati.

Fresina si allontanò furtiva dalla finestra avvolgendosi nel mantello. Ora nessuno avrebbe piú potuto notare le macchie di sangue, e neppure la veste che contraddistingueva gli schiavi.

— Ecco fatto. E adesso dove andiamo?

— C'è solo una persona da cui posso andare — rispose Leonardo. — Ma non credo che sarà contenta di vederci.

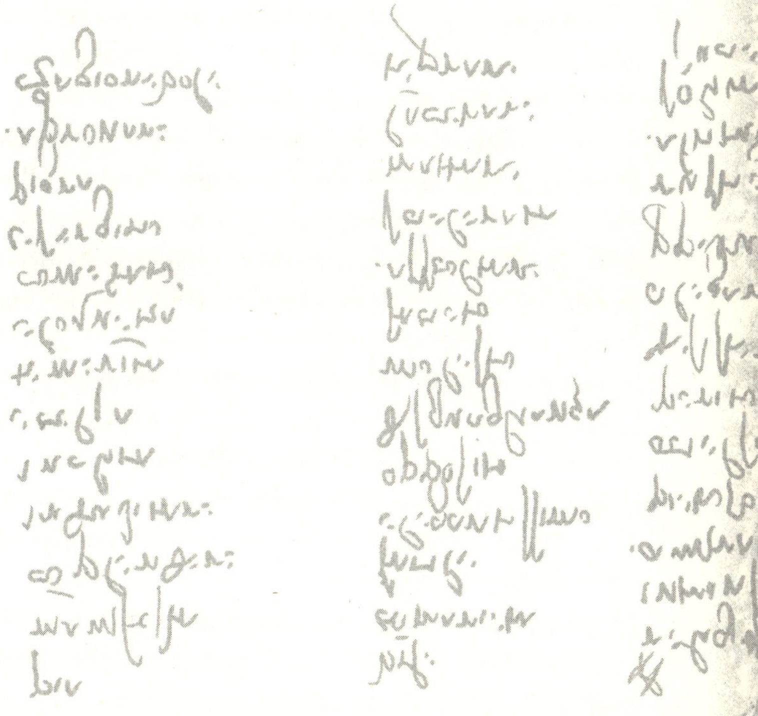

9

La mano di Dio

L'appartamento privato di maestro Andrea del Verrocchio era proprio sopra la sua bottega. Vi si accedeva direttamente dalla strada principale attraverso una scalinata. Quando fu in cima alla scala, Leonardo si fermò. — Tu non dire niente, lascia che parli io — istruí Fresina.

— Spero che tu sei piú bravo a parlare che a batterti — borbottò lei.

Leonardo si domandò se non avrebbe fatto meglio ad abbandonarla al suo destino, ma subito lasciò cadere quel pensiero e delicatamente bussò alla porta. Dopo un breve stropicciare di passi, l'uscio si aprí lasciando vedere il viso tondo di maestro Andrea. Scorgendo i due ragazzi, corrugò la fronte. — Leonardo da Vinci, che cosa fai qui?

— Ho bisogno del vostro aiuto, maestro.

Andrea indietreggiò di qualche passo per lasciarli entrare, poi richiuse la porta alle loro spalle. — Chi è questa ragazza? — domandò.

— Vi spiegherò tutto — promise Leonardo — ma prima voglio che sappiate una cosa: né io né questa giovane siamo colpevoli di alcun crimine.

Una strana espressione, come un'ombra che faccia velo alla luna, attraversò il viso di maestro Andrea.

— Forse faremo meglio a sederci — disse, indicando una panca.

Mentre si accomodavano, Leonardo notò che Fresina passava in rassegna con aria sospettosa il semplice mobilio di quella stanza, quasi si aspettasse che da un momento all'altro potesse scattare una trappola. Andrea prese posto su una sedia di fronte a loro, fissando il suo allievo con sguardo interrogativo.

— Tutto è cominciato con Sandro Botticelli — iniziò a raccontare Leonardo. — Mi ha chiesto di aiutarlo a portare a termine un lavoro senza che il suo cliente, Lorenzo de' Medici, venisse a sapere del mio coinvolgimento. Il lavoro doveva essere fatto a casa della famiglia Donati. Quando inaspettatamente Lorenzo de' Medici si è presentato in quella casa, sono stato costretto a nascondermi dentro una cassapanca. Poi, quando tutti se ne sono andati, ho scoperto che era scattata la serratura ed ero rimasto imprigionato.

Su queste parole, Leonardo si interruppe e lanciò un'occhiata a maestro Andrea, aspettandosi che gli facesse qualche domanda, o che scoppiasse a ridere per gli aspetti ridicoli di quella storia. Ma la faccia dell'artista era come un foglio bianco, priva di qualunque espressione. Con un cenno appena percettibile del capo, lo esortò a continuare.

Leonardo non se lo fece ripetere e raccontò l'intera storia sforzandosi di non tralasciare alcun dettaglio. Ammise perfino di essere finito lungo per terra dopo il suo balzo fuori dalla cassapanca.

— Ecco, maestro, questo è tutto — concluse. — Davvero non avrei saputo dove altro andare. Non c'è nessuno, eccetto voi, di cui senta di potermi fidare.

Andrea incurvò leggermente il busto all'indietro e si sfregò le mani sulle cosce. — La tua storia è assurda, Leonardo.

Fresina, che durante il racconto era rimasta in silenzio, come le era stato raccomandato, a quelle parole ebbe un moto di stizza. — Se lui aveva inventato tutto, non si faceva sembrare cosí sciocco, non credete? Se si inventava la storia, faceva sembrare che lui era un eroe!

— Ho rischiato la mia vita per te — le ricordò Leonardo, punto sul vivo da quelle parole.

Andrea alzò una mano come per far cessare quel battibecco. — Se non riusciamo a capire perché quegli uomini volevano sbarazzarsi di te — disse alla ragazza — non potremo mai tirare fuori un significato da questa vicenda.

Fresina fece una smorfia contrariata. — È come ho già detto a Leonardo, loro parlavano di cose senza senso.

— Perché non provi a ricordare esattamente quello che dicevano? — suggerí Andrea in tono pacato.

Fresina scattò in piedi. Il mantello le scivolò dalle spalle e il maestro ebbe un leggero sussulto alla vista delle macchie di sangue sul suo vestito. Indifferente a quella reazione, la ragazza diede inizio al suo racconto.

— Io striscio dietro di loro, senza che mi vedono — disse, muovendosi in punta di piedi per la stanza. — Poi quelli chiudono dietro di loro la porta, ma io mi metto lí a sentire.

Portando una mano all'orecchio, iniziò a mimare l'intera scena.

— Io non riesco a sentire tutto, perché qualcuno di loro parla meno forte degli altri. Tommaso, lui parla piú piano, lui ha piú paura di tutti che qualcuno lo sente, ma dice che loro chiedono troppo a lui, e non è contento. «Tutto quello che ti chiediamo è qualche informazione» dicono gli altri. «I movimenti della tua padrona e del suo amico Lorenzo.» Tommaso dice ancora qualcosa. «Tu hai il vizio dei dadi e delle carte» dicono gli altri. «Ci devi molti soldi. Cosa pensi che succederebbe se dovessimo esigere il pagamento del debito? Andresti a finire in prigione. E cosa ne sarebbe di tua moglie e dei tuoi figli?» Tommaso è preoccupato per qualcuno che lui chiama il Gottoso. È preoccupato per quello che il Gottoso farà.

— Il Gottoso è il soprannome di Piero de' Medici — intervenne Andrea. — È ammalato di gotta, un'infiammazione delle articolazioni che gli procura grandi dolori.

— Gli altri due dicono a lui di non preoccuparsi per questo Gottoso — riprese Fresina alzando la voce, come per far capire che non gradiva interruzioni. — Dicono che tutto è già stato previsto per il meglio, e che il Gottoso verrà rovesciato dalla mano di Dio.

— Dio? — domandò Leonardo, perplesso.

Fresina lo fece tacere con un'occhiata di fuoco. — Sí, Dio! — ripeté in tono alterato. — Tommaso fa un verso come per dire che allora va bene, lui si arrende. «Al segnale devi essere pronto a far entrare i nostri uomini» dicono loro a lui. «Colpiremo alla velocità del fulmine, non ci sarà tempo per gli errori.» Uno di loro ride quando dicono questo. Io non so perché.

Leonardo era sul punto di intervenire, ma Andrea gli fece segno di star tranquillo.

— Poi io vado a finire troppo vicino alla porta — continuò Fresina, ruzzolando in avanti. — La porta si apre e loro vedono me. Io mi giro e corro, ma loro mi prendono in mezzo al corridoio. Tommaso mi tiene stretta e loro spingono e tirano me e aprono la porta della stanza piú vicina, e dopo tutti andiamo dentro e io non riesco a liberarmi.

Su queste parole si strinse le braccia attorno al corpo iniziando a oscillare da un piede all'altro.

— Dopo questo succede quello che sai già da Leonardo, e alla fine lui fa come se si vuole battere, ma è ridicolo.

— E tu non sai chi fossero quegli uomini? — chiese Andrea. Fresina scosse la testa. — Neppure tu, Leonardo?

— Uno l'ho visto ieri alla bottega di maestro Silvestro, ma so soltanto che si chiama Rodrigo.

Andrea si alzò, fece qualche passo verso la scrivania e tornò con un foglio e un pezzo di carboncino che porse al suo allievo. — Disegnami l'uomo che dava ordini a Rodrigo.

In men che non si dica, Leonardo tratteggiò la fisionomia dei due individui. Fresina, china su di lui, non gli toglieva gli occhi di dosso. — Il naso dovrebbe essere piú lungo — osservò infine con una smorfia.

— Era esattamente cosí — ribatté Leonardo seccato, porgendo il foglio al suo maestro.

Andrea diede un'occhiata al disegno e si morse le labbra. — Non hai riconosciuto quest'uomo? — chiese indicando il personaggio dal viso aristocratico.

— No — rispose Leonardo.

Andrea batté il dito sul foglio. — Questo è Diotisalvi Neroni, l'uomo piú pericoloso che ci sia in città. Ho sentito dire che ha assunto alle sue dipendenze un mercenario, uno spagnolo che gli fa da guardia del corpo e da corriere. Se Neroni vuole la tua testa, puoi già cominciare a infilarla nel cappio.

— Ma, maestro, voi cos'avete capito di tutta questa storia?

Andrea tornò a sedersi, e con un cenno della mano invitò gli altri due a fare altrettanto. — Come sapete — cominciò a dire — quando gli aristocratici, indebitati fino al collo, hanno perso potere, e le corporazioni d'arti e mestieri sono subentrate alla guida della nostra città, è stata creata la Signoria, un direttivo di nove uomini eletti ogni due mesi dai membri delle corporazioni. La Signoria si occupa del disbrigo degli affari correnti della città, ma ci sono decisioni importanti che non possono essere lasciate a quei nove uomini, sempre pronti a mettersi gli uni contro gli altri. Per questo il vero potere rimane nelle mani della ricca famiglia dei Medici: fino a due anni fa del grande Cosimo de' Medici, e ora, dopo la sua morte, del figlio Piero.

— Che sarebbe il padre di Lorenzo — spiegò Leonardo a Fresina.

— Questo lo so anch'io! — sibilò lei per tutta risposta.

— Da quando è morto Cosimo — continuò Andrea — Luca Pitti, un pagliaccio pieno di sé a cui piace immaginarsi come una specie di eroe del popolo, cerca di spodestare i Medici per mettersi lui stesso alla guida della città. Da solo non è abbastanza intelligente per potercela fare, ma ha un pericoloso alleato in Neroni, che è astuto come una volpe e sa bene che, nel caso i Medici dovessero cadere, sarebbe lui a tenere di fatto le redini del potere.

— E cosa possiamo fare contro un uomo del genere? — chiese Leonardo.

— Niente — dichiarò mestamente Andrea. — La sola cosa da fare è trovare un nascondiglio sicuro per voi. Appena verranno a sapere chi sei, Leonardo, questo è il primo posto in cui ti cercheranno.

— Ma non potreste farvi ricevere dai Medici e raccontare loro ogni cosa? — suggerí il ragazzo.

— Raccontare che cosa? — domandò Andrea. — Che il mio apprendista era nascosto dentro una cassapanca in casa Donati? Che è scappato insieme a una schiava e che entrambi sono accusati di omicidio? E cosa pensi che mi succederà se mai si dovesse venire a sapere che vi ho dato una mano?

Leonardo abbassò la testa. Fino a quel momento non aveva pensato ai guai che con la sua condotta avrebbe potuto procurare al maestro. — Mi dispiace. Non c'era un altro posto dove andare.

Per un momento Andrea mantenne un'espressione severa, risentita, poi parlò in tono piú comprensivo. — La cosa piú urgente è farvi uscire dalla città prima che le guardie vi scovino — disse.

L'istante successivo, tutti e tre trasalirono impauriti. Come in risposta alle parole di Andrea, qualcuno aveva bussato con forza alla porta.

10
Cacciati dal paradiso

Andrea scattò in piedi. Tirò un sospiro nervoso, inspirando aria dalla bocca serrata, poi con un cenno fece allontanare Leonardo e Fresina verso un angolo appartato della stanza. I colpi intanto erano sempre piú forti. Andrea si diede ancora una sistemata al vestito, cercò di assumere un atteggiamento di compostezza, poi con passo deciso si avviò verso la porta e la aprí.

Sandro Botticelli si lanciò dentro la stanza. — Andrea — sospirò con affanno — avete visto Leonardo? L'ho già cercato di sotto, fra gli apprendisti, ma...

Andrea lo tirò dentro con uno strattone e richiuse con forza la porta. Non appena intravide Leonardo acquattato nell'angolo, Sandro allargò le braccia alzando gli occhi al cielo. — Grazie a Dio e a tutti i santi! — esclamò.

— Sandro! — gridò Leonardo correndo ad abbracciarlo.

Dopo essersi liberato dalla stretta dell'amico, Sandro scorse la sagoma di Fresina nella penombra. — Hai portato qui quell'assassina! — esclamò. — Ma sei pazzo?

— Non è un'assassina piú di quanto non lo sia io — ribatté Leonardo. — Ma dimmi, cosa ci fai tu qui?

— Siamo andati alla cena in casa Alberti e, ci crederesti?, mi sono ritrovato a sedere in fondo al tavolo, tra un mercante di seta greco che spiccicava a malapena qualche parola nella nostra lingua e un venditore di pesce con un alito nauseabondo. Belle conoscenze per un aspirante artista!

— Sandro, non abbiamo molto tempo — lo incalzò Andrea.

— Sí, naturalmente — disse lui. — Non riuscivo a smettere di pensare a Leonardo in casa Donati, sperando che fosse riuscito a tirarsi fuori da quella situazione senza rovinare il nostro piano. Cosí, con una scusa, ho lasciato la cena e me ne sono venuto via. Volevo tornare alla Torre Donati e, con il pretesto di aver dimenticato certi pennelli, introdurmi in casa. Ma tutt'intorno all'abitazione di Lucrezia c'era una gran baraonda. La gente diceva che il ciambellano era stato ucciso da una schiava che poi era scappata con un giovane sconosciuto.

— Sconosciuto... Meno male! — commentò con sollievo Leonardo.

— Eri tu? Be', non ci metteranno molto a scoprirlo: non avranno che da chiedere a Lucrezia — fece notare Sandro. Poi, con voce lamentosa, aggiunse: — Ma come hai fatto a cacciarti in questo pasticcio? E cos'è successo a quel Tommaso?

— Sono stati altri due uomini a ucciderlo — rispose Leonardo. — Hanno imbastito una messinscena in modo da far sembrare che il delitto fosse stato commesso da Fresina, e avevano intenzione di liberarsi anche di lei. Ho già spiegato tutto a maestro Andrea.

Andrea del Verrocchio camminava a lunghi passi per la stanza, chiudendo e dischiudendo nervosamente i pugni. Quando incrociò lo sguardo di Sandro, disse: — La pena prevista per chi aiuta uno schiavo che è fuggito è la morte, lo sappiamo tutti. Ma non abbiamo scelta, quindi è inutile preoccuparsi. Già in questo momento, mentre parliamo, probabilmente stanno chiudendo le porte della città. Perciò l'unica via di fuga rimane il fiume.

— Mio padre ha una barca a remi — disse Sandro. — La tiene legata vicino alla conceria. Un tempo la usava spesso, ma ora...

Andrea lo interruppe puntandogli il dito contro: — Va' subito a prenderla! Fa' piú in fretta che puoi. Ci troveremo sotto il Ponte alle Grazie, qui sul lato nord del fiume.

Senza perdere un istante, il maestro accompagnò il giovane artista alla porta e la richiuse alle sue spalle. Poi tornò verso Fresina e iniziò a massaggiarsi la mascella come se fosse tormentato dal mal di denti.

— Non puoi andartene in giro con quel vestito sporco di sangue. Dobbiamo trovare qualcos'altro da metterti addosso. Forse una divisa degli apprendisti potrebbe andare.

Pochi minuti dopo, Leonardo, Fresina e Andrea erano per strada, diretti verso il fiume. La schiava indossava una casacca e un paio di pantaloni; i suoi lunghi capelli biondi erano stati raccolti sotto un copricapo e le esili spalle erano ancora avvolte nel mantello rubato.

— È una vera fortuna che Gabriello abbia le tue stesse misure — osservò Leonardo.

— Gli comprerò una divisa nuova — borbottò Andrea.

Fresina alzò il braccio e annusò una manica. — Non è nemmeno pulita — disse.

— Ho dovuto prenderla dalla cesta dei vestiti sporchi perché nessuno si accorgesse di niente — spiegò Leonardo. — Non immaginavo che una schiava potesse essere cosí schizzinosa.

— La mia padrona sempre insiste perché i miei vestiti devono essere puliti e senza macchie — dichiarò lei con orgoglio. — I Donati si curano molto della servitú.

— Allora perché non te ne torni da loro? — la apostrofò bruscamente Leonardo. — Naturalmente niente di quello che faccio va mai abbastanza bene per te.

Il labbro di Fresina iniziò a tremare. Abbassando il viso, affrettò il passo portandosi davanti agli altri. Leonardo si vergognò di averla aggredita a quel modo. Fece per raggiungerla, ma Andrea lo trattenne mettendogli una mano sulla spalla.

— Lascia che pianga — disse. — Ha bisogno di far venire fuori quelle lacrime. Meglio che se ne liberi adesso.

Nel frattempo avevano raggiunto il corso del fiume. Un sentierino sdrucciolevole li portò sulla riva, sotto il Ponte alle Grazie, che era quello piú vicino alla bottega di Andrea.

La corrente formava piccole onde che andavano a frangersi dolcemente contro la muratura in pietra, e sullo sfondo si intravedeva di tanto in tanto scivolare silenziosa l'ombra scura di un'imbarcazione. Sulle banchine in prossimità del ponte erano state costruite piccole cappelle dalle quali si sentiva provenire il mormorio cadenzato delle preghiere serali. Fresina, immersa nella penombra, si lasciò cadere sopra una catasta di legna, il volto nascosto dietro le braccia.

— Maestro — iniziò a dire Leonardo — so bene di darvi un grosso disturbo, ma...

Andrea lo interruppe con un gesto, come lasciando capire che non c'era bisogno di scusarsi. — Lo faccio per me, perché anch'io un tempo sono stato accusato ingiustamente — disse con una certa severità nella voce. Poi soggiunse: — E lo faccio per te... perché qualcosa mi dice che un giorno sarai un grande artista.

Leonardo non credeva alle proprie orecchie. Era la prima volta che il maestro gli faceva un complimento. — Dite davvero?

— Pensi che ti avrei sopportato fino ad oggi se non ne fossi piú che convinto?

— Ma io credevo che il vostro favorito fosse Nicolò. A lui concedete di esercitarsi nell'arte, mentre per me ci sono solo pennelli da lavare e tele da preparare.

— Lo incoraggio a impratichirsi con la tecnica perché, sebbene non sia altro che una pallida imitazione della mia, sarà tutto quello che possederà, per quanto a lungo possa continuare a dipingere. Da te mi aspetto di piú. Mi aspetto che trovi qualcosa dentro di te che ti faccia diventare allo stesso tempo un grande artista e un grande uomo. Tutto il resto non sarà che una semplice conseguenza.

— Proprio quello che desidero anch'io, maestro.

— No, Leonardo, quello che desideri tu è il successo, la fama e la ricchezza. Ma non sono queste le cose che fanno grande un uomo.

— Non capisco.

— Allora lascia che ti racconti una storia che un tempo è stata raccontata a me — disse Andrea. Lanciò un'occhiata alla superficie dell'acqua, concentrato, quasi vi scorgesse delle immagini in divenire. — Molto tempo fa, alle origini del mondo, quando Satana, accecato dall'orgoglio, si ribellò contro Dio, alcuni angeli, troppo codardi, non seppero decidere da che parte stare. Pensarono soltanto a se stessi, e sfuggirono alla guerra nascondendosi in paradiso. In seguito, dal momento che non erano né abbastanza buoni per il paradiso né abbastanza malvagi per l'inferno, Dio tolse loro le ali e li mandò in esilio sulla Terra, dove divennero le anime degli uomini. Solo dando prova del loro coraggio possono riconquistare le ali. Questo è quello che ci fa grandi, Leonardo: le nostre scelte, e il coraggio di cui abbiamo bisogno per portarle avanti.

Leonardo rimase in silenzio. Per la prima volta si rendeva conto di quanto poco avesse capito degli insegnamenti che il maestro aveva cercato di trasmettergli dal giorno del suo arrivo a Firenze.

La voce squillante di Fresina lo richiamò al presente. — La barca!

Improvvisamente risollevata, la ragazza si era messa a saltellare.

Andrea aggrottò le sopracciglia. — Siamo sicuri che è Sandro?

Leonardo prese a scrutare le tenebre. La sua vista acuta non lo tradí. — Sí, è lui — disse agitando la mano in direzione dell'amico che, prima di muovere verso riva, ricambiò il saluto. Quando si avvicinò con la barca, Leonardo vide sul suo volto i segni della fatica e si sentí in colpa: remare fin lí con quel polso dolorante doveva essergli costato uno sforzo enorme.

— Presto, salite! — li incitò Sandro, ormai a corto di fiato.

Dopo avere aiutato Leonardo e Fresina a prendere posto sulla barca, fece per risedersi, ma Leonardo glielo impedí afferrandolo per un braccio.

— Tu rimani qui. Da adesso in avanti ce la caveremo da soli.

— Ma come farà mio padre a riavere la sua barca?

— Non preoccuparti per questo — tagliò corto Leonardo con un tono che non ammetteva repliche. — Preoccupati piuttosto per quello che ti potrebbe succedere se venissi sorpreso a prestarci aiuto.

— Leonardo ha ragione — intervenne Andrea porgendo la mano a Sandro. — Hai fatto tutto quello che potevi.

Lo aiutò a mettere piede a riva, poi sospinse la barca verso il largo. Prima che Andrea lo trascinasse via, Sandro volle salutare un'ultima volta con la mano.

Mentre l'amico e il maestro scomparivano a poco a poco alla sua vista, Leonardo si rese conto di non essere cosí solo come aveva sempre pensato. Ma quella consapevolezza, forse, arrivava troppo tardi: chissà se li avrebbe mai rivisti!

Facendo ruotare la barca su se stessa, cominciò a

remare verso ovest tenendosi il piú vicino possibile alla riva, dove le ombre erano piú fitte. Solo quando, volgendo indietro lo sguardo, vide le mura di Firenze scomparire nell'oscurità, si concesse una pausa per riprendere fiato.

— Ora dovremmo essere al sicuro — dichiarò. — Se siamo fortunati, i nostri inseguitori non sospetteranno che siamo riusciti a lasciare la città.

— Io non sono al sicuro in nessun posto — disse Fresina. — Dove vado, sono sempre una schiava, e loro danno sempre la caccia a me.

Leonardo corresse leggermente la direzione della barca per evitare un banco di sabbia. — Come hai fatto a diventare una schiava? — chiese dopo un lungo silenzio. — Sei stata riconosciuta colpevole di qualche crimine o catturata in guerra?

— Mio padre aveva bisogno di soldi. Cosí lui ha venduto me.

— Tuo padre? — chiese Leonardo esterrefatto.

Fresina alzò le spalle. — È una cosa normale. Dopotutto, una ragazza non può combattere in battaglia o arare un campo. Lui mi ha detto che io diventavo un'importante signora nel palazzo di un sultano turco. Invece hanno messo me come un pacco sopra una barca puzzolente, senza spazio per potermi muovere, schiacciata in mezzo a tanti altri schiavi, molti anche piú giovani di me. — Si strofinò gli occhi col dorso della mano, poi continuò: — Cosí abbiamo navigato, non lo so per quanto tempo. Non c'è mai notte e giorno quando sei nella pancia buia di una nave. Alla fine sono stata portata nella città di Venezia e rinchiusa lí. Poi loro hanno insegnato un po' a me la tua lingua e la fede cristiana, cosí potevano prendere piú soldi quando mi vendevano.

— Immagino che odierai tuo padre — disse Leonardo.

Il volto di Fresina era nascosto nel buio. — Lui doveva pensare al bene della famiglia — rispose. — Noi in Circassia siamo gente pratica.

— Già, e forse noi non siamo poi cosí diversi da voi — mormorò Leonardo.

— Tu non mi hai ancora detto dove andiamo — osservò Fresina. — Vuoi solo continuare a remare e ancora remare fino a quando qualcuno ci dice fermatevi?

— Ti sto portando a casa — borbottò lui.

A quelle parole Fresina balzò in piedi con una specie di squittio, e poco mancò che non facesse capovolgere la barca. Leonardo dovette aggrapparsi a una fiancata per non finire in acqua. Con un gesto rabbioso la fece risedere.

— Sta' giú, pazza incosciente che non sei altro! Per poco non ci facevi ribaltare!

Fresina tornò a sedersi guardandolo torva, con aria di sfida. — Perché ti spaventi tanto? Non sai nuotare?

Leonardo si accorse che gli tremavano le mani. Solo imponendosi uno sforzo di volontà riuscí a riportare la situazione sotto controllo. — Certo che so nuotare — ribatté in tono brusco. — Ma in questo fiume ci sono correnti pericolose che ti possono trascinare verso il basso. Per non annegare dovresti saper respirare sott'acqua.

Fresina strinse gli occhi in una strana smorfia, come realizzando solo in quel momento lo spavento che doveva essersi preso Leonardo per la sua leggerezza. — Starò seduta senza muovermi se tu vuoi cosí — disse. — Ma pensi davvero di poter arrivare in Circassia con questa barca?

— Non essere ridicola — replicò lui. — Ti sto portando a casa mia. Ad Anchiano.

— Oh — fece lei incurvando le spalle.

— Credimi — disse Leonardo — preferirei che fossimo diretti in Circassia, per quanto lontano possa essere. Probabilmente riceveremmo un'accoglienza piú calorosa.

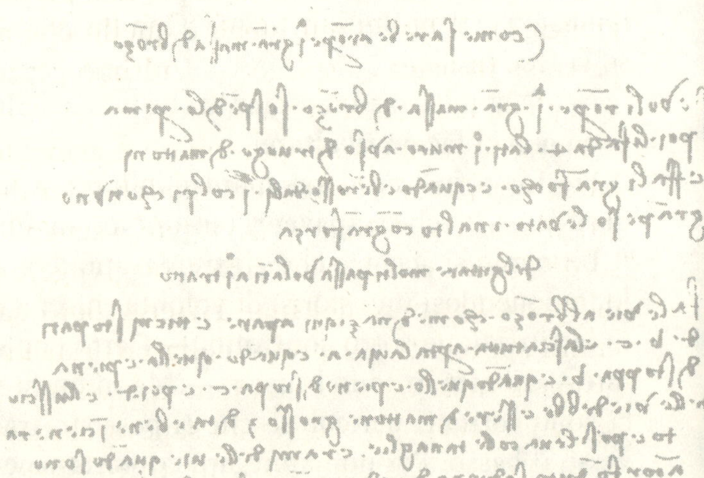

11

Il ritorno a casa

L'indomani ogni cosa sembrò confermare le parole di Leonardo: perfino il paesaggio non aveva nulla di accogliente.

— Su quante colline dobbiamo arrampicarci ancora? — domandò Fresina in tono lamentoso, lasciandosi cadere di peso sull'erba. — Con tutto quello che abbiamo camminato, potevamo essere già arrivati in Circassia!

Leonardo ce la metteva tutta per non perdere la pazienza. — Il tratto piú lungo è quello che abbiamo percorso in barca — spiegò. — L'ultimo pezzo va fatto a piedi, ma non ci vorrà molto.

Durante la notte si era fermato e aveva legato la barca per potersi concedere qualche ora di sonno. All'alba avevano ripreso il viaggio, seguendo il corso dell'Arno verso ovest fino a raggiungere il porto di Pisa e le acque del mar Tirreno. Solo da un'ora erano approdati nei pressi della città di Empoli, e prima di incamminarsi avevano nascosto la barca in mezzo ai cespugli. Leonardo sapeva che avrebbero potuto averne ancora bisogno: tutto dipendeva da quello che sarebbe successo una volta giunti ad Anchiano.

Si sedette accanto alla ragazza, lo sguardo perso

dietro il volo di un falco che scivolava senza sforzo sullo sfondo blu del cielo.

— Perché tu guardi sempre gli uccelli? — domandò Fresina con un che di sospettoso. — Cerchi forse presagi?

— Non credo nei presagi — dichiarò Leonardo. — Voglio solo capire come fanno a volare.

— E perché tu vuoi capire quello?

— Quando ero molto piccolo, un uccello, un nibbio, venne a posarsi sul mio lettino. Saltellò sopra di me, e con le piume della coda mi fece il solletico sul naso prima di volare via. Io allungai le braccia e iniziai a strillare disperato. Piangevo perché non potevo volare via con lui.

— E allora è per questo che guardi gli uccelli... Perché tu vuoi volare via con loro?

— Immagino di sí.

Fresina annuí con l'aria di chi la sa lunga. — Allora tu vuoi essere un mago, o uno stregone.

— No, no davvero. Solo gli sciocchi credono nella magia.

— Come può un uomo volare senza la magia? — si scaldò Fresina agitandogli le dita sotto il naso. — Non lo potrà mai fare, se prima lui non sottomette gli spiriti dell'aria.

— Gli spiriti dell'aria?

Fresina aggrottò le sopracciglia, come stupefatta da tanta ignoranza. — In Circassia abbiamo gli stregoni che sono molto esperti di queste cose. Loro dicono agli spiriti dell'aria di portare il vento e agli spiriti dell'acqua di portare la pioggia. Certo, adesso che sono cristiana... — soggiunse accompagnando quelle parole con un frettoloso segno della croce — ... non credo piú in certe cose.

— Io credo nelle cose che posso vedere, le cose che posso toccare — disse Leonardo. — Un uccello, grazie al movimento delle ali, può spostarsi nell'aria come un pesce si sposta nell'acqua. Perché mai non potrebbe un uomo fare la stessa cosa?

— Perché un uomo non ha le ali — osservò Fresina. — Non è piú possibile per te volare insieme con gli uccelli che per me sedere a tavola insieme con la mia padrona.

— In effetti dovrei costruire qualcosa — ammise Leonardo. — Ali di cuoio, o di vimini forse.

Mentre parlava, si vide per un momento veleggiare sopra le verdi colline toscane con un enorme paio di ali artificiali assicurate con una cinghia alla schiena.

Fresina lo guardò di traverso, con aria di disapprovazione. — Sei sciocco se non vuoi usare la magia. Gli uomini che cercano di ucciderci sono stregoni, e solo la magia può proteggerci da loro — dichiarò sputandosi sull'indice e passandolo sulla fronte come a comporre un segno invisibile. — Se hai un po' di sale in zucca, anche tu devi segnarti contro il malocchio.

A quelle parole Leonardo si scosse dalle proprie fantasticherie. — Che cosa ti fa pensare che siano stregoni? — domandò.

— Non ho forse raccontato a te quello che hanno detto? — sbottò Fresina, sempre piú impaziente. — Hanno detto che possono servirsi della mano di Dio per distruggere i loro nemici. Proprio cosí fanno gli stregoni nel mio paese. In Circassia loro si rivolgono a Sela per il tuono, a Tleps per il fuoco e a Seosseres per il vento.

— Dovresti farla finita con queste superstizioni — cercò di convincerla Leonardo. — Non fanno che annebbiare la mente. Parli mai di queste cose con il tuo padrone e la tua padrona?

Fresina deglutí afferrandolo per la mano. — Devi giurare di non raccontare a nessuno che ho parlato di questo — supplicò con improvvisa frenesia. — Io adesso sono una brava cristiana, e se il mio padrone, il signor Donati, viene a sapere che ho parlato di cose pagane, lui di sicuro mi fa picchiare.

— Non lo dirò a nessuno — promise Leonardo. — Comunque le parole di quegli uomini non hanno nulla a che vedere con la magia. Hanno piuttosto qualcosa a che vedere con una certa macchina.

Fresina corrugò la fronte fissandolo come se stesse farneticando.

— Non importa — sospirò lui. — Questi discorsi non ci aiuteranno nella nostra situazione.

Aveva pensato di mostrare il disegno di quella strana macchina a maestro Andrea, ma poi era stato travolto dagli eventi e non ce n'era piú stato il tempo. E Anchiano era l'ultimo posto sulla terra dove sperare di poter trovare una soluzione a quei misteri.

In cielo, sopra le loro teste, il falco piombò su un passero ignaro ghermendolo con i possenti artigli e portandolo via con sé. La crudezza di quell'esecuzione ricordò a Leonardo un'altra brutale uccisione, quella del ciambellano Tommaso colpito a morte dal pugnale di Rodrigo.

— Vieni. Non dobbiamo fare tardi — disse alzandosi in piedi e porgendo la mano a Fresina.

C'erano diversi contadini al lavoro tra i frutteti e nelle vigne. Leonardo, approfittando della sua conoscenza della zona, procedeva per stradine e sentieri secondari in modo da passare a una certa distanza da possibili occhi indiscreti e non correre il rischio di venire riconosciuto.

— Hai detto che la tua famiglia possiede una fattoria da queste parti? — domandò Fresina.

— Sí, qua sopra, alle pendici del Monte Albano — disse Leonardo indicando un promontorio nella direzione di marcia. — Vinci, il paese da cui la mia famiglia prende il nome, è sull'altro lato della montagna. La maggior parte dei nostri campi è concessa in affitto a coltivatori che versano in cambio una parte del loro raccolto a mio nonno Antonio.

— E tuo padre vive qui anche lui?

— Qualche volta — rispose Leonardo, un po' a disagio. — Lui è notaio.

— Notaio? Che roba è?

— Redige contratti commerciali, sovrintende alla vendita di terreni e proprietà… insomma, questo genere di cose. È un lavoro che lo costringe a viaggiare molto.

— Ma tua madre, lei è qui.

— No, lei no — replicò secco e un po' evasivo Leonardo.

Fresina fece un passo indietro, sorpresa dall'improvvisa durezza del suo tono, e lo squadrò piena di curiosità. — Chi ci aiuterà allora?

— I miei nonni sono persone comprensive — disse Leonardo. — Ci troveranno un posto dove stare al sicuro fino a quando tutta questa faccenda si sarà...

Alla vista di una figura familiare si interruppe di colpo, e un sorriso raggiante cancellò ogni ombra di preoccupazione dal suo viso. Un uomo robusto, dalle larghe spalle, con una foresta di riccioli sulla testa, stava venendo verso di loro a grandi passi, tenendo un forcone in mano. Leonardo, eccitatissimo, agitò le braccia in segno di saluto.

— Chi è? — volle sapere Fresina.

— È mio zio! — esclamò Leonardo. — Zio Francesco!

Corse in avanti, e non appena fu di fronte all'uomo lo abbracciò con slancio. Quando Fresina li raggiunse, Leonardo aveva già perso il suo entusiasmo. — Mio padre è qui? — chiese.

Il sorriso di benvenuto sparí all'istante dal viso schietto e un po' infantile di Francesco da Vinci. — È a Pistoia per affari. Non sarà qui prima di domani.

— E lei è con lui?

— Sí.

— Meglio cosí — commentò Leonardo. — Non voglio che resti coinvolto in questa faccenda. Ha una reputazione da difendere.

— Coinvolto in quale faccenda? — chiese Francesco lanciando un'occhiata a Fresina. — E questa chi è? — domandò inarcando un sopracciglio.

— Fresina. È per lei che sono qui — spiegò Leonardo. — Abbiamo dovuto lasciare Firenze per fuggire da certi uomini potenti.

La fronte di Francesco si increspò come un campo

arato di fresco, e le sue labbra presero a ruminare come se stesse faticando a digerire un pasto troppo abbondante. — Sembra una questione complicata — disse. — Mi spiegherai tutto quando saremo a casa.

Cosí dicendo si avviò di buon passo per il sentiero tortuoso, seguito da Leonardo e Fresina.

— Da come lui parla, sembra piú giovane di quello che dice la sua faccia — osservò ansimando la ragazza.

— È un uomo buono — disse Leonardo come se lo volesse difendere. — Anche se mio padre lo tratta come uno scemo.

Presto giunsero a una grande casa circondata da alcuni edifici piú piccoli. Francesco si fermò. — Meglio che la ragazza rimanga fuori finché non abbiamo parlato con tuo nonno.

— Fresina, nasconditi dietro quel carro — ordinò Leonardo. — Non ci metterò molto.

Sempre al seguito di Francesco, entrò in una stanza con un enorme camino, un tappeto e, su una parete, un affresco rappresentante una corsa di cavalli. Il vecchio che stava seduto vicino al fuoco si alzò in piedi, un po' barcollante. Un tenue sorriso fece muovere per un istante la sua folta barba bianca.

— Leonardo! — esclamò. — Ragazzo mio, come te la sei passata?

— Bene, nonno — rispose lui, abbracciandolo.

— Tua nonna sarà felicissima di vederti — dichiarò ser Antonio da Vinci. — Le sei mancato molto. Forse ancora piú di quanto non sia mancato a Francesco il tuo aiuto nei lavori della fattoria.

— Devo ancora farti vedere i nuovi vitelli — annunciò lo zio raggiante.

Leonardo stava per replicare, ma rimase ammutolito nello scorgere un altro uomo avanzare verso di loro dal retro della casa. Era alto, di bell'aspetto e indossava un elegante farsetto di broccato. Dietro di lui c'era una giovane donna graziosa, di pochi anni soltanto piú grande di Leonardo, che teneva il capo chino in segno di sottomissione, come si addiceva a una buona moglie.

— Piero, cosa ci fai qui? — esclamò Francesco. — Pensavo fossi ancora a Pistoia.

— Ho sbrigato i miei affari prima del previsto — rispose Piero da Vinci. — Ma se permetti — soggiunse lanciando uno sguardo minaccioso nella direzione di Leonardo — avrei io una domanda piú pertinente: che cosa ci fa mio figlio qui?

12
Il figliol prodigo

Nemmeno se fosse stato trascinato in catene davanti ai magistrati di Firenze, Leonardo avrebbe provato un cosí profondo senso di colpa. Sentí la gola asciugarglisi all'istante, e dovette tossire prima di poter parlare. L'ultima cosa ragionevole da fare in quella circostanza era dire la verità.

— Buongiorno, padre — salutò quasi balbettando. — Avevo qualche giorno libero, cosí ho pensato di fare un salto a casa.

Le labbra pronunciate di ser Piero si piegarono in una smorfia. — Per fare cosa esattamente? Per rischiare un'altra volta di annegare nel fiume? Per riempire la casa di lucertole e insetti?

— Gli insetti gli servivano da modelli per i suoi disegni — intervenne Francesco. — E ne ha tirato fuori un paio di mostri niente male.

— Per questo genere di cose il suo posto è alla bottega di Andrea del Verrocchio — sentenziò ser Piero. — Se mai riuscirà a trasformare quello stupido scarabocchiare in un'onesta professione. Per lo studio della legge ha mostrato ben poca inclinazione, come del resto anche per il lavoro nei campi. — Poi, scrutando il figlio con aria sospettosa, soggiunse: — Ma com'è che Andrea ti ha permesso di allontanarti? Oggi non è un giorno di vacanza, che io sappia.

— Non abbiamo cosí tanto da fare alla bottega — disse Leonardo, ben sapendo che quella risposta sarebbe suonata poco convincente.

— Non è che ti sei messo ancora in qualche guaio, vero? — gli domandò suo padre in tono accusatorio. — Ho raccomandato ad Andrea di non perderti mai d'occhio. L'ho avvertito che sei molto indisciplinato.

Leonardo cominciò a muoversi nervosamente sul posto, incapace di alzare gli occhi. — No, nessun guaio.

— E allora perché sei qui? Da cosa ti devi nascondere?

Leonardo sapeva di dover dare una risposta che suonasse credibile, e gliene venne in mente una sola. Alzò lo sguardo e, parlando forte e chiaro, disse: — Sono venuto a chiedere soldi.

— Ah! Proprio come pensavo! — esclamò ser Piero allargando platealmente le braccia, come un pubblico ministero che abbia appena ricevuto una piena confessione dall'imputato. — Non ho forse già contrattato la tua paga con Andrea? Non ti ho forse dato abbastanza per poterti attrezzare di tutto il necessario per la tua nuova professione?

— La vita a Firenze è molto cara — ribatté Leonardo mostrandosi irritato. Sapeva che quanto peggiore fosse riuscito ad apparire agli occhi del padre, tanto piú era improbabile che ser Piero volesse approfondire le vere ragioni di quella visita.

— Che cosa è caro? I bei vestiti? Il vino migliore?

Non sono queste le cose per cui ti ho mandato a Firenze.

— Devo pur cercare di darmi un'apparenza signorile — replicò Leonardo. — Sono vostro figlio, e non vorrei farvi sfigurare.

— Farmi sfigurare? Se trascuri i tuoi studi per venire qui a mendicare qualche soldo è esattamente quello che fai!

— Piero — provò a intervenire ser Antonio — sono certo che non si tratterrà a lungo. Potremmo dargli...

— Non permettetegli di approfittarsi del vostro buon cuore, padre — lo interruppe Piero. — Non ha neanche quel minimo di educazione per salutare sua madre come si deve.

Cosí dicendo, fece fare qualche passo in avanti alla sua giovane sposa. La donna sembrava piuttosto imbarazzata, ma fece del suo meglio per sorridere al figliastro. Leonardo abbassò la testa.

— Il ragazzo ha affrontato un viaggio faticoso — fece osservare Francesco in tono gentile. — Dobbiamo offrirgli un buon pasto.

— C'è abbastanza cibo per lui a Firenze — grugní Piero. — Maestro Andrea non permette che i suoi apprendisti facciano la fame, anche se non li veste con abiti d'oro o di seta.

Leonardo si sentiva bruciare gli occhi. Tutto era andato nel piú orribile dei modi. — Sono stato uno stupido a venire qui — disse.

Poi, prima che il padre potesse, per una volta, dargli ragione, fece dietrofront e si precipitò fuori dalla porta. Appena uscito si fermò, la schiena contro il muro, lottando per controllare i singhiozzi. Quando alzò lo sguardo, rimase stupefatto nel vedere che ser Piero lo aveva seguito.

— Ti sei cacciato in qualche brutto guaio, Leonardo? Il suo tono si era leggermente addolcito, ma nel fondo vibrava ancora un'accusa.

— E se anche fosse? Che differenza farebbe per voi? — replicò il figlio scagliandogli addosso quelle parole come una manciata di sassi.

— Ero preoccupato per te. Mi ricordo ancora di quel giorno, quando sei scappato e ti sei buttato nel fiume.

— Non è cosí che sono andate le cose. Voi non capite.

— Be', malgrado tutto quello che hai fatto, malgrado le cose che mi hai detto, siamo ancora vivi tutti e due. Ma la tua vita non sarà granché se non sarai capace di prenderne il controllo.

— Pensavo che foste voi ad avere il controllo della mia vita.

— Ti ho fatto un favore — disse Piero, e ora il tono della sua voce si era rifatto duro. — Ti ho suggerito una strada per trarre profitto dalle tue fantasticherie. Ma questo richiederà ancora uno sforzo da parte tua.

Leonardo aveva intenzionalmente volto lo sguardo altrove, ma il padre continuava a parlare.

— Hai mai notato, quando cammino per strada, come la gente china il capo al mio passaggio, e con quale profondo rispetto mi si rivolge? Una posizione cosí non si ottiene dal nulla, bisogna guadagnarsela. Richiede anni di duro lavoro.

Quelle parole colpirono nel segno. Leonardo sapeva bene che ciò che sperava di ottenere aiutando i Medici era proprio quel tipo di rispetto di cui parlava suo padre, e questo non faceva che peggiorare le cose.

— Insomma, tutto quello che volete da me — chiese, pieno di rabbia — è che me ne torni a Firenze a sgobbare nella bottega di qualche artista?

— Voglio che tu ti assuma la responsabilità della tua vita — replicò Piero con la stessa rabbia. — E che non batta in ritirata ogni volta che senti di dover affrontare una sfida.

Leonardo aveva lo stomaco sottosopra. Non gli venne in mente neanche una parola di risposta, cosí iniziò semplicemente a correre giú per il sentiero, perdendosi in mezzo agli ulivi.

Poco dopo al suo fianco comparve Fresina. — Sono rimasta bene nascosta dietro a una botte, fuori dalla casa — disse. — Ho sentito tutto. Quando ho visto tuo padre rientrare in casa, allora sono uscita e ti ho seguito.

Rosso d'imbarazzo, Leonardo la afferrò per un braccio e la trascinò ancora un po' piú in là lungo il sentiero. — Non possiamo stare qui — spiegò con voce rotta.

— E allora dove andiamo? — protestò la ragazza. — Non abbiamo mangiato quasi niente.

— Non mi importa — rispose bruscamente Leonardo guidandola giú per la collina. — Preferisco morire di fame piuttosto che tornare in quella casa.

— Tuo padre non vuole aiutarti?

— Lui deve pensare alla sua reputazione — dichiarò Leonardo con amarezza. — Non gli importa altro. La sua reputazione e la prossima ragazza carina con cui spassarsela un po'. Se venisse a sapere che ho dei guai con la legge, prima mi picchierebbe a sangue e poi mi spedirebbe davanti ai magistrati.

— Insomma, siamo venuti fin qui per niente — sospirò Fresina.

— È rimasto un solo posto dove provare ad andare — disse Leonardo. — E a suo modo è altrettanto pericoloso quanto tornare a Firenze.

Dopo mezz'ora di cammino, si ritrovarono sul lato della collina che sovrastava il villaggio di Campo Zeppi.

— Hai detto che tua madre vive qui? — chiese Fresina.

— Era una contadina della quale mio padre si era un po' invaghito in gioventú — spiegò Leonardo controvoglia. — Naturalmente un uomo importante come lui non poteva sposare una donna di cosí bassa condizione, neppure dopo che gli ebbe dato un figlio. Le venne concesso di allattarmi e accudirmi per il primo anno di vita, ma non appena mio padre trovò una sposa piú confacente alla sua condizione, si liberò di lei. E quando, l'anno scorso, quella donna è morta senza lasciargli neanche un figlio, lui in tutta fretta ne ha sposata un'altra, sperando che possa finalmente mettergli al mondo un erede legittimo.

Mentre parlava, si sforzava di non guardare verso Fresina, preoccupato che potesse capire, osservandolo, quanto dolore gli dava affrontare quegli argomenti. La ragazza, un po' esitante, lo toccò su una spalla.

— Non devi nascondere a me il tuo dolore. Io so cosa vuole dire essere portata via dalla madre.

Tutt'a un tratto Leonardo si lasciò quasi cadere a terra, accucciandosi dietro un gruppo di arbusti e costringendo Fresina ad appiattirsi al suo fianco.

— Cosa succede? — chiese lei nervosamente.

— Laggiú, sulla strada che costeggia il villaggio — disse Leonardo indicando un cavaliere che stava trottando attorno alla collina su un cavallo sauro, voltato di schiena rispetto al loro punto d'osservazione.

— Lo conosci?

— Non riesco a vederlo in faccia, ma giurerei che non è di queste parti.

Prima di rialzarsi, aspettarono che il cavaliere fosse scomparso dietro una macchia di pioppi.

— Era solo un uomo su un cavallo — disse Fresina. — Ti comporti come se lui era uno spirito maligno.

— Non importa — tagliò corto Leonardo osservando il sole scendere dietro le colline. — Dobbiamo arrivare da Caterina prima che faccia buio.

Un'ora dopo giunsero in vista di una casetta in pietra, ai margini del villaggio. Fresina squadrò la misera dimora con aria alquanto disgustata. — È molto piccola. Tua madre vive qui da sola?

— No, si è sposata — rispose Leonardo. — Molto tempo fa. Suo marito lavora in una fornace. Si chiama Tonio, ma tutti lo chiamano l'Attaccabrighe. Capirai presto perché.

Continuarono a camminare in silenzio lungo una stradina fangosa. A pochi metri dalla casa vennero investiti da un'esplosione di strilli provenienti dall'interno. L'istante successivo, quattro bambini di età diverse – un maschio e tre femmine – schizzarono fuori dalla porta, inseguendosi in un concerto di grida eccitate. Il piú piccolo era il maschietto, che stava colpendo una delle bambine con una bacchetta.

— Maffeo, lascia in pace Maddalena! — ordinò una voce femminile da dentro la casa.

Poi anche la donna uscí, e subito i bambini le si schierarono attorno. Alla vista di Leonardo, si fermò bruscamente, passando una mano sul grembiule come per scuotere via la polvere. Era una bella donna, non molto piú che trentenne, il viso un po' scurito dal sole e i lunghi capelli castani raccolti con un fazzoletto bianco annodato dietro la testa.

Teneva le mani sulla bocca e osservava il ragazzo.

— Leonardo, è passato tanto tempo — disse infine inarcando leggermente un sopracciglio. Parlava con l'accento caratteristico del contado toscano.

— Caterina — rispose lui. Si contorceva nervosamente le mani come se provasse l'impulso di lanciarsi verso di lei, ma allo stesso tempo avesse paura di lasciarsi andare.

La donna fece schioccare la lingua. — Qui mi puoi chiamare madre — disse. Poi, guardandosi attorno in modo molto teatrale, soggiunse: — Non siamo in chiesa o al mercato, dove qualcuno ci potrebbe ascoltare.

Anche Leonardo lanciò un'occhiata intorno, su per la collina e verso le case circostanti. La sua era un'apprensione sincera, soprattutto ripensando a quell'uomo a cavallo. — Possiamo entrare? — chiese.

Caterina rimaneva in piedi sulla soglia, bloccando l'ingresso. — Chi è la tua amica? — domandò. — E perché è vestita come un maschio?

— Sono gli unici vestiti che siamo riusciti a trovarle.

Caterina esaminò attentamente la ragazza, in un modo che lasciava trasparire, piú che un atteggiamento ostile, una grande curiosità. Infine, con un leggero movimento della testa, lasciò intendere che potevano entrare e fece strada verso l'interno.

Dalle piccole finestre riuscivano a penetrare solo pochi raggi di luce, che illuminavano un'unica stanza con un focolare a una delle estremità e delle coperte ripiegate sull'altro lato. In mezzo c'era un tavolo di legno circondato da alcune sedie e, su tutta la lunghezza delle mura, scaffali ricoperti di barattoli di terracotta e utensili da cucina.

Caterina li invitò ad accomodarsi mentre tagliava un po' di pane fresco e andava a prendere una brocca d'acqua. — Si direbbe che abbiate fatto un lungo viaggio — disse infine sedendosi al tavolo con loro e versando l'acqua.

Fresina trangugiò il suo bicchiere tutto d'un fiato e chinò la testa in segno di ringraziamento. — Arriviamo da Firenze.

— Che cosa? Tutta quella strada solo per vedere me? — scherzò la donna.

— Per chiedere aiuto a te — precisò Leonardo. — Abbiamo bisogno di rimanere nascosti per qualche giorno.

— E avete pensato che questo sarebbe stato un buon posto? — domandò sua madre indicando con un gesto della mano le mura disadorne. — Immagino che tuo padre non ne abbia voluto sapere, giusto?

Leonardo non rispose.

Caterina rise. — No, non ha voluto, vero? E cosí sei nei guai. Dico bene? — soggiunse, guardando Fresina dritto negli occhi.

La ragazza fece segno di sí con la testa. — Non so se nasconderci aiuterà noi.

Leonardo percepí quelle parole come un atto d'accusa nei suoi confronti. — Per adesso non sono riuscito a pensare a nient'altro — dichiarò in tono risentito.

— E tu chi sei? — chiese Caterina continuando a tenere lo sguardo fisso con insistenza sulla ragazza.

— È una serva — si intromise tempestivamente Leonardo. — Ci sono stati dei problemi nella casa dove lavora, ma lei non ha fatto niente di male.

— È davvero cosí? — indagò con fare sospettoso sua madre. — Guarda la sua faccia, senti come parla. Non è toscana, non è nemmeno di questo paese. E non ha vestiti decenti da mettersi. È una schiava.

Su queste parole Caterina si alzò e batté con forza una mano sul tavolo, proprio sotto gli occhi di Leonardo. — Hai idea di quello che ci succederà se troveranno una schiava fuggita in casa nostra?

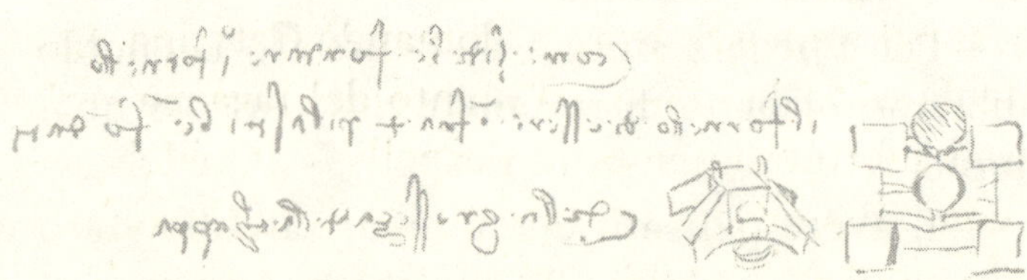

13
L'uomo della fornace

Leonardo sentiva su di sé lo sguardo severo della madre. — Tutto quello che so — rispose impacciato, senza riuscire ad alzare gli occhi — è che se fossimo rimasti a Firenze a quest'ora saremmo già morti.

Sotto il mento avvertí il contatto delle dita di Caterina, che lo costrinsero a sollevare la testa e a guardarla in faccia. Le sue erano mani dure, temprate dal lavoro. — E lei che cos'è per te? — gli chiese.

— Solo una persona che ha bisogno di aiuto. Le è capitato di ascoltare i discorsi di certi uomini che complottavano contro i suoi padroni. Hanno ucciso un loro complice e poi hanno fatto in modo che fosse lei a venire incolpata del delitto. Io mi trovavo lí e l'ho aiutata a fuggire. Per questo ora quei tizi ci stanno alle costole.

— E chi sono questi uomini? Ladri?

— Peggio. Sono legati a una delle famiglie piú ricche e potenti della città.

— E tu ti sei messo contro di loro solo per aiutare questa giovane schiava? — domandò Caterina. Lasciò scivolare via la mano dal mento del ragazzo e gliela passò affettuosamente fra i capelli. — Qualche volta ti comporti ancora come il figlio di tua madre. Tuo padre non ce l'ha fatta a rovinarti.

Poi si avvicinò a Fresina con fare amichevole, posandole la mano sul braccio. — I ricchi signori di Firenze si comprano queste ragazze per farne i loro giocattoli, oltre che le loro serve. E se le mogli hanno qualcosa da ridire, per ripagarle dei loro sentimenti offesi mettono mano alla borsa, ricoprendole di vestiti e gioielli. Qui in campagna i nostri ricchi signori non hanno schiave, ma trovano comunque il modo di regalarsi qualche passatempo.

— Possiamo rimanere? — chiese Leonardo in tono supplichevole.

Caterina sospirò. — Ti vedo cosí poco, figlio mio, e quando vieni a trovarmi è per mettere in pericolo gli altri miei figli e mio marito.

— Verrei a trovarti piú spesso se potessi — disse Leonardo, avvertendo lui stesso quanto poco convincente dovesse suonare quella scusa. — Ma non è facile. E in questo momento ho bisogno del tuo aiuto.

Un forte schiamazzo proveniente dall'esterno mise fine a quella conversazione. — Il babbo! Il babbo! — si sentiva gridare.

— Arriva Tonio — annunciò Caterina. E facendosi di nuovo seria soggiunse: — Lasciate che gli parli io.

Una gigantesca figura si stagliò nel vano della porta occupandolo per intero, al punto da far pensare per un momento che potesse rimanerci incastrata. Quando infine riuscí a emergere avanzando in mezzo alla stanza, con la sua semplice presenza sembrò avere piú che dimezzato lo spazio disponibile.

— Caterina, ho fame — annunciò come se quella fosse la notizia piú importante del mondo.

Il marito di Caterina passava le giornate a cuocere pietra calcarea in una fornace. In questo modo veniva prodotta la calce viva, che era poi mescolata con sabbia e acqua per formare malta da costruzione. In tempi di pestilenza, la calce viva veniva anche utilizzata per distruggere i cadaveri. Il forte odore di zolfo che Tonio si portava appresso nell'avvicinarsi al tavolo era quello dei gas sprigionati dalla combustione.

Leonardo si alzò rispettosamente, e anche Fresina seguí il suo esempio.

L'uomo corrugò la fronte. — Conosco questo ragazzo.

— È Leonardo — disse Caterina.

— Salve, Tonio — lo salutò lui chinando il capo.

L'uomo gli agitò un grosso dito sotto il naso. — Dovresti venire a trovare tua madre piú spesso, ragazzo — lo rimproverò. — Non sai che lei...

Caterina gli fece segno di tacere. — A me basta che sia qui adesso, Tonio.

— Molto bene — convenne l'uomo senza rinunciare ai suoi modi burberi. — Ma tu sai quello che penso di chi manca di rispetto alla propria madre.

E, nel caso ci fosse stato qualche dubbio in proposito, alzò in aria un pugno. Poi, lanciando uno sguardo di sottecchi nella direzione di Fresina, domandò: — E quest'altro ragazzo chi è? Non lo conosco.

— Non è un ragazzo, è una ragazza — lo corresse Caterina. Poi tacque per un istante, come se volesse riflettere prima di prendere una decisione. — È una schiava — disse infine. — L'ha portata qui Leonardo.

— Ma noi non possiamo permetterci una schiava... — borbottò Tonio. — Riportala via.

— Non l'ho portata per darla a voi — chiarí Leonardo. — Io e lei abbiamo solo bisogno di un posto dove restare per un po'.

— La ragazza è nei guai — dichiarò senza tanti giri di parole Caterina. — Ci sono delle persone crudeli che le stanno dando la caccia.

— Gente senza principi — soggiunse Leonardo. — Li ho sentiti con queste orecchie bestemmiare il nome della Beata Vergine.

A quelle parole negli occhi di Tonio brillò un lampo di furia vendicativa. Strinse i pugni e li spinse uno contro l'altro, ruotandoli come possenti macine. — Se un uomo manca di rispetto alla Beata Vergine, dovrà assaggiare i miei pugni! — ringhiò. — Se un uomo nomina invano il nome di Dio, dovrà assaggiare i miei pugni! Se un uomo non venera i santi, dovrà assaggiare i miei pugni!

— Lui sembra una persona molto devota — bisbigliò Fresina all'orecchio di Leonardo.

— No, ha solo una gran voglia di menare le mani — le rispose lui in un sussurro.

— Hanno bisogno di un posto dove poter stare al sicuro — ribadí Caterina. — Fino a quando quegli uomini si saranno stancati di dar loro la caccia.

Tonio restò un attimo pensieroso. — Potrebbero rimanere qui — disse infine. — Ma che non si aspettino di venire serviti e riveriti.

— Io sono abituata a fare i lavori di casa — si propose Fresina.

— Faremo tutto il possibile per renderci utili — assicurò Leonardo.

— D'accordo — concluse Tonio con il tono di chi ha fretta di mettere una parola definitiva sulla faccenda. — Allora, quando si mangia?

Una volta radunati attorno al tavolo, a un semplice sguardo del padre i bambini smisero di fare baccano, chinando diligentemente la testa. L'uomo pronunciò quella che avrebbe voluto essere una preghiera di ringraziamento, ma che ricordava piuttosto un grido di battaglia, poi tutti si avventarono sul cibo.

Dopo cena Caterina sistemò i piccoli nei loro giacigli di paglia e venne a sedersi al focolare, accanto a Leonardo. — Ho sentito dire che tuo padre ti ha mandato a Firenze per fare di te un artista.

— Non si era mai interessato ai miei disegni — spiegò Leonardo. — Poi, un giorno, un contadino che lavora alla fattoria arrivò con due conigli che aveva preso al laccio. Era un bravo cacciatore, e quando ci portava la selvaggina di solito veniva pagato in monete. Ma quella volta riconobbe la propria casa in uno dei miei disegni e disse che sarebbe stato contento se avesse potuto averlo in cambio dei conigli.

Tonio non prestava attenzione al racconto di Leonardo. Se ne stava seduto in un angolo, intagliando un pezzo di legno da cui sembrava voler ricavare una bambola. Allungò il braccio, tenendo la sua opera il piú distante possibile, e se ne stette lí a rimirare le rudimentali scalfitture che avrebbero dovuto rappresentare gli occhi e la bocca. Leonardo si sorprese a pensare a quale dei bambini fosse destinato quel regalo.

— E poi cosa accadde? — incalzò Caterina.

— Quando mio padre venne a sapere la cosa mi accompagnò in città, alla bottega di maestro Andrea del Verrocchio, e gli mostrò i miei disegni.

— E lui ne rimase colpito?

— Non lo so. In ogni caso non lo diede a vedere. Disse semplicemente che se fossi andato a lavorare e studiare alla sua bottega avrebbe potuto pagarmi una somma di quattro lire alla settimana. A tutto il resto avrebbe dovuto pensare la mia famiglia, nel caso non fossi stato in grado di provvedere da me. Mio padre accettò, e cosí poté dedicarsi alla sua nuova moglie senza avermi piú tra i piedi.

Caterina sputò nel fuoco. — Non sono soltanto gli schiavi a essere venduti e comprati — osservò. — Hai detto che siete venuti in barca?

— Sí, l'ho legata al riparo di un gruppo di cespugli.

— Se vi stanno cercando, prima o poi la troveranno. Domani mattina per prima cosa devi tornare al fiume e rimetterla in acqua. Meglio lasciarla andare alla deriva.

Leonardo si mosse nervosamente, come turbato da qualche pensiero. — Mio padre sa che sono tornato ad Anchiano — disse — anche se non mi sono trattenuto a lungo da lui. Gli ho raccontato di essere andato a trovarlo per farmi dare dei soldi, e poi sono scappato.

Caterina rise, come volendo allontanare quella preoccupazione. — Non gli verrà mai in mente che tu sia potuto venire qui — lo tranquillizzò.

— Non sarebbe venuto in mente neppure a me prima di oggi — confidò Leonardo.

— E perché? — domandò lei con un improvviso lampo di stizza. — Sei forse diventato troppo orgoglioso per mettere piede nella povera casa di tua madre?

Leonardo abbassò rispettosamente la testa. — No — rispose con dolcezza. — Soltanto, credo di non avere il diritto di chiederti niente.

Dopo un lungo silenzio Caterina tornò a parlare. — Sí che lo hai, quel diritto — affermò in tono deciso. — Tu sei mio figlio.

Ai due ragazzi venne assegnato un angolo della stanza per la notte e una manciata di paglia per addolcire il contatto con il duro pavimento in terra battuta. Leonardo rimase un po' ad ascoltare il silenzio, poi si avvolse nella sua sottile coperta. Sentiva Fresina muoversi al suo fianco.

— Tua madre è molto come te — disse a un tratto la ragazza.

— Che cosa vuoi dire?

— I suoi occhi. Vedono le cose proprio come sono.

— È vero quello che ha detto? — domandò Leonardo con un soffio di voce.

— È vero cosa?

— Che il tuo padrone ti ha comprata per essere... il suo giocattolo.

Fresina si lasciò rotolare un po' piú in là e sollevò la coperta sopra la testa. — Una schiava dev'essere molte cose — la sentí mormorare Leonardo. — E lei non si può lamentare di nessuna. La mia giovane padrona, Lucrezia, lei ha preso me come sua domestica personale per salvarmi da suo padre. Io ho sempre pensieri gentili per lei che ha fatto questa cosa.

Leonardo percepí un insolito accento di gratitudine nella sua voce.

Mentre si lasciava cullare dai propri pensieri per prendere sonno, si ricordò del giorno, l'anno precedente, in cui la sua prima matrigna, Albiera, era morta di una brutta febbre. Suo padre gli aveva ordinato di smettere di piangere e di comportarsi come un uomo. Leonardo non era riuscito a frenare le lacrime ed era scappato via. Voleva rimanersene un po' in pace in qualche luogo appartato. Cosí era finito su quel promontorio roccioso sopra il fiume Arno, sperando di trovare lí la forza per non farsi sopraffare dal dolore.

E ora sognava di allargare le braccia come ali e volare da quello sperone di roccia verso qualche terra lontana. Ma d'un tratto la roccia si frantumò sotto i suoi piedi, e dopo una caduta precipitosa si ritrovò ad annaspare nell'acqua. Gorghi vorticosi lo trascinavano verso il basso e la corrente ruggiva con grande fragore nelle sue orecchie, come una bestia feroce.

Con un rantolo affannoso si alzò a sedere, terrorizzato, e si guardò attorno nella stanza buia. Quell'impressionante rumore non accennava a diminuire. Per un momento pensò che si fosse staccata una frana da qualche parte nelle vicinanze, e che di lí a poco un fiume di terra e sassi li avrebbe sommersi. Poi capí: era soltanto Tonio che russava. Nessuno degli altri sembrava particolarmente disturbato da quel rimbombo assordante. Di certo, pensò, dovevano averci fatto tutti l'abitudine, cosí come dovevano aver imparato a convivere con molte altre difficoltà. Anche Fresina, accanto a lui, dormiva beatamente, troppo sfinita per poter sentire qualunque cosa.

Leonardo tornò a sdraiarsi e si lasciò nuovamente vincere dal sonno, questa volta senza sogni.

Quando Caterina venne a svegliarlo, dalle finestre si vedevano ancora brillare debolmente le stelle. Lo scosse con dolcezza e lo guidò verso il tavolo, dove aveva già preparato una colazione a base di pane, latte e frutta fresca.

— Meglio fare in fretta — avvertí. — Dopo aver liberato la barca torna qui di corsa, e lungo la strada cerca di farti notare il meno possibile.

Gli altri non si erano ancora svegliati. Il ragazzo trangugiò la sua colazione e poi Caterina lo accompagnò fuori. Prima di lasciarlo andare, gli scostò i capelli dalla fronte e lo baciò, proprio come Leonardo l'aveva vista fare con gli altri figli. Si sentí diventare tutto rosso e d'istinto le restituí il bacio, un po' sbrigativamente, su una guancia. Quindi si avviò di buon passo giú per la stradina.

Il sole cercava di farsi strada sopra le colline. In cielo, a contrastare le tenebre, c'erano solo pochi raggi di luce. Dopo una ventina di minuti di marcia, Leonardo scoprí di essersi perso. Soffocando uno sbadiglio, si guardò attorno in cerca di qualche punto di riferimento.

Veloce come un serpente, una figura sbucò dal buio alle sue spalle afferrandolo per le braccia in una presa vigorosa. Leonardo sentí il contatto freddo di una lama contro la gola.

— Dov'è la ragazza? — ringhiò una voce ruvida, gelida, dal suono terribilmente familiare. — Dimmelo, o quant'è vero Iddio, ti sgozzo come un maiale!

14
Colpi di pugnale

Leonardo capí subito che si trattava di Rodrigo, lo spagnolo che aveva già visto uccidere un uomo a sangue freddo alla Torre Donati. Deglutí, sforzandosi di non perdere lucidità.

— Non ho idea di dove sia — rispose. La sua voce gli sembrò piccola e lontana.

La pressione della lama sul collo aumentò. Una goccia di sangue gli scivolò giú per la gola fino al colletto.

— Non sono abituato a dover ripetere le domande — disse Rodrigo.

— Ci siamo separati — mentí Leonardo. — Credo che sia scappata verso la chiesa di San Marco.

— Credi? — ripeté acido lo spagnolo. — Sai cosa penso? Penso che adesso ti ucciderò, e andrò a cercarmela da solo.

Leonardo si irrigidí tutto, aspettando da un momento all'altro di sentire la lama recidergli il collo, e iniziò a muovere disperatamente la testa. Cercava con tutte le forze di non perdere il controllo dei suoi pensieri, ma era come voler guidare un gregge di pecore terrorizzate sull'orlo di un precipizio.

— E va bene — ansimò infine. — È qui, e posso portarvi da lei.

Con un grugnito di soddisfazione, Rodrigo gli scostò la lama dal collo e lasciò la presa. Leonardo barcollò in avanti, stringendosi la gola con sollievo e boccheggiando in cerca d'aria.

— E allora, dov'è nascosta? — lo incalzò lo spagnolo.

— In una casa. Vi ci condurrò, signore.

Continuava a tremargli la voce ma, a dispetto della paura, la sua mente stava già architettando un piano.

Sapeva bene che, non appena avesse scovato Fresina, l'uomo si sarebbe liberato di entrambi con la stessa facilità con cui si schiaccia una mosca. Se invece avesse provato a battersi con lui, molto probabilmente si sarebbe fatto uccidere e nessuno avrebbe potuto avvertire Caterina e la sua famiglia del pericolo che incombeva su di loro. E Rodrigo non ci avrebbe messo molto a trovarli, era solo questione di tempo. Ma forse c'era ancora un modo di rovesciare la situazione.

— Prima di andare a recuperare la nostra schiava — disse Rodrigo — ho una lezione per te.

Mostrò le mani nude, poi indicò un albero lontanissimo. — Lo vedi quel nodo a metà del tronco?

Leonardo fece segno di sí.

L'occhio sinistro dello spagnolo si chiuse appena, per una frazione di secondo. Poi ci fu un bagliore metallico e, come uscito dal nulla, un sottile coltello da lancio andò a conficcarsi fino all'impugnatura nel centro esatto del bersaglio. Con aria indifferente, muovendosi senza fretta, Rodrigo raggiunse l'albero e recuperò l'arma.

— Se cerchi di scappare o mi crei qualche problema, ti pianterò questa lama nel cuore prima che tu riesca ad aprir bocca — minacciò. Poi, standosene in piedi davanti a Leonardo, lo fissò un lungo istante con gli occhi gelidi. — Di' un po', mi hai capito?

— Sí, signore, ho capito — rispose il ragazzo docile come un agnellino. — Farò qualunque cosa mi diciate.

— Bene. Allora seguimi.

Mentre gli camminava dietro in mezzo agli alberi, Leonardo provò a immaginare quali avrebbero potuto essere i punti deboli del suo nemico, per farli fruttare a proprio vantaggio. Si ricordò dello sguardo pieno di disprezzo che gli aveva lanciato alla bottega di Silvestro, la prima volta che si erano incontrati. Quello sguardo significava che per Rodrigo lui non rappresentava nessuna minaccia. Se aveva un punto debole, doveva essere la sua arroganza.

Dopo qualche minuto giunsero a un piccolo avvallamento dove l'uomo aveva legato il cavallo. Sganciò una borraccia dalla sella e ingollò qualche sorsata, poi si rovesciò un po' d'acqua in faccia per rinfrescarsi.

Leonardo accarezzò il collo lucido dell'animale, che si voltò e gli strofinò il muso contro un orecchio. A dispetto della difficile situazione in cui si trovava, il ragazzo non poté fare a meno di sorridere.

— Questa bestia è troppo socievole per i miei gusti — commentò Rodrigo.

— Io con gli animali ho una particolare intesa, signore — si vantò Leonardo grattando il muso al cavallo.

Faceva tutto il possibile per parlare con quell'accento campagnolo del quale aveva cercato di liberarsi con tanta fatica. Voleva convincere Rodrigo di essere un semplice ragazzo di campagna, a cui mai e poi mai sarebbe venuto in mente di poterlo sfidare.

Lo spagnolo si asciugò l'acqua dalla faccia. — Adesso portami dalla schiava — ordinò.

— Ci riaccompagnerete in città per essere processati? — chiese Leonardo strada facendo.

— Sí, certo — rispose Rodrigo senza neppure sforzarsi di apparire convincente. — Vi consegnerò alle guardie.

— Bene — commentò Leonardo annuendo. — La schiava aveva paura, ma io le ho già spiegato che non ce n'è ragione. Siete stato in gamba a trovarmi, signore.

— Silvestro sapeva il tuo nome, perciò non mi ci è voluto molto ad arrivare alla bottega del tuo maestro — spiegò Rodrigo con fredda soddisfazione. — Uno dei tuoi amici apprendisti mi è sembrato molto contento di potermi raccontare da dove vieni, soprattutto dopo che gli ho lasciato infilare una mano nella mia borsa.

Leonardo contrasse istintivamente il pugno. Non c'era dubbio che a tradirlo fosse stato Nicolò. Gli avrebbe fatto pagare anche quella.

— La tua famiglia è molto conosciuta da queste parti — proseguí l'uomo. — Ho tenuto d'occhio la tua casa, e la notte scorsa, mentre tutti dormivano, ho fatto una piccola ispezione.

— Dovete essere silenzioso come un gatto, signore — si complimentò Leonardo accentuando con intenzione il tremore della voce.

— Dopo essermi accertato che non eri lí, ho deciso di rimanere in appostamento sulla strada fra Empoli e il fiume. Sapevo che molto probabilmente ti avrei scovato in uno dei tuoi passaggi.

— Siete davvero in gamba, signore!

Quando furono abbastanza vicini alla casa di Tonio e Caterina, Leonardo annunciò ad alta voce: — Ecco, quella è la casa, signore, lo giuro sulla Beata Vergine.

— Non parlare cosí forte, idiota — grugní Rodrigo. — Se la schiava mi scappa, pagherai con la pelle.

Leonardo abbozzò un inchino, assumendo l'atteggiamento di un servitore maldestro. — Vi chiedo scusa, signore. Non sapevo che vi importasse cosí poco della Beata Vergine.

— E piantala, con questa Beata Vergine! — si scaldò lo spagnolo.

— Perdonatemi, signore. Come potevo sapere che vi sareste offeso al nome dell'Ancella del Signore? — esclamò alzando ancora la voce. — Non potevo certo immaginare che la Beata Vergine fosse per voi oggetto di disprezzo!

— Taci, pazzo farneticante, o...

In quel preciso istante la porta della casa si spalancò e Tonio irruppe sulla soglia con l'aria di un toro infuriato che abbia appena sfondato il recinto. — Chi sta infangando il nome della Beata Vergine? — domandò, furibondo.

Rodrigo arricciò le labbra. — Togliti dai piedi, bifolco, ho qualcosa da fare qui.

— Tutto quello che hai da fare è assaggiare il mio pugno, bestemmiatore! — lo aggredí l'Attaccabrighe sventolando nell'aria un pugno grande quanto un secchio.

Come per magia, un pugnale dalla lunga lama spuntò in mano a Rodrigo. La mossa era stata cosí repentina che perfino l'occhio di Leonardo era stato colto di sorpresa.

Tonio alzò un sopracciglio e scoppiò a ridere. — Hai intenzione di rammendarmi i calzini con quel grosso ago?

— Buffone! Ti sbudellerò come un maiale se non ti fai da parte — minacciò lo spagnolo.

Un ringhio selvaggio fece capire che l'Attaccabrighe ne aveva abbastanza. La sua fronte si deformò ricoprendosi di solchi e le folte sopracciglia si assieparono nello stretto spazio al di sopra del naso. Le narici si dilatarono come quelle di un drago sul punto di lasciar partire un getto di fuoco, e le labbra si serrarono in una smorfia feroce che mise a nudo una fila di denti grandi come macigni.

— Infedele! — ruggí. — Eretico!

Agitando il pugno massiccio, si lanciò all'attacco.

Colto alla sprovvista da quella dissennata ostentazione di sprezzo del pericolo, Rodrigo rimase immobile per una frazione di secondo.

Leonardo con un balzo cercò di afferrargli il polso ma, sgusciante come un serpente, lo spagnolo si divincolò, rivolgendo la punta d'acciaio del pugnale verso il giovane assalitore. Una sottile riga rossa, bruciante come una scia di fuoco, solcò il braccio di Leonardo, che urlò di dolore.

Contemporaneo al suo grido, si udí il rumore sordo, come quello di un batticarne che si schianta su una bistecca, del pugno di Tonio che si abbatteva contro la mascella dello spagnolo. Rodrigo volò a gambe all'aria e ricadde a terra; dal pugnale, balzatogli di mano, schizzarono gocce di sangue.

L'Attaccabrighe rimase un momento in piedi davanti al corpo privo di sensi grattandosi la testa. — Chi è questo peccatore? — domandò.

Prima che Leonardo potesse pensare alla risposta piú giusta, Caterina venne in suo soccorso. Lo fece entrare in casa e lo costrinse a sedersi, borbottando nervosamente qualcosa a proposito della ferita, come se si fosse fatto male prendendo parte a qualche ragazzata.

Fresina spinse via la colazione e si chinò su di lui. — Cosa è successo? Te lo sei fatto tu quel taglio?

Leonardo stringeva i denti per il dolore. — No, non me lo sono fatto io — rispose. — È stato Rodrigo, l'uomo di Neroni.

Fresina portò una mano alla bocca. — Hanno trovato noi?

— Era solo — la tranquillizzò Leonardo. — Abbiamo corso un grosso rischio, ma adesso è fuori combattimento.

— Zitto ora! — ordinò Caterina. — E non ti muovere mentre ti fascio. Maddalena, vai a prendere dell'acqua fresca al ruscello. Gemma, tu portami dei panni puliti.

Le due bambine, obbedienti, scattarono in piedi.

Mentre Caterina lavava e asciugava la ferita, entrò Tonio, trascinandosi dietro lo spagnolo privo di sensi per il bavero del farsetto.

— È morto? — si informò Fresina.

— No — assicurò Tonio in tono compiaciuto —

ma di sicuro non mancherà piú di rispetto alla Beata Vergine.

Maffeo, il piú piccolo dei bambini, entrò in quel momento sgambettando e agitando le braccia. — Sta arrivando un altro signore!

Fresina si voltò verso Leonardo. — Mi sembrava di averti sentito dire che era solo.

— Infatti era solo — insistette Leonardo. Quando intravide un'ombra affacciarsi alla porta si irrigidí, ma subito tornò a rilassarsi. — Tutto a posto. È mio zio Francesco.

Francesco entrò e si inchinò educatamente davanti ai padroni di casa.

Caterina strinse gli occhi come per metterlo meglio a fuoco. — Francesco da Vinci — disse con un soffio di voce. — Mai e poi mai avrei pensato di vederti in casa mia.

— Ti ha mandato mio padre? — volle sapere Leonardo.

— No, lui pensa che tu sia tornato a Firenze — lo tranquillizzò lo zio. — Ma io mi sono detto che se davvero eri nei guai era possibile che fossi venuto qui. — Il suo viso onesto si aprí in un sorriso pieno d'orgoglio. — Forse per una volta sono stato piú furbo io di Piero.

— E perché sei venuto? — chiese gelida Caterina.

— Per dare una mano, se posso — rispose Francesco in un tono cosí schietto che dall'espressione della donna svaní subito ogni durezza. — E questo chi è? — chiese poi chinandosi a osservare il corpo di Rodrigo.

— Un bestemmiatore — fu la lapidaria risposta di Tonio.

— È venuto fin qui per ucciderci — spiegò Leonardo.

— E adesso cosa avete intenzione di farne? — domandò ancora Francesco.

La domanda mise tutti in crisi, eccetto Fresina. — Dobbiamo tirare fuori il suo cuore e darlo da mangiare ai lupi — dichiarò. E con la mano fece il gesto come di un pugnale che fruga nella carne, lasciando evidentemente intendere di essere pronta a occuparsi della faccenda.

— Abbiamo già abbastanza guai senza dover commettere anche un omicidio — fece osservare Leonardo.

— Oh, allora tu vuoi offrire a lui un buon pasto e poi rimandarlo in città, cosí magari può tornare a darci la caccia con un esercito? — domandò la ragazza in tono sarcastico. — Lui è nostro nemico, e non merita pietà.

— Non è piú un pericolo per nessuno adesso — intervenne Tonio. — Se si sveglia, gliene do un altro.

— Non puoi stargli addosso per il resto dei suoi giorni aspettando che si svegli per rifilargli un cazzotto — cercò di farlo ragionare Leonardo.

Caterina fino a quel momento era rimasta ad ascoltare in silenzio, con aria pensierosa. — Leonardo — chiese a un tratto — non hai slegato la barca, vero?

— No, non ci sono neanche arrivato, alla barca. Quel bastardo mi aspettava lungo la strada.

— E allora non abbiamo altro da fare che legarlo per bene e imbavagliarlo — propose la donna. — E poi caricarlo sulla barca, nascondendolo un po', e lasciarlo andare alla deriva.

— Giusto! — concordò Leonardo con entusiasmo. — Con un po' di fortuna, la corrente lo porterà fino a Pisa prima che la barca vada in secco.

— Ho un carro qui fuori, lungo la strada. Possiamo trasportarlo con quello — si offrí Francesco.

Mentre lui andava a recuperare il carro, Tonio legò Rodrigo con funi e lacci di cuoio, stringendo con tanta forza che Leonardo si domandò se sarebbe stato ancora in grado di respirare. Un cencio ficcato in bocca completò l'opera.

Poi l'Attaccabrighe lo sollevò facendoselo scivolare in spalla, lo portò fuori e lo lasciò cadere sul carro come un sacco di rape.

Prendendo posto sul carro, si abbandonò a una fragorosa risata, e in segno di amicizia diede a Francesco una pacca sulla schiena che per poco non lo mise fuori combattimento.

Leonardo si voltò verso sua madre. — Io devo tornare a Firenze — annunciò.

— Sei pazzo — si oppose Fresina. — Noi dobbiamo scappare da quella città piú lontano che possiamo!

— Se Neroni e i suoi amici andranno al potere non saremo mai al sicuro, per quanto lontano possiamo scappare — osservò Leonardo.

Lei abbassò la testa con aria sconsolata. — Hai ragione.

— E come pensi di arrivarci, a Firenze? — chiese Caterina.

— Ho visto dove Rodrigo ha legato il suo cavallo

— spiegò Leonardo. E con un sorriso soggiunse: — Credo di piacergli.

Fresina avanzò di qualche passo, mettendosi fra Leonardo e la porta. — Se torni a Firenze, anch'io devo tornare.

Leonardo scosse la testa con decisione. — È già abbastanza pericoloso che ci vada io.

Caterina, con dolcezza, posò una mano sulla spalla della ragazza. — Tu puoi rimanere qui con noi. Conosco un posto dove possiamo nasconderci, se dovesse arrivare qualcuno.

Fresina protese il labbro inferiore con aria di sfida. — Senza me che lo guardo, lui si metterà un'altra volta nei guai — dichiarò. — Cosa succederà se cade in un pozzo? O se viene mangiato dagli orsi? Io allora devo rimanere nascosta per tutta la vita?

Leonardo la fissò intensamente, e per la prima volta ebbe l'impressione di vederla com'era davvero. Dal giorno in cui l'aveva incontrata alla Torre Donati aveva sempre pensato di essere il suo salvatore, ma non si era mai dimenticato del coraggio che aveva dimostrato nell'avventarsi contro Neroni. E ora eccola pronta a tornare a Firenze assieme a lui, pur sapendo a quale orribile fine sarebbe andata incontro nel caso fosse stata catturata. Fra loro due, pensò, la piú coraggiosa era lei.

— D'accordo — si arrese — puoi venire. Immagino di aver bisogno di qualcuno che mi protegga dagli orsi.

Caterina li prese entrambi per mano e li fece avvicinare: — Non ho davvero idea di come questa faccenda possa andare a finire — sospirò. — Ma ricordate che qui ci sarà sempre un posto... per tutti e due.

15
Ruote e ingranaggi

Quando finalmente Sandro si decise ad andare a vedere chi stava bussando alla finestra, le nocche di Leonardo erano già tutte rosse. Il giovane artista spalancò le imposte e alla vista dell'amico per poco non svenne. Senza perdere tempo con i saluti, Leonardo si arrampicò svelto sul davanzale e si lasciò ricadere all'interno della stanza dirigendosi verso la sedia piú vicina.

Fresina sgattaiolò dentro dopo di lui. Indossava una camiciola consunta e portava una fascia di tela da sacco avvolta attorno alla testa. Sandro al suo passaggio strabuzzò gli occhi come se avesse visto entrare un gatto selvatico. — E tu che cosa ci fai qui?

— Aspetto che tu ci fai entrare — rispose in tono seccato la ragazza. Si tolse la fascia e scosse la testa sciogliendo i capelli. — Si può sapere perché ci hai messo tanto ad aprirci?

Sandro richiuse le imposte, lasciando fuori la puzza del canale che stava già impregnando la stanza, e alzò la luce della lanterna. — Stavo finendo di fare colazione — disse, mostrando un pasticcino.

Fresina glielo tolse di mano e lo divorò in un boccone. — È da tanto che non mangiamo — spiegò, spingendosi a ispezionare il tavolo da lavoro del giovane.

Sandro si soffermò a esaminare con aria interrogativa l'abbigliamento di Leonardo: un semplice camiciotto da contadino e un cappellaccio di paglia dall'ampia tesa che gli lasciava a malapena intravedere il viso. — Immagino quanto tu debba soffrire dentro quel completino — scherzò.

— È un buon travestimento — spiegò lui. — Siamo riusciti a entrare in città intrufolandoci in mezzo a un gruppo di contadini diretti al mercato.

Sandro scosse la testa. — Siete stati pazzi a tornare. Sapete cosa vi succederà se vi prendono?

— Abbiamo provato a scappare — si giustificò Leonardo. — Ma lo spagnolo ci è venuto dietro.

— Quello! — si scaldò Fresina. — È uno spirito malvagio che ha preso casa nel corpo di un uomo!

— Ma parla sempre cosí? — domandò Sandro con una smorfia.

Fresina sbuffò e afferrò una tazza d'acqua sul tavolo. L'annusò, poi la scolò in un sorso.

— Volevo lavarci i pennelli... — protestò debolmente Sandro.

— Cos'è successo durante la nostra assenza? — chiese Leonardo.

— Che cosa non è successo! — esclamò Sandro alzando le braccia. — Le guardie del Governatore vi stanno cercando, e Luca Pitti ha offerto una ricompensa per la vostra cattura.

— E Neroni?

— Ha dichiarato che certe cose sono la dimostrazione dello stato di illegalità in cui è caduta la nostra città, e che questo è il risultato del governo di Piero de' Medici, un uomo malato che ha perso il controllo della situazione. So bene che si tratta di affermazioni prive di senso, ma questa è la politica.

— E che versione ha dato dei fatti di quel giorno alla Torre Donati?

— È una storia che ormai è sulla bocca di tutti, in città, cosí come lui l'ha raccontata al Governatore. Ha detto di essere andato a far visita al padre di Lucrezia, ser Paolo Donati, accompagnato dal suo servitore Rodrigo. Sempre secondo il suo racconto, i due sarebbero stati ricevuti dal ciambellano, Tommaso, che li avrebbe informati che il suo padrone non era in casa, perché quel giorno si trovava a Siena.

— Buffone! — esclamò Fresina. — Lui questo lo sapeva già prima di venire! Ser Paolo era via, fuori Firenze, tutti lo sapevano!

Sandro ignorò l'interruzione e proseguí nel racconto: — Neroni dice di aver chiesto a Tommaso di salire a prendere un foglio, perché voleva scrivere un messaggio per ser Donati. E mentre era lí ad aspettare, avrebbe sentito un grido, e poi rumori di lotta. Lui e il suo uomo si sarebbero precipitati di sopra per capire che cosa stesse succedendo. Appena entrati nella stanza, avrebbero visto la schiava Fresina e un ragazzo con una brutta faccia da malvivente in piedi davanti al corpo sanguinante del ciambellano.

— Una brutta faccia da malvivente! — esclamò indignato Leonardo.

— Ti sto solo riferendo quello che ho sentito — puntualizzò Sandro. — I due criminali, secondo il racconto di Neroni, li avrebbero spintonati via e sarebbero fuggiti dalla Torre. Al suo rientro, Lucrezia Donati avrebbe scoperto il furto di diversi gioielli, presumibilmente fatti sparire dalla schiava e dal suo complice.

Leonardo notò in quel momento che Sandro si stava massaggiando il braccio. — Come va il tuo polso? — domandò.

— Meglio, molto meglio — dichiarò lui con un'espressione soddisfatta. — Credo che i vecchi rimedi di mia madre funzionino davvero. Se soltanto puzzassero un po' meno!

— E con il ritratto, com'è andata a finire?

— Era praticamente distrutto, dovrò ricominciare tutto daccapo. Per fortuna, però, questo ha fatto sí che Lorenzo abbia rinunciato alla sua idea di poterlo avere entro un paio di giorni. Cosí, quando mi sarò ristabilito completamente, potrò dipingerlo da solo.

— E i tuoi amici, i Medici, non hanno capito che l'assassinio di Tommaso fa parte di un complotto contro di loro?

— Piero de' Medici, il Gottoso, è molto provato dalla sua malattia e si è ritirato nella villa di campagna. Lorenzo è qui in città, ma non ha nessun elemento per agire contro Neroni. In compenso quest'ultimo e il suo fantoccio, Luca Pitti, si fanno ogni giorno piú sfrontati. Hanno radunato tanti di quegli uomini nel palazzo di Pitti che in pratica si può dire che abbiano conquistato l'Oltrarno, o poco meno. Gira addirittura una voce, in città, secondo la quale il Duca di Ferrara starebbe muovendo verso Firenze alla guida di un esercito, per dar loro manforte.

Un rumore di passi fuori dalla stanza li fece tacere

all'istante. Passò un secondo e la porta si spalancò.

Istintivamente Leonardo si accucciò dietro un tavolo. Fresina, nella precipitosa ricerca di un nascondiglio, andò a sbattere contro Sandro, che stava cercando di mettersi davanti a lei per nasconderla alla vista. Nello scontro, la ragazza finí tra le sue braccia. Fu in quella posizione che la madre di Sandro li trovò quando entrò nella stanza tenendo in mano un vassoio di paste fresche.

Rosso d'imbarazzo, Sandro spinse Fresina da parte e nervosamente cercò di accomodarsi la tunica. L'occhio dell'anziana donna brillò di una luce maliziosa.

— Ti ho portato queste paste per tenerti un po' su prima di pranzo. Non sapevo che fossi in compagnia.

— Compagnia? — squittí Sandro. — No, no, lei è... è... una modella.

— Una modella?

— Sí, si chiama... Proserpina.

— Strano, non l'ho vista entrare.

— È entrata... ehm... è entrata... — balbettò Sandro, sempre piú in difficoltà.

— Sono entrata dalla finestra — gli venne in aiuto Fresina. — Io non sono stata brava di trovare la porta.

La madre di Sandro le lanciò un'occhiata di traverso, decisamente contrariata, e osservò: — Mi pare un po' troppo magra per fare la modella. Dovrebbe mangiare di piú.

— Avete ragione — concordò Fresina andando a prendere il vassoio delle paste e accomodandosi in un angolo del tavolo per potersi servire con comodo.

Sandro accompagnò fuori sua madre, poi si appoggiò spossato alla porta. Leonardo riemerse dal suo nascondiglio e gli asciugò il sudore dalla fronte.

— Lui non è bravo a dire bugie — commentò Fresina fra una pasta e l'altra.

— Non tutti siamo nati con questo talento — scherzò Leonardo.

— E cosa c'entra poi quello stupido nome, Prosperina? — sbuffò la ragazza.

— Proserpina — la corresse Sandro. — È la dea degli inferi nella mitologia romana. Mi è sembrato un nome in qualche modo appropriato.

— Ascolta, Sandro — cambiò discorso Leonardo — la sola possibilità che abbiamo di uscire da questo pasticcio è quella di capire qualcosa di piú del complotto che stanno preparando Neroni e i suoi, e rendere il tutto di dominio pubblico. E questa è l'unica carta che abbiamo in mano.

Cosí dicendo, tirò fuori il foglio con la copia del disegno che aveva osservato nella bottega di Silvestro e lo distese sul tavolo.

— Ancora quel disegno? — brontolò Sandro. — Lo so che se c'è un grattacapo da risolvere tu non riesci a resistere, ma qui ci sono in gioco questioni un po' piú importanti, mi pare.

— Questo è qualcosa piú di un grattacapo — insistette Leonardo. — Raccontami quello che sai di Silvestro.

— Be', è una storia un po' triste — ricordò Sandro. — Silvestro era allievo del famoso artista Donatello, e fin da giovanissimo dimostrò di avere grande talento. Fino a un paio d'anni fa la sua bottega era rinomata, il lavoro non gli mancava e aveva piú di una dozzina di apprendisti al suo servizio. Ma poi finí in un brutto giro. Iniziò a bere e giocare d'azzardo. Fu in quel periodo che il suo progetto per la tomba di Cosimo de' Medici venne rifiutato. Da allora non si è piú ripreso: la sua vita e il suo lavoro hanno continuato a seguire una china discendente, che lo ha fatto precipitare sempre piú in basso.

— Questo spiega diverse cose — rifletté ad alta voce Leonardo. — È verosimile che un uomo nelle sue condizioni, pur di ottenere i soldi necessari a rimettersi in sesto, non si tiri indietro di fronte a nulla. Senza contare che, evidentemente, deve avere ancora il dente avvelenato con i Medici.

— Ma tutto ciò non ci aiuta a capire qualcosa di quel disegno — osservò Sandro.

Fresina spuntò alle sue spalle e si chinò a esaminare il foglio. — È una formula magica — sentenziò, continuando a masticare. — In Circassia ho visto gli stregoni fare disegni come questo per invocare la maledizione sui loro nemici.

Sandro, visibilmente a disagio, fece un passo in là, come per prendere le distanze dalla ragazza. — Di ingegneria ne so quanto te — disse a Leonardo — perciò temo di non poterti aiutare. Non credi che potrebbe essere una macchina da assedio?

— No — escluse Leonardo — le dimensioni sono scritte qui.

Si fermò un momento per spazzare via le briciole che Fresina aveva lasciato cadere sul foglio. — Non dovrebbe essere piú grande di quella sedia — dichiarò.

— E allora non riesco proprio a capire che genere

di diavoleria possa essere — si arrese Sandro. — Sei sicuro che il disegno sia completo? Non è che magari hai dimenticato qualcosa?

Leonardo si passò una mano fra i capelli e provò a tornare con la mente a quei momenti, quando era rimasto in piedi davanti al tavolo di Silvestro. Ricordò che il maestro, dopo averlo sorpreso, aveva capovolto il disegno. E che c'erano alcuni scarabocchi anche sul retro. — Sí — disse — qualcos'altro c'era. Non proprio sul disegno, ma sull'altro lato del foglio.

Con un pezzo di carboncino, tracciò con precisione una serie di simboli sulla parte alta del foglio. Sandro gli stava vicino e seguiva attentamente.

Il primo segno era un cerchio con una freccia che puntava verso l'esterno, a sinistra. Poi c'era una croce con un gancio attaccato al braccio sinistro. E infine un altro cerchio, dalla cui base pendeva una croce.

— E adesso cosa stai aggiungendo? — chiese, vedendo che l'amico aveva ripreso a tratteggiare qualcosa.

— Ecco, c'erano delle linee che si irradiavano verso il basso, partendo dai simboli, e si collegavano con un semplice cerchio, qualche centimetro piú sotto — continuò a ricordare Leonardo. — E poi altri cerchi e altre linee.

— Si direbbe qualcosa che abbia a che fare con la misurazione degli angoli — ipotizzò Sandro.

— Già, ma quei segni? — si interrogò Leonardo. — Non ho mai visto niente del genere. Che sia il sistema di scrittura di qualche lingua straniera?

Sandro scosse la testa, pensieroso. — No, per me hanno qualcosa di familiare. Una volta il mio maestro, Fra Lippi, è andato per una commissione in casa dell'astronomo Toscanelli e mi ha portato con sé. Ricordo che Toscanelli, nelle sue carte, usava segni come questi per rappresentare le stelle, i pianeti e cose del genere.

— Pianeti? — si intromise Fresina corrugando la fronte.

— Stelle che non tengono una posizione fissa, ma si muovono nel cielo — spiegò Sandro.

— Ah, anche in Circassia li conosciamo. Loro sono le figlie di Tleps, il dio del fuoco. Ve l'avevo detto o no? Questa cosa ha a che fare con una stregoneria.

— Stelle... Pianeti... — ripeté fra sé Leonardo con un senso di frustrazione. — Tutto questo non ha alcun senso!

Stampò un pugno sul disegno, poi rimase a fissarlo mordendosi un labbro.

— C'è una sola cosa da fare — decise infine. — Dobbiamo andare a trovare quell'astronomo, Toscanelli. Forse lui ci saprà spiegare come possano le stelle venire trasformate in un'arma.

— Sí, lo farò parlare io — dichiarò Fresina.

— No, tu rimani qui — ribatté con decisione Leonardo.

— Lasci me qui? — protestò lei.

— Stanno dando la caccia a un ragazzo e a una ragazza. Se andiamo in giro insieme ci sono piú probabilità che ci fermino. E sai bene cosa succederebbe nel caso venissimo catturati...

— E va bene, starò qui — si arrese a malincuore Fresina. — Ma solo se la madre di Sandro porta altre paste.

16
La porta dell'universo

La casa di Toscanelli non fu difficile da trovare. Svettava sopra i tetti degli altri edifici come un lungo dito di pietra puntato fieramente verso il cielo.

Sandro si era fatto prestare da uno dei suoi fratelli uno splendido mantello rosso, sopra il quale portava un amuleto adorno di pietre preziose, appartenente alla madre. — Ricordati di lasciar parlare solo me — avvertí. — Toscanelli è uno studioso insigne, non ha tempo da perdere con la plebaglia. Io farò la parte del distinto signore, e tu sarai il mio servitore.

— Il tuo servitore?

— Vestito in quel modo, cos'altro potresti essere?

Cosí dicendo, Sandro diede uno strattone al cordone del campanello. Dopo pochi istanti un'anziana donna socchiuse leggermente la porta.

— Sí? — domandò con aria sospettosa.

— Sono qui per vedere il nobile maestro Paolo dal Pozzo Toscanelli — annunciò Sandro cercando di darsi un atteggiamento di importanza. Era cosí concentrato nella parte che non degnò di un'occhiata la sua interlocutrice.

— Vi sta aspettando? — si informò lei, per nulla impressionata.

— In un certo senso — rispose Sandro senza riuscire a risultare molto convincente, perlomeno agli occhi di Leonardo. — L'uomo saggio è lungimirante, perciò si aspetta sempre le cose prima che accadano, per quanto inattese queste possano essere.

— Ma vi conosce? — continuò a indagare la donna.

— State forse mettendo in dubbio la vastità del suo sapere? — ribatté Sandro. — Come potrebbe non conoscerci?

La donna aggrottò le sopracciglia e borbottò qualcosa fra sé. — Forse è meglio che entriate — si arrese infine. — Forse il padrone riuscirà a capire qualcosa dei vostri discorsi.

Cosí dicendo aprí la porta, facendoli accomodare in una sala d'aspetto da dove partiva una scala che portava ai piani alti. — Aspettate qui mentre vado a informare il padrone del vostro arrivo — ordinò. — A proposito, chi devo dire?

— Riferitegli che il noto artista Alessandro di Mariano Filipepi è qui per conferire con lui di una questione della massima importanza — la istruí Sandro.

Leonardo rimase di sasso. Non aveva mai sentito l'amico usare il suo vero nome prima di allora, e doveva riconoscere che suonava decisamente solenne.

Muovendosi con una certa rigidità, la donna si avviò su per la scala. Non appena la vide scomparire, Leonardo si rivolse a Sandro: — Credi sia davvero indispensabile continuare a usare questo stupido linguaggio? — domandò.

— È questo stupido linguaggio che dobbiamo ringraziare se ci è stata aperta la porta, non te ne sei accorto? — replicò lui. — E comunque, non dimenticare che io qua dentro sono il tuo padrone. Ti sarei grato se volessi mostrarmi piú rispetto.

Passò un bel po' di tempo prima che ricomparisse la domestica, invitando i due ospiti a seguirla su per le scale. Al piano superiore li fece entrare in una stanza e sparí un'altra volta. Si trattava di una biblioteca, con file di libri allineati lungo le pareti e pergamene disposte su ogni scaffale. Sopra una scrivania erano posati alcuni fogli di carta pergamenata ricoperti di figure e, accanto, tutto un assortimento di strumenti matematici, scatole di ingranaggi ed elaborate meridiane in ottone.

— Hai visto, siamo venuti nel posto giusto — osservò Sandro con soddisfazione. — Questo è un uomo di grande dottrina. Guarda, ha le opere complete di Aristotele, Strabone e Tolomeo.

— Già, ci giurerei che sono tutti suoi amici — rispose distrattamente Leonardo.

La porta della biblioteca si aprí e un uomo alto, attempato, fece il suo ingresso nella stanza. Sotto la fronte spaziosa, un lungo naso ricurvo incombeva sulle labbra arrotondate; dal mento sottile, una barba poco piú che filiforme scendeva a spirale fino al petto, come una specie di nastro argentato. I suoi abiti erano colorati, di fattura orientale, e in testa portava un turbante che lo faceva assomigliare piú a una specie di mago che a uno studioso.

I due visitatori si inchinarono con deferenza, ma Toscanelli non sembrò particolarmente interessato a quell'esibizione di buone maniere. Era intento a scrutare Sandro, come se fosse una rara specie di coleottero.

— Il nome che avete dato non mi ricorda niente — dichiarò — ma in compenso la vostra faccia mi dice qualcosa.

— Sono già stato qui una volta assieme a Fra Filippo Lippi — spiegò Sandro.

A quelle parole un allegro scintillio attraversò lo sguardo di Toscanelli. — Lippi, quel briccone! — esclamò. — E dov'è adesso? Starà correndo dietro a qualche bella ragazza, come al solito!

Sandro si schiarí la voce. — Credo stia lavorando a una pala d'altare.

Toscanelli si produsse in una risata secca, piú simile a un colpo di tosse, poi tornò a scrutare il suo interlocutore. — Ma Lippi ti chiamava in un altro modo. Botticelli, mi pare, no? Come una piccola botte...

— È un soprannome che ho preso da mio fratello — confermò Sandro. — E a quanto pare, mi è rimasto attaccato.

— E questo è...? — chiese l'astronomo gesticolando in direzione di Leonardo.

— Suo cugino — si inserí prontamente lui prima che l'amico potesse aprir bocca.

Sandro sobbalzò, come se qualcuno gli avesse schiacciato un piede. — Sí, mio cugino — dovette confermare controvoglia. — Un semplice ragazzo di campagna che ho preso sotto la mia ala. Sto facendo del mio meglio per allargare i suoi orizzonti.

— Allora sei venuto nel posto giusto — ridacchiò Toscanelli. — Be', cosa pensate della mia biblioteca, giovanotti?

— Non ho letto molti libri — replicò un po' a disagio Leonardo.

— Bene! — esclamò Toscanelli. — Questo significa che la tua testa è ancora in grado di funzionare da sola. Il mio lavoro si propone esattamente di provare che la maggior parte delle teorie contenute in questi libri è falsa — soggiunse con un sogghigno. — Ma forse posso mostrarvi qualcosa che vi impressionerà.

Facendo cenno di seguirlo, si avviò verso una scala a chiocciola nell'angolo della stanza. Sull'ultimo gradino si fermò davanti a una porta chiusa. — Sapete che cosa tengo qui dentro? — domandò con una luce beffarda negli occhi.

— Altri libri? — provò a indovinare Sandro.

Toscanelli rise.

— Un tesoro? — buttò lí Leonardo.

Toscanelli rise ancora piú forte, ricambiandolo con una gran pacca sulla spalla. — Almeno tu ti sei avvicinato piú di tuo cugino. Qui dentro tengo l'intero universo — dichiarò accompagnando quella rivelazione con un ampio gesto del braccio, in conseguenza del quale Leonardo si ritrovò sulla faccia la manica penzolante del suo vestito. Poi spalancò la porta e li guidò dentro.

Il centro della stanza era occupato da un tavolo rotondo, in legno, sopra il quale era aperto un grande foglio della piú raffinata cartapecora. Sul foglio era disegnata una mappa del mondo, dalla punta piú occidentale della Spagna al leggendario impero del Catai, dai roventi deserti di Libia alla gelida isola di Tule, nell'estremo Nord.

Serpeggianti fiumi blu si irradiavano come vene in mezzo alle terre, sopra le quali disegni di torri, di alberi o di bizzarri animali stavano a illustrare le meraviglie dei rispettivi paesi. E, ad avvolgere la vastità dei continenti, c'era lo sterminato oceano, un'immensa superficie scintillante punteggiata di minuscole isole e solcata sui bordi dalla schiuma prodotta dal continuo dimenarsi dei mostri che si ritenevano appostati in quelle acque.

Le mura ricurve della stanza erano tappezzate da complesse carte astronomiche che rappresentavano l'intero firmamento. Delicatamente tracciate in mezzo alle stelle erano riconoscibili le figure delle costellazioni: un cacciatore con i cani, una coppia di gemelli, uno scorpione, un toro e tutti gli altri favolosi abitanti dei cieli. La mappa delle stelle occupava per intero le pareti e il soffitto a volta. Al centro della volta era appesa una lanterna d'argento che illuminava il mondo sottostante come una luna in miniatura.

Leonardo e Sandro se ne stavano lí a osservare pieni di meraviglia, gli occhi in continuo movimento fra le colorate forme terrestri e le superfici stellate che le sovrastavano cingendole da ogni lato.

Scorgendo le loro espressioni, Toscanelli, raggiante d'orgoglio, allungò una mano sulla mappa del mondo. — Qui, vedete, sto tracciando un reticolo sul pianeta. Una volta completate le mie misurazioni, voglio mettere a punto un itinerario che consenta a una nave di circumnavigare il globo, dal mare occidentale fino all'India e al Catai. Chissà quali misteriose isole potrebbero venire scoperte lungo il percorso, quali curiose tribú, e che strabilianti animali!

Poi passò a indicare alcune linee sulla carta del cielo. — Qui ho registrato la traiettoria delle comete attraverso il firmamento. Quante notti ho passato, insonne, a misurare i loro progressi! Ma quante cose ho imparato, in cambio! Contrariamente a quanto sostenuto da Aristotele, ho provato che le comete si spostano al di là dell'orbita della luna, e che seguono percorsi regolari, proprio come i pianeti.

— I pianeti! — esclamò Sandro come se si fosse risvegliato in quel momento da un sogno. — È proprio per questo che siamo qui.

Toscanelli gli lanciò un'occhiataccia, squadrandolo dall'alto in basso. — Se siete venuti per farvi fare un oroscopo, vi consiglio di andarvene immediatamente. Cose di quel genere le lascio ai ciarlatani e ai truffatori.

— No, mio cugino non intendeva questo — intervenne Leonardo frugandosi le tasche in cerca del famoso disegno. Aveva accuratamente ripiegato il foglio in modo che la sola parte in vista fosse quella su cui erano tracciati i misteriosi simboli. — Ci è capitato per le mani questo schizzo — disse. — Ma non riusciamo a capire di che cosa si tratti.

— Speravamo di poter avere da voi qualche illuminazione — soggiunse Sandro.

— State stuzzicando la mia curiosità — dichiarò Toscanelli. — Fate un po' vedere.

Leonardo gli passò il foglio. L'astronomo andò a cercare un paio di occhiali e li sistemò in equilibrio sulla punta del naso. Poi prese a esaminare il disegno con un'espressione curiosa, inclinando progressivamente la testa tutta da una parte mentre un dito scorreva lungo le linee tratteggiate fra i simboli e dalle labbra socchiuse usciva un fischio appena percettibile.

— Ci capite qualcosa? — si decise a chiedere Leonardo.

— Certo che ci capisco — replicò perplesso Toscanelli. — Il simbolo sulla sinistra, il cerchio con la freccia, rappresenta il pianeta Marte. Quell'altro, la croce con il gancio, è Giove. E il terzo, il cerchio con la croce, sta per Venere, la stella del mattino.

— E le linee di collegamento? — lo interrogò Sandro. — Non potrebbero illustrare i movimenti dei pianeti?

— Non essere assurdo — lo rimproverò Toscanelli. — Già secoli or sono l'astronomo greco Tolomeo dimostrò che i pianeti si muovono seguendo orbite circolari attorno alla Terra, non certo per linee rette. C'è una sorta di relazione di angoli e linee abbozzata in questo schema, ma ciò non ha nulla a che vedere con le orbite planetarie.

— Insomma, siamo praticamente al punto di partenza — sospirò Leonardo.

— Questo non è detto — lo smentí Toscanelli. Con un colpo secco del polso dispiegò per intero il foglio e lo adagiò sulla scrivania, lisciando accuratamente le pieghe con le lunghe dita ossute.

Leonardo sobbalzò. Non era sua intenzione sottoporre all'astronomo il disegno della macchina. Fece un passo per andare a riprendersi il foglio, ma Sandro gli fece segno di stare indietro.

Sibilando fra i denti, Toscanelli fece scorrere un dito sul disegno e, dopo aver esaminato con attenzione i dettagli, domandò: — Che cosa dovrebbe essere?

— Non lo so con certezza — rispose Leonardo. — Ma è molto importante per noi capire cosa è in grado di fare.

— Che cosa è in grado di fare? — ripeté Toscanelli. — Oh, posso rispondere molto facilmente a questa domanda. Niente. Non fa assolutamente niente.

17
Il segreto dell'uovo

Leonardo camminava veloce, con passo rabbioso, una mano stretta sul cappello e un'espressione scura in faccia.

— Non capisco perché tu la stia prendendo in questo modo — ansimò Sandro, che faticava non poco a stargli dietro.

— Non può essere vero — protestò con veemenza Leonardo. — Deve funzionare.

— Ma hai sentito che cosa ha detto Toscanelli — cercò di farlo ragionare l'amico. — Le parti non si connettono l'una con l'altra. Se quella macchina si dovesse costruire, non farebbe niente.

— Toscanelli si sbaglia — dichiarò Leonardo caparbiamente. — Quella macchina *deve* funzionare.

— Oh, e cosí il grande Toscanelli, l'ingegno piú raffinato che possa oggi vantare la città di Firenze, sarebbe in errore — fece notare Sandro. — E tu, Leonardo da Vinci, l'apprendista, il ragazzo che viene dalla campagna, saresti nel giusto?

— Proprio cosí — confermò Leonardo senza scomporsi. — Devo avere ragione, altrimenti tutto questo sarebbe senza senso.

Un gregge di pecore diretto al mercato avanzava nella direzione opposta alla loro, e i due ragazzi dovettero farsi da parte addossandosi contro il muro piú vicino per farle passare. Quando la strada tornò a essere libera, si incamminarono verso Piazza del Duomo. Il Duomo era la cattedrale della città: tutti la chiamavano cosí, con una parola che significa letteralmente "Casa di Dio".

— Forse potresti semplicemente aver commesso un errore nel ricopiare a mente il disegno — osservò Sandro.

— Non ho fatto nessun errore — si ostinò Leonardo. — È tutto qui dentro, esattamente come l'ho visto — soggiunse dandosi un colpetto sulla testa.

— In questo caso, mi arrendo — dichiarò l'amico alzando le mani con un gesto di rassegnazione. — Non vedo come si possa ricavarne qualcosa che abbia un senso.

— Tu arrenditi pure se vuoi — disse Leonardo. — Io non ci penso neanche.

La maestosa cupola della cattedrale li accolse, svettando solenne sopra le loro teste. Era considerata da tutti i fiorentini una delle meraviglie del mondo.

— Maestro Andrea mi ha raccontato che quando il grande architetto Filippo Brunelleschi propose di costruire questa cupola — ricordò Leonardo — i membri della Signoria gli risposero che era impossibile, e che qualunque costruzione di quelle dimensioni sarebbe stata inevitabilmente destinata a crollare sotto il suo stesso peso.

— E questo adesso cosa c'entra?

— C'entra. Perché Filippo non si arrese, e rispose lanciando una sfida: chi fosse riuscito a far stare in piedi un uovo sopra un tavolo di marmo, disse, avrebbe mostrato di possedere sufficiente ingegno per poter costruire quella cupola...

— Conosco la storia — lo interruppe Sandro. — Quando i consiglieri risposero che un uovo non si sarebbe mai potuto reggere in piedi da solo, Filippo ne portò uno, e davanti ai loro occhi lo fece star dritto, battendolo leggermente sul marmo in modo che si schiacciasse quel tanto che bastava a non farlo ruzzolare.

— Proprio cosí. Qualche volta basta un'idea semplice per riuscire a realizzare quel che parrebbe impossibile.

Al centro della piazza marciava un corteo, sotto uno spiegamento di stendardi decorati con l'immagine di una pantera.

— Cosa sarà? — chiese Leonardo. — Una processione religiosa?

Sandro lo afferrò per un braccio e lo portò in un rettangolo d'ombra, al riparo di un balcone. — Puoi trovare qualcosa di religioso in quel corteo solo se condividi l'altissima opinione che Luca Pitti ha di se stesso — bisbigliò. — Quella pantera è il suo stemma di famiglia.

Poi indicò una figura dai capelli bianchi che avanzava al centro della sfilata sopra uno splendido cavallo. Indossava abiti di seta e d'oro, e al suo passaggio salutava la folla agitando la mano con una certa affettazione. Qua e là si sentiva qualche applauso, intervallato da sporadiche acclamazioni: — Viva il Poggio! Viva il Poggio! Lunga vita a Luca Pitti!

L'uomo sul cavallo si comportava come se fosse un

po' annoiato da tante attenzioni, e tuttavia non potesse impedire al suo cuore, puro e generoso, di mostrarsi grato per quelle genuine manifestazioni di apprezzamento.

— Quello è Luca Pitti? — domandò Leonardo indicando lo sfarzoso personaggio.

— Sí — rispose Sandro. — Il Salvatore di Firenze, come vorrebbe essere considerato.

— E da cosa ci dovrebbe salvare?

Sandro alzò le spalle. — Ne so quanto te. Ci scommetterei che una buona metà degli uomini che lo stanno acclamando sono stati pagati per inscenare questa farsa.

— Non ha un'aria molto pericolosa — osservò Leonardo.

— Lui non è pericoloso, ma Neroni sí... E qualcosa mi dice che potrebbe essere anche lui nei paraggi — avvertí Sandro. — Tirati giú bene quel cappello. Qualcuno potrebbe riconoscerti.

— Non sono cosí famoso come sembri pensare — replicò ironico Leonardo. — Sono venuto ad abitare a Firenze solo da pochi mesi, non sono in tanti a conoscermi.

— Già, ma basta che ci imbattiamo in uno di questi per ritrovarci subito dietro le sbarre — gli ricordò Sandro.

Passato il corteo, Leonardo notò in lontananza un giovane che saliva gli scalini del Duomo. — Guarda — disse strattonando l'amico per la manica. — Quello è Lorenzo de' Medici.

Sandro rimase a guardare mentre il giovane spariva

oltre le pesanti porte d'ottone della cattedrale. — Io da questa distanza non lo riconosco: ci vuole la tua vista di falco. Sei certo che sia lui?

— Certissimo — confermò Leonardo. — Devo assolutamente andargli a parlare.

— Ma sei pazzo? Che cosa ti fa pensare che non ti consegnerà nelle mani del Governatore?

— Intanto, lui non mi ha mai visto — spiegò Leonardo — e quindi non mi può riconoscere. E poi i Medici potrebbero essere i miei unici alleati contro Neroni.

Sandro, visibilmente agitato, si mise a massaggiarsi nervosamente la fronte. — E va bene — decise infine. — Immagino sia meglio che io venga con te.

— No. Se per caso dovesse scoprire chi sono, finiresti nei guai anche tu. Vai a casa e prenditi cura di Fresina.

— Prendermi cura di lei? — ripeté Sandro con ribrezzo. — Se devo dire la verità, non sono affatto certo che nella sua vita non abbia davvero ucciso qualcuno.

— A quanto pare l'intera famiglia Botticelli si è schierata contro quella ragazza — scherzò Leonardo. — Vai, sono sicuro che te la caverai.

Cercando di farsi notare il meno possibile, percorse in fretta il tratto scoperto che lo separava dall'ingresso della cattedrale. Salí i gradini e, lasciandosi alle spalle il rumore e il calore della piazza, scivolò furtivamente oltre la porta, immergendosi nel fresco e spazioso interno del Duomo. In segno di rispetto si tolse il cappello, lo ripiegò e lo infilò sotto il braccio.

Dentro la cattedrale si respirava un forte odore di incenso. Un lucente pavimento di marmo si allungava fino all'altare, dove un prete intonava le parole in latino della messa davanti a una folla di fedeli. Qua e là, di fronte alle statue dei santi, qualcuno mormorava una preghiera.

Leonardo si guardò intorno e subito riconobbe il naso a forma di bulbo e il mento prominente di Lorenzo che, come una bizzarra figura in mezzorilievo, facevano capolino da dietro una colonna.

Il giovane Medici si stava guardando in giro come se stesse cercando qualcuno. Leonardo fece qualche passo verso di lui e, quando gli fu abbastanza vicino, tossí per richiamare la sua attenzione.

— Signor Lorenzo?

Una vecchia che stava sgranando il rosario gli lanciò un'occhiata severa. Leonardo capí e subito abbassò la voce, chinando il capo.

Lorenzo si voltò e lo squadrò da capo a piedi. — Sí?

— Mi spiace interrompervi — disse Leonardo — ma ho importanti informazioni per voi.

— Non sono qui in cerca di informazioni — ribatté seccamente Lorenzo, e con un gesto della mano lo invitò ad allontanarsi.

— Ma si tratta di una cosa della massima urgenza — insistette Leonardo.

In sottofondo, intanto, si sentiva il prete dare la benedizione finale per congedare i fedeli, che iniziarono ad alzarsi defluendo ordinatamente verso l'uscita.

— Esistono molte cose della massima urgenza — dichiarò Lorenzo in tono sbrigativo. — Ma questo non significa che non debbano mettersi educatamente in fila e attendere il proprio turno.

Mentre parlava, teneva d'occhio i devoti che gli sfilavano davanti.

Leonardo non si diede per vinto. — Conoscete l'artista Silvestro? — domandò.

Lorenzo lasciò scorrere lo sguardo tutt'intorno e fece uno strano movimento col sopracciglio. — Ha fatto qualche lavoro per la mia famiglia. Ricordo che quando ero ragazzo progettò un drago meccanico per la processione di san Giovanni Battista. Quando spalancava le fauci, vomitava fumo e fiamme dalla bocca. Tutta Firenze ne parlò per mesi.

— Be', adesso sta lavorando a qualcos'altro — lo informò Leonardo. — Qualcosa in bronzo, credo. Questa è una copia dei disegni che ho visto nel suo studio.

Cosí dicendo, estrasse il foglio e iniziò a spiegarlo.

— Che cosa ha a che vedere tutto ciò con me? — volle sapere Lorenzo.

Leonardo sentiva di non essere preso sul serio, e la cosa gli dispiaceva. — Questo apparecchio è stato commissionato dal vostro nemico Neroni — disse bruscamente.

A quel nome, Lorenzo di colpo si irrigidí. — Neroni? Ne sei sicuro?

— Ho visto quel suo scagnozzo, Rodrigo, alla bottega di Silvestro. Era impaziente, aveva molta fretta che il lavoro fosse portato a termine. Capite in quale pericolo vi trovate?

— Perché dovrei trovarmi in qualche pericolo a causa del lavoro di un artista?

— Per via della vostra famiglia. Perché vostro padre è a capo della città.

— Mio padre è soltanto un uomo d'affari — replicò Lorenzo senza scomporsi.

— Può essere, ma Neroni e Pitti stanno complottando per sopprimervi entrambi — lo avvertí Leonardo. — E questo disegno ha qualcosa a che vedere con la loro cospirazione — soggiunse, mettendogli il foglio sotto il naso.

— D'accordo, allora — acconsentí Lorenzo. — Dimmi cos'è.

Leonardo si morse il labbro, dolorosamente consapevole della propria ignoranza. — Ancora non lo so.

Il giovane Medici strinse gli occhi in un'espressione che lasciava trapelare un grande scetticismo. — I tuoi argomenti mi sembrano piuttosto confusi...

Tutt'a un tratto qualcosa nei suoi modi cambiò. Leonardo intravide Lucrezia che si avvicinava dal lato dell'altare e comprese in quel momento che era lei la persona che Lorenzo era venuto a incontrare lí.

Il viso della ragazza splendeva come un piccolo sole. — Lorenzo, temevo che non foste venuto — lo rimbrottò allegramente. Poi scorse Leonardo, e nei suoi occhi brillò un lampo di sbigottimento. — Leonardo da Vinci!

— Da Vinci? — esclamò Lorenzo. — Questo dunque sarebbe il ragazzo ricercato per omicidio?

Lucrezia annuí in silenzio.

Leonardo fece per arretrare, ma Lorenzo lo afferrò per il bavero della camicia. La sua presa era molto piú forte di quanto si sarebbe aspettato. — Non mi avrai seguito fin qui solo per svignartela? — domandò. Aveva assunto un'aria di sfida, e nella sua voce adesso c'era una nuova durezza, come una venatura metallica.

— Sono venuto per avvertirvi.

— Già, e per farmi perdere tempo con un sacco di chiacchiere senza senso. Di' un po', a che gioco stai giocando?

Leonardo si sentiva la lingua come paralizzata. Avrebbe voluto difendersi dai sospetti di Lorenzo, ma in quel momento era troppo confuso per farlo. Il giovane Medici, incontrato faccia a faccia, faceva un'impressione molto diversa da quella che aveva avuto osservandolo dal suo nascondiglio. L'energia che emanava da lui aveva qualcosa di autoritario e al tempo stesso di intimidatorio.

— Dov'è Fresina? — domandò Lucrezia con sincero interesse.

— È al sicuro — rispose Leonardo. — E posso giurarvi che non è un'assassina, cosí come non lo sono io.

— Ah, no? — ribatté Lorenzo. — Eppure c'è un uomo morto.

— È stato quello spagnolo che lavora per Neroni a ucciderlo. E anche Neroni era presente.

Lorenzo contrasse la mascella. — Sta' attento a quello che dici, Leonardo da Vinci. Lo sai cosa accadrà se ripeterai la tua accusa in pubblico?

Un prete si era fermato a osservarli. Appena Lorenzo se ne accorse lasciò Leonardo, salutando il sacerdote con la mano e producendosi in un luminoso, disinvolto sorriso al suo indirizzo.

— Se provi a scappare — bisbigliò senza farsi sentire — farò sapere chi sei all'intera cattedrale. E ora seguimi.

Cosí dicendo, sospinse gentilmente Lucrezia per il gomito, guidandola verso una vicina rientranza nella parete laterale, illuminata da una fila di candele bianche. Leonardo li seguí.

— Lorenzo, il suo racconto mi pare piuttosto inverosimile — osservò Lucrezia. — Perché mai qualcuno avrebbe voluto uccidere Tommaso?

— Perché faceva la spia per Neroni — spiegò Leonardo. — Vi teneva d'occhio tutti e due, e riferiva ogni vostro movimento.

— E tu come fai a sapere tutte queste cose? — domandò in tono perentorio Lorenzo.

— Fresina ha ascoltato i loro discorsi. È per questo che hanno cercato di ucciderla. Noi non abbiamo fatto male a nessuno. Siamo fuggiti solo per salvarci la vita.

— Questo lo deciderà il Governatore — tagliò corto Lorenzo. — E spero che la storia che racconterai a lui sarà migliore di quella che hai raccontato a me.

— Ma se io verrò imprigionato, nessuno piú cercherà la verità su questo! — protestò Leonardo agitando il foglio con il disegno.

— Cos'è quel foglio? — domandò Lucrezia.

— Solo qualche disegno — rispose Lorenzo con l'aria di chi vuole mettere fine al discorso. — Tutto ciò sarebbe comico, se non ci fosse di mezzo un fatto cosí grave.

— Devo tornare alla bottega di Silvestro — disse Leonardo. — Quella macchina potrebbe essere ancora lí. O preferite forse vedere Luca Pitti salire al potere nella nostra città?

Lucrezia si strinse a Lorenzo come se improvvisamente si sentisse minacciata da qualche grande, invisibile pericolo. — Non posso credere che Luca Pitti sia coinvolto in questa faccenda. È amico di mio padre.

Lorenzo aggrottò le sopracciglia, fissando Leonardo con un'espressione scura. — Non voglio essere complice di questa follia. Mio padre ha già abbastanza problemi senza che gliene debba creare di nuovi. Ti scorterò fino al palazzo del Governatore e ti consegnerò a lui. Sarà il tribunale a decidere del tuo destino.

— Voi stesso avete detto che nessuno crederà alla mia storia — gli ricordò Leonardo. — State dunque condannandomi a morte?

— E cos'altro dovrei fare? Credere al tuo racconto e adoperarmi per far arrestare Neroni? O forse lasciarti libero, facendo di me un criminale?

Gli argomenti di Lorenzo erano esposti con tanta veemenza che Leonardo non riuscí a pensare a una risposta. Con un bruciante senso di dispiacere al pensiero della leggerezza con cui il giovane Medici lo aveva liquidato, tornò a mettere in tasca il foglio con il disegno.

— Una cattedrale è il posto meno adatto per ragionare di certi argomenti — dichiarò Lorenzo. — Seguimi, discuteremo la cosa davanti al Governatore.

Prendendo Lucrezia per il braccio, si avviò verso la porta. Leonardo si rese conto di quanto fosse inutile discutere con il giovane signore una volta che nella sua mente si era formata qualche convinzione, e li seguí rassegnato. Non appena riemerso alla luce del sole, tornò a ficcarsi in testa il suo cappellaccio, e per poco non rischiò di andare a sbattere contro Lorenzo e Lucrezia, che si erano fermati di colpo.

In piedi sull'ultimo gradino della scalinata, come un gatto davanti alla tana del topo, li aspettava Neroni.

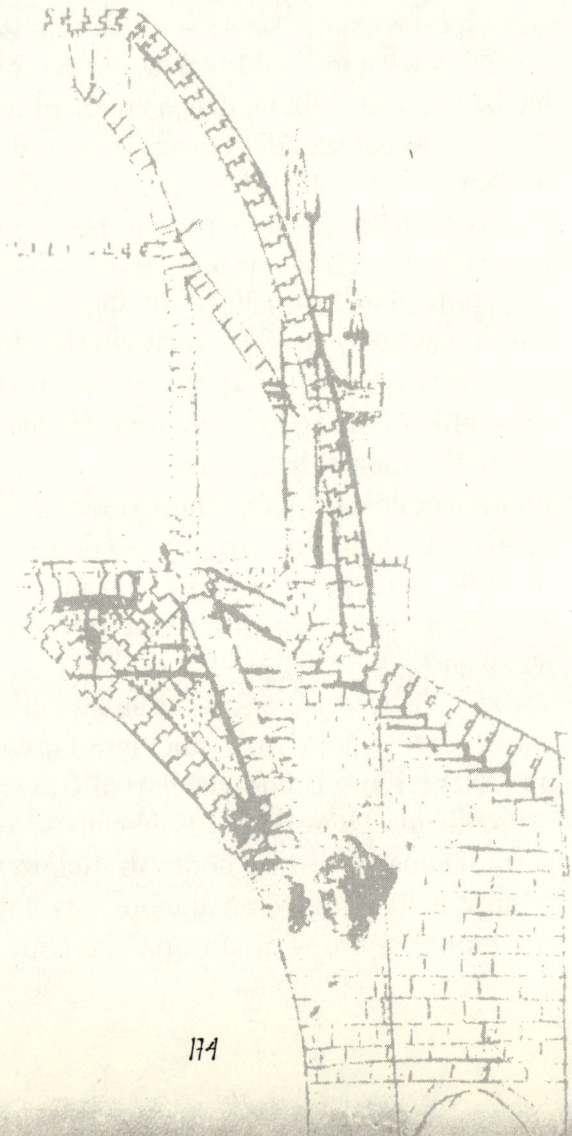

18
Sotto la cupola

Leonardo chinò la testa e, in tutta fretta, abbassò l'ampia tesa del cappello, nascondendosi il viso. Neroni, che teneva una mano sull'impugnatura della spada, si esibí con l'altra in un cerimonioso saluto all'indirizzo di Lorenzo.

Questi non perse la calma, riuscendo perfino a ricambiare il saluto con un amabile sorriso. — Signor Neroni, temo che siate arrivato in ritardo per la messa.

— Non è per la messa che sono qui — disse lui. — Sono venuto a portare un messaggio per l'incantevole Lucrezia Donati.

E, cosí dicendo, si voltò verso la giovane donna riverendola con un ossequioso inchino accompagnato da un leggiadro svolazzo del braccio. Lucrezia fece un cenno con la testa, come lasciando intendere di avere apprezzato l'omaggio, ma volse il viso dall'altra parte. Le robuste spalle di Lorenzo si irrigidirono come una possente armatura. — Vi siete disturbato a venire fin qui per consegnare il vostro messaggio? Non potevate lasciarlo alla Torre Donati?

— Oh, ma è esattamente questo l'oggetto del messaggio — rispose Neroni. — Dopo il doloroso incidente dell'altro giorno in casa Donati, e con l'aria di tumulto che si respira in città, sembrerebbe opportuno condurre questa signora in un luogo sicuro — annunciò con voce untuosa, simulando sincera apprensione. — Perciò il nostro cittadino piú insigne, il nobile Luca Pitti, le ha aperto la sua casa, e insiste perché accetti la sua protezione finché suo padre non avrà fatto ritorno da Siena.

Su queste parole indicò con la mano una carrozza, ferma poco piú in là, sulla quale era disegnata una pantera, lo stesso simbolo che Leonardo aveva notato sui vessilli portati in processione dai seguaci di Luca Pitti. Due servitori aspettavano in piedi davanti alle porte aperte, pronti ad aiutare la giovane a salire.

Leonardo, da sotto il cappello, diede una sbirciata in direzione di Lucrezia, in tempo per vedere il suo volto aprirsi in un luminoso sorriso. — Luca Pitti è un uomo generoso, come sempre — disse — ma potete riferirgli che non corro alcun pericolo.

Il suo tono di voce era allegro e spensierato, come se si intrattenesse con amici nel corso di un ricevimento.

— Luca Pitti ha molto insistito — ribadí Neroni.

A un suo schiocco di dita, quattro uomini che fino a quel momento erano rimasti in secondo piano, con l'aria di chi semplicemente si trova a passare da quelle parti, scattarono a formare un semicerchio attorno a lui, sollevando un po' i mantelli in modo da lasciar intravedere le spade. Leonardo era tristemente consapevole di non essere armato; cosí come, aveva notato, non lo era Lorenzo.

Sempre all'apparenza imperturbabile, il giovane Medici fece un passo deciso in avanti, frapponendosi fra Lucrezia e Neroni. — Questa nobildonna è sotto la *mia* protezione — asserí con un tono che non ammetteva repliche.

— Temo che la cosa non mi faccia sentire troppo tranquillo — replicò Neroni, avanzando a sua volta. — Soprattutto in considerazione del genere di persone con cui vi accompagnate.

Cosí dicendo, superò Lorenzo passandogli accanto e, parandosi di fronte a Leonardo, gli strappò di testa il cappello. — Questo ragazzo è ricercato per omicidio — disse, scagliando via il cappello.

I quattro uomini armati si fecero piú sotto. Lorenzo li scrutò con aria guardinga.

— Non tentate di opporre resistenza — raccomandò Neroni con un sorrisetto compiaciuto. — Dopotutto, non siete neanche armato.

— Non mi troverete mai piú cosí indifeso — lo avvertí Lorenzo. — Ve lo prometto.

Lucrezia tirò un profondo sospiro. — Non c'è ragione perché vi inquietate, signor Neroni — disse. — Sono felice di poter accettare l'ospitale offerta del nobile Luca Pitti, dal momento che il suo cuore generoso è propenso a rendermi questo servizio.

Leonardo avvertí un leggero tremore nella sua voce: per quanto la conosceva, era sicuro che fosse in pensiero per Lorenzo, non per se stessa. Mentre si avviava verso la carrozza, Lorenzo fece per seguirla, ma Lucrezia si voltò e, posandogli una mano sul petto, lo indusse a fermarsi. — No, Lorenzo, non vi preoccupate, non corro alcun pericolo. Luca Pitti non permetterà mai che mi succeda qualcosa.

— Ha ragione — convenne Neroni. — Non vorrete mettere in dubbio la lealtà del nostro piú insigne cittadino.

— Non è della *sua* lealtà che dubito — replicò Lorenzo con voce strozzata. I suoi occhi esprimevano un disperato senso di impotenza mentre con lo sguardo accompagnava Lucrezia verso la carrozza. Prima di essere portata via, lei si voltò un'ultima volta e portò un dito alle labbra.

Dopo che la carrozza si fu allontanata, Neroni scosse la testa con aria di disapprovazione, indicando Leonardo. — Questa è una cosa che vi metterà in cattiva luce, Lorenzo: un uomo come voi, frequentare criminali di tal fatta...

— Che sia un criminale è ancora da provare — lo interruppe lui.

— Ci sono prove sufficienti — sibilò Neroni richiamando con un gesto i suoi uomini. — Lo porterò in un luogo dove dovrà pagare per i suoi crimini.

Leonardo deglutí. — Se vado con loro, non vivrò abbastanza da poter essere processato — disse a Lorenzo.

Questi lo fissò con uno sguardo indagatore, come qualcuno che si sforzi di leggere l'inchiostro scolorito di un vecchio manoscritto. Poi, come per effetto di una decisione repentina, tornò a rivolgersi a Neroni: — Potete affidarlo alla mia custodia — disse. — Mi farò personalmente garante del suo comportamento.

Neroni alzò una mano per fermare i suoi uomini. Si avvicinò a Lorenzo e, in tono categorico, ammoní: — Vi consiglio vivamente di collaborare con me. Vostro padre è un uomo malato. Se quel poco di salute che ancora gli è rimasta dovesse venirgli meno, o se dovesse capitargli qualche disgrazia, la vostra posizione non sarebbe davvero invidiabile.

— Non sono abituato a fare ipotesi — ribatté Lorenzo.

— Ma questa è qualcosa piú che una ipotesi — continuò Neroni. — Sapete bene che c'è chi vi spinge a prendere il posto di Piero, sostituendovi a lui nella guida della città. Se gli dovesse accadere qualcosa, anche voi dovreste considerarvi in pericolo, come tutti quelli che vi stanno a cuore. Non sarebbe forse piú prudente se, dopo avere riscosso l'eredità che vi spetta, vi faceste da parte, ritirandovi in esilio volontario in qualche città in riva al mare? Chissà, forse dopo qualche tempo l'adorabile Lucrezia potrebbe anche raggiungervi, una volta acquietate le acque...

Leonardo vide i muscoli sul viso di Lorenzo contrarsi in modo spasmodico. Poi il giovane Medici fissò Neroni con uno sguardo d'acciaio. — Mi avete giudicato male se pensate di poter fare di me un altro dei vostri fantocci — disse.

Neroni sogghignò, accarezzando l'impugnatura della spada. — Riflettete ancora. Se non siete preoccupato per voi, pensate almeno alla vostra dolce amata.

— Ho riflettuto abbastanza — fu la secca risposta di Lorenzo.

Poi, senza alcun preavviso, diede a Neroni uno spintone, colpendolo in pieno petto con entrambe le mani e facendolo capitombolare all'indietro, giú per i gradini. I suoi uomini, anch'essi presi alla sprovvista, nel tentativo di frenare la caduta del padrone, ruzzolarono gli uni sopra gli altri in un'unica ammucchiata, che andò a concludersi in un groviglio di gambe, braccia e mantelli ai piedi della scalinata.

— Dentro! — ordinò Lorenzo precipitandosi all'interno della cattedrale.

Leonardo si lanciò sui suoi passi. — Allora mi credete? — gli domandò.

— Se menti, sai farlo meglio di Neroni — rispose lui guardandosi intorno con una fulminea occhiata. Il loro ingresso burrascoso venne accolto con sguardi allarmati dalle poche persone presenti, ma nessuno provò a fermarli.

Leonardo si voltò verso la porta d'ingresso. Neroni e i suoi uomini, non senza fatica, si erano rimessi in piedi, e ora stavano salendo la scalinata. — Neroni ci insegue! — esclamò.

— Non c'è niente che debba ancora comunicare a quel signore — ribatté freddamente Lorenzo.

Insieme sfrecciarono verso il centro della cattedrale. Un gruppo di suore, vicino all'altare, dovette farsi frettolosamente da parte per non essere travolto dalla loro corsa.

— Immagino che abbiate un piano... — ansimò Leonardo.

— Non ancora — confidò Lorenzo superando con un balzo la balaustra dell'altare. — Spero solo che la fortuna ci assista.

Leonardo lo seguí. Con la coda dell'occhio vide che gli uomini di Neroni stavano mettendo mano alle spade.

Proprio in quel momento, davanti a loro, il prete

usciva dalla sacrestia dove, finita la messa, aveva riposto i paramenti liturgici. Incurante del suo sguardo strabiliato, Lorenzo lo superò urtandolo e, sempre tallonato da Leonardo, si infilò nel locale.

Appena entrato in sacrestia si scagliò verso un tavolo, tirandolo a sé per addossarlo contro la porta, che aveva richiuso sbattendola con forza. Con l'aiuto di Leonardo, la barricata venne completata con l'aggiunta di qualche sedia e di un armadio. Poi i due fuggiaschi si guardarono intorno. Lungo i muri erano appesi gli abiti dei sacerdoti, e sugli scaffali erano allineate coppe, calici e altri oggetti per la celebrazione della messa. Ma non c'era nessuna porta d'uscita. Soltanto, in un angolo, una scaletta di legno.

— Quella dove conduce? — domandò Leonardo.

— Su, alla galleria del coro — rispose Lorenzo. — Un vicolo cieco.

— Siamo pur sempre in una cattedrale — ragionò Leonardo. — Non potremmo chiedere asilo al vescovo? Gli uomini di chiesa sono tenuti a offrire aiuto a coloro che si pongono sotto la loro protezione...

— Temo che in questo caso non funzionerebbe — sconsigliò Lorenzo. — Il vescovo è il fratello di Neroni.

Leonardo ebbe un tuffo al cuore. In quel momento la porta tremò sotto un violento assalto.

La voce di Neroni risuonava per tutta la chiesa. — Forza, sfondatela! Fatela a pezzi!

— Non ci rimane che salire — dichiarò Lorenzo. — Forse da sopra potremo difenderci meglio.

Leonardo fece uno sforzo per visualizzare in dettaglio l'interno della cattedrale, oltre la porta della sacrestia, e concepí il suo piano. — D'accordo, saliamo — disse. — Ma per favore, mentre passate prendete con voi qualcuno di quegli abiti da sacerdote.

Cosí dicendo, afferrò a sua volta una manciata di paramenti sacri dagli appendini e si lanciò su per la scaletta.

— Mi pare un po' tardi per un travestimento — osservò Lorenzo.

Arrivati alla galleria del coro, si accucciarono in modo da non poter essere visti da sotto. Per tutta la cattedrale continuavano a rimbombare i colpi, sempre piú forti, contro la porta della sacrestia.

— A giudicare dal baccano che stanno facendo — disse Lorenzo — dubito che potranno sentirci. Probabilmente immaginano che siamo ancora lí sotto, a rinforzare la barricata.

Leonardo si sollevò un po', spuntando con la testa leggermente al di sopra del parapetto. Verso l'alto si stagliava, come un bianco cielo, l'enorme cupola della cattedrale; in basso, il suo sguardo poteva percorrere per intero il lungo pavimento di marmo, fino alla grande porta di bronzo, che rappresentava l'unica possibile via di fuga. Sotto di loro c'era un salto di almeno sei metri. Non visibili da quella posizione, gli uomini di Neroni continuavano ad accanirsi contro la porta della sacrestia, che sembrava ormai vicinissima a cedere.

Leonardo separò i paramenti che aveva portato con sé e iniziò a legarli l'uno all'altro.

— Se ho capito bene, la tua idea sarebbe quella di calarci di sotto — commentò Lorenzo, con aria di approvazione.

— Qualcosa del genere — borbottò in fretta Leonardo.

Anche i vestiti portati da Lorenzo furono rapidamente annodati a quella specie di corda di salvataggio. Leonardo provava un senso di fastidio nel dover stropicciare e spiegazzare tessuti tanto raffinati, ma non c'era altro da fare. Alla fine Lorenzo lo aiutò ad assicurare la variopinta fune al parapetto della galleria.

Pregando perché i nodi tenessero, Leonardo sedette ciondoloni sulla balaustra e afferrò con forza la corda. Mentre Lorenzo si apprestava a seguirlo, si sentí la porta della sacrestia cedere con uno schianto.

— Presto! Su da quella scala! — udirono urlare Neroni.

— Stringetela forte e buttatevi! — ordinò Leonardo, mentre già si avvertiva il rumore dei passi pesanti degli inseguitori su per gli scalini di legno.

I due si aggrapparono alla grossa fune e si lanciarono dal parapetto, lasciandosi scivolare verso il pavimento. Sottoposta a quell'improvvisa tensione, la corda cominciò a scricchiolare in modo sinistro. Ancora per un lungo istante, Leonardo e il compagno rimasero sospesi a mezz'aria. Poi i nodi, fatti troppo in fretta, cedettero.

Un tonfo sordo annunciò la fine del volo. L'atterraggio fu coronato da una pioggia di colorati paramenti che andò a ricoprire i due sfortunati funamboli.

Il primo a riprendersi fu Lorenzo, che aiutò Leonardo a rimettersi in piedi. Poi, in una corsa disperata, i due attraversarono la cattedrale in tutta la sua lunghezza, sempre incalzati dalla voce di Neroni che gracchiava ordini in modo scomposto. Ma prima che gli inseguitori, sempre piú chiassosi e confusi, fossero ridiscesi dalla scaletta, i fuggitivi avevano già guadagnato l'uscita. Mentre si lanciava giú dalla scalinata, Leonardo trovò il tempo di chinarsi a raccogliere il suo cappello, ancora a terra nel punto in cui Neroni lo aveva fatto cadere. Se lo cacciò in testa e riprese la fuga, attraversando la piazza a tutta velocità per non perdere Lorenzo. Poi si addentrarono in un vicoletto un po' in ombra e lí si fermarono a riprendere fiato.

— Devo andare subito da mio padre e allertare i nostri uomini — disse Lorenzo. — Vieni con me, e raccontagli quello che sai.

Leonardo scosse la testa. — Tutto quello che è successo fa parte di un unico disegno che ancora non riesco a mettere bene a fuoco. Ma la chiave di ogni cosa è in quella macchina. E l'unico posto dove posso trovare una risposta è la bottega di Silvestro.

Lorenzo fece un gesto con la mano, quasi ad ammettere che in quelle parole potesse esserci qualcosa di vero. — Vai allora. Io non posso perdere tempo a discutere finché Lucrezia è nelle mani di Neroni.

Leonardo esitò ancora un istante. — Per favore, qualunque cosa dovesse succedere — si raccomandò — fate in modo che Fresina sia al sicuro. Ora è il mio amico Sandro Botticelli che si occupa di lei.

— D'accordo, puoi contarci — lo rassicurò Lorenzo. — Buona fortuna.

Poi si voltò e, di buon passo, si incamminò verso la parte nord della città. Leonardo invece si avviò dalla parte opposta, in direzione Oltrarno, verso quel luogo dove il mistero aveva avuto inizio.

19

Un ritrovamento e una cattura

Dal campanile della chiesa di Santo Spirito provenivano i rintocchi di mezzogiorno; fuori, sul piazzale, si sentiva il canto dei salmi. Al passaggio di un gruppo di tagliapietre diretti verso Palazzo Pitti, Leonardo distolse istintivamente lo sguardo.

Addentrandosi negli stretti vicoli che circondavano la chiesa, presto si ritrovò davanti alla diroccata bottega di Silvestro. Il cielo era coperto e l'aria pesante per un temporale che si faceva aspettare da un po'. Il fatiscente edificio aveva un'aria ancora piú desolata della volta precedente.

La porta d'ingresso era chiusa. Leonardo strisciò fin sotto la finestra e con molta cautela diede una sbirciatina oltre il ripiano del davanzale: dentro la bottega non si vedeva anima viva. Si guardò intorno per accertarsi che nessuno stesse passando per la strada in quel momento, poi tornò verso la finestra, che era socchiusa, e saltò dentro.

Gli attrezzi da lavoro erano stati abbandonati in disordine, i barattoli di pigmento e i flaconi di pittura non erano nemmeno stati richiusi, e il pavimento era ricoperto di pezzi di carta e schegge di legno. Sopra uno dei tavoli da lavoro c'erano una pagnotta mangiata per metà, croste di formaggio e due boccali in cui era rimasto un po' di vino da poco prezzo. Leonardo fece scorrere il dito sul bordo di uno dei boccali: era ancora umido. Qualcuno, dunque, era stato lí quella stessa mattina, e non era possibile dire se e quando sarebbe tornato. Bisognava assolutamente fare in fretta.

Si avvicinò piano alla porta dello studio di Silvestro e rimase in ascolto. Non sentendo alcun rumore, entrò. Non c'era nessuno. Soltanto, sospeso nell'aria, un odore forte, particolare, qualcosa di decisamente insolito. Leonardo cercò di capire cosa potesse essere, ma non riuscendo sul momento a trovare una risposta preferí non perdere tempo e concentrarsi sulla scrivania.

Una veloce ricerca fra le carte di Silvestro diede risultati di scarso interesse: soltanto fatture scadute e schizzi di figure umane lasciati a metà. Del famoso disegno, nessuna traccia.

In fondo alla stanza c'era un grande arazzo con l'immagine di Vulcano, l'antico dio romano signore del fuoco e della lavorazione dei metalli. Leonardo lo scostò, scoprendo un passaggio a volta che portava alla fornace. Il pavimento era cosparso da uno strato di cenere e fuliggine sul quale erano già state lasciate tante di quelle impronte che Leonardo si disse che non avrebbe corso alcun rischio aggiungendo anche le sue.

Attraversò il locale e con una mano toccò il muro esterno della fornace. Era freddo. Tutt'intorno erano sparsi frammenti di creta che si sarebbero detti i resti di modelli distrutti intenzionalmente. Poi, proprio nell'angolo, l'occhio gli cadde su qualcosa che per un momento gli fece trattenere il fiato.

Era una cassa, chiusa con un lucchetto, le cui dimensioni sembravano perfette per contenere l'oggetto che stava cercando. Con il palmo della mano provò a esercitare una leggera pressione sul coperchio, come se in quel modo potesse farsi un'idea di quello che c'era dentro. In ogni caso non aveva dubbi, poteva essere una sola cosa: la macchina di Silvestro.

Guardandosi intorno in cerca di qualche attrezzo con cui forzare il lucchetto, individuò una pala dal lungo manico, probabilmente utilizzata per caricare carbone nella fornace. L'afferrò e tornò davanti alla cassa.

Prendendo con attenzione la mira, la alzò sopra la testa e lasciò partire un gran colpo. La pala si abbatté violentemente contro il ferro del lucchetto, producendo un'esplosione di scintille. Leonardo sollevò il lungo manico e tornò a colpire, poi colpí una terza volta, e ancora, e ancora, senza risparmio, con il sudore che gli colava dalla fronte. Infine, raccogliendo le ultime energie, con la forza della disperazione assestò un colpo tremendo, il piú potente di tutti, e questa volta il lucchetto schizzò via andando a ricadere sul pavimento.

Dopo essersi liberato della pala, si sbottonò la camicia, agitandola un po' per rinfrescarsi. Quando tornò ad avvicinarsi alla cassa, si accorse che le mani gli tremavano. Il pensiero di essere cosí vicino a svelare finalmente il mistero era tanto eccitante che quasi non riusciva a crederci. Afferrandolo per gli angoli, iniziò a sollevare il coperchio, dapprima lentamente, poi in un unico slancio accompagnato da un grido di trionfo.

Il grido gli si strozzò in gola mentre, sopraffatto da un terribile puzzo di carne in putrefazione, arretrava inorridito. Ripiegato nella cassa non c'era nessun congegno meccanico. C'era un corpo senza vita: quello di Silvestro.

Leonardo cercò di vincere l'orrore e si costrinse a dare un'occhiata piú da vicino. La tunica dell'artista, sul davanti, era tutta chiazzata di sangue, la pelle era bianca e gli occhi gonfi, protesi all'infuori. Con senso di profonda riluttanza, allungò una mano per toccargli la guancia, e sentí che il corpo era freddo.

Era evidente che Silvestro era morto già da qualche tempo, ed era altrettanto chiaro, a giudicare dalla posizione della macchia di sangue rappreso, che era stato ucciso da un'unica stilettata al cuore. Un lavoretto di precisione che poteva essere opera di una persona soltanto: Rodrigo. Leonardo non poté fare a meno di guardarsi nervosamente intorno, come se lo spagnolo potesse essere ancora lí, appostato da qualche parte nell'ombra, pur sapendo che l'assassinio doveva necessariamente essere stato commesso prima della sua partenza per Anchiano.

Silvestro era morto, i modelli in argilla erano stati distrutti, i disegni erano spariti e lui, che li aveva visti, aveva una condanna a morte pendente sulla testa. Tutto ciò era una riprova dell'importanza che Neroni attribuiva a quella macchina. Ma come avrebbe potuto indurre qualcuno a credere alla sua scoperta, tanto piú adesso che era ricercato per assassinio? E cosa sarebbe successo se fosse stato trovato lí, a tu per tu con un altro cadavere?

Senza perdere tempo richiuse il coperchio della cassa e, attraversando lo studio di Silvestro, tornò nella bottega. Era già vicino alla porta d'uscita quando fu raggiunto da un suono di voci familiari.

— E allora cosa pensi che sia capitato al vecchio Silvestro?

— Sarà disteso sul pavimento di qualche taverna aspettando di smaltire l'ultima sbronza, immagino. Non lo vedremo ancora per qualche giorno, e quando ricomparirà avrà già dimenticato tutto.

Le voci erano quelle dei due apprendisti, e Leonardo sapeva che lo avrebbero riconosciuto subito. Sentendo la porta aprirsi, in tutta fretta ripiegò verso la finestra.

— Ehi! — esclamò il Brufoloso. — Chi va là?

— È lui! — gli fece eco il Pidocchioso. — Quello che era vestito come un damerino!

Leonardo si tuffò letteralmente dalla finestra, le braccia tese in avanti a frenare la caduta. Al contatto col suolo fece un paio di capriole, andando a urtare contro un barile per la raccolta dell'acqua piovana. Senza fermarsi neppure un istante a considerare se e quanto poteva essersi fatto male, si rimise in qualche modo in piedi e iniziò a correre.

I due apprendisti ricomparvero sulla porta e si lanciarono al suo inseguimento.

— Torna indietro! Sei ricercato dalle guardie del Governatore!

Leonardo procedette a zigzag attraverso quel reticolo di stradine, troppo veloce per potersi fare una precisa idea di dove stesse andando. Tutt'a un tratto gli comparvero davanti le mura della chiesa di Santo Spirito, e in quel momento vide una dozzina di uomini armati procedere verso di lui dall'estremità opposta della strada.

Di sicuro, pensò, se lo avessero visto correre lo avrebbero fermato e gli avrebbero chiesto ragione di quel comportamento. Alle sue spalle, intanto, i due inseguitori stavano recuperando terreno. Incapace di prendere una decisione, si bloccò sul posto, pur sapendo che era la cosa peggiore che potesse fare.

In quel preciso istante quattro frati spuntarono da sotto le mura della chiesa e, circondando Leonardo, alzarono le braccia in preghiera in modo che le lunghe maniche dei loro abiti gli ricadessero tutt'intorno come panni stesi.

— Cammina insieme a noi — bisbigliò uno di loro. — E non fare rumore.

Leonardo si piegò un po' sulle gambe, in modo che anche la testa e le spalle rimanessero ben nascoste dietro le pieghe delle ampie vesti grigie dei frati, che intanto avevano ripreso ad avanzare intonando preghiere in latino. A pochi passi di distanza, sentí gli apprendisti di Silvestro fermarsi con uno scivolone.

— E adesso dov'è finito?

— Che Dio lo stramaledica! C'era una taglia sulla sua testa!

Imperturbabili, i frati continuavano nel loro solenne incedere mentre gli apprendisti imprecavano contro la loro cattiva sorte. Gli uomini armati, quando si trovarono di fronte ai quattro monaci, ruppero le righe inchinandosi rispettosamente.

Quando si furono allontanati, i frati svoltarono l'angolo e si diressero verso una piazzetta. Lí si fermarono e, tutti insieme, volsero lo sguardo verso Leonardo.

Lui si raddrizzò e fece per ringraziare, ma con un cenno della mano quello che sembrava il piú autorevole gli ordinò di tacere.

— Sei Leonardo da Vinci, l'allievo di Andrea del Verrocchio? — domandò.

Preso in contropiede, Leonardo provò dapprima l'istinto di mentire. Poi però si disse che, se non poteva fidarsi di quegli uomini pii che erano venuti in suo soccorso in una circostanza cosí difficile, non si sarebbe potuto fidare di nessuno.

— Sí, fratello, sono io — rispose. — Ma come fate a conoscere il mio nome?

Tutti e quattro i monaci lo fissavano intensamente. In quel momento, per la prima volta, Leonardo si soffermò a esaminare i visi che facevano capolino da sotto i cappucci. Erano tutti barbuti, e i loro sguardi erano duri, determinati. Non erano facce da frati, quelle. Erano facce da soldati.

— Ora! — ordinò quello dei quattro che aveva parlato in precedenza.

Un istante dopo, Leonardo si sentí afferrare in una morsa d'acciaio. Prima che potesse gridare, qualcuno gli aveva già stretto un bavaglio sulla bocca. Due degli uomini si slacciarono il cordone del saio e lo usarono per legargli le braccia attorno ai fianchi; un altro gli infilò un sacco in testa, spingendolo giú fino alle spalle.

Cosí, barcollando nel buio piú totale, guidato dai finti frati, il ragazzo percorse ancora un breve tratto, fino a quando non udí sbuffare un cavallo, e subito dopo il cigolio delle ruote di un carro. Si sentí alzare di peso e scagliare all'insú. Poi qualcuno gli buttò addosso una specie di lenzuolo, e il carro partí.

Leonardo avvertí una violenta fitta allo stomaco. Non solo non era riuscito a trovare la macchina di Silvestro, ma ora era anche caduto in mano al nemico. C'erano davvero poche speranze di poter sopravvivere abbastanza per raccontare la sua storia.

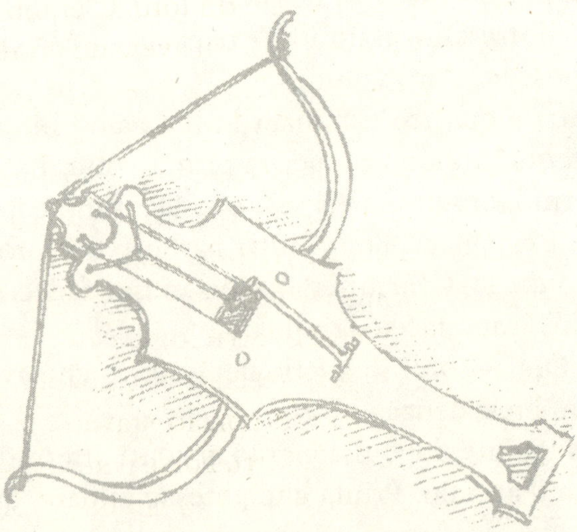

20
Un personaggio influente

Un rombo di tuono annunciò l'inizio del temporale. La pioggia cadeva fitta, picchiettando sopra la tela che era stata messa a riparo del prigioniero. Leonardo provò a dimenarsi e contorcersi nel tentativo di liberarsi, ma invano. I nodi erano cosí resistenti che chi lo aveva legato doveva essere esperto in quel genere di cose.

Da quando lo avevano catturato, i suoi sequestratori non gli avevano piú rivolto la parola, e del resto avevano parlato pochissimo anche tra loro. C'erano due uomini alla guida del carro, ma non avevano pronunciato altro che qualche mezza frase a proposito del tempo. A giudicare dal calpestio di zoccoli, dovevano esserci almeno altri due uomini a cavallo di scorta al carro. Era molto probabile, pensò Leonardo, che si trovasse sempre in compagnia dei quattro finti frati.

Ma se non erano frati, cos'erano? Mercenari? Banditi? Mercanti di schiavi? E dove lo stavano portando? Già da un pezzo si erano lasciati alle spalle i rumori della città, quindi di certo non lo stavano accompagnando al palazzo di Luca Pitti. Forse perché era piú sicuro sbarazzarsi di lui in qualche altro luogo.

Finalmente il carro rallentò fino a fermarsi e qualcuno sollevò il lenzuolo di tela che copriva il prigioniero. Leonardo non avrebbe saputo dire se era giorno o notte, ma era certo di aver viaggiato per ore. Venne trascinato giú e scaricato su una superficie di ciottoli bagnati. Si sentiva del movimento tutt'intorno: suoni di voci ovattate, rumori di passi, porte che venivano aperte e richiuse.

Sempre senza rivolgergli la parola, uno dei sequestratori lo afferrò per le spalle e lo guidò in un ambiente chiuso. Il ragazzo sentí sotto i piedi un pavimento in legno, poi qualcosa di molto piú morbido, forse un tappeto.

Quando gli venne sfilato il sacco dalla testa, la luce improvvisa gli fece quasi male agli occhi. Davanti a lui c'era una fila di candele accese. Stava ancora battendo le palpebre, quando due servitori entrarono nella stanza. Uno portava cibo e bevande, l'altro aveva una bacinella d'acqua e qualche asciugamano. Lasciarono tutto sul tavolo e uscirono.

L'uomo che lo aveva accompagnato dentro la casa gli tolse il bavaglio e lo liberò dalle corde. — Resta qui e non cercare di andartene — ordinò. — La porta è sorvegliata.

Rimasto solo, Leonardo si guardò attorno. Per essere una prigione, bisognava riconoscere che era davvero confortevole, con due soffici poltroncine ed eleganti arazzi alle pareti. Le finestre erano alte e munite di sbarre verso l'esterno; le gocce di pioggia rimbalzavano sui davanzali.

Chiunque fossero quelle persone, non sembravano avere troppa fretta di ucciderlo. Un improvviso crampo allo stomaco lo spinse ad avvicinarsi al tavolo.

Dopotutto, se voleva provare a scappare, era indispensabile prima rimettersi in forze. Si lavò faccia e mani nella bacinella e si asciugò strofinandosi bene il viso. Quindi, con grande piacere, si dispose a gustare quelle appetitose vivande.

C'erano fette di prosciutto dolce, pernici con salsa di mele cotogne e pane appena sfornato. Il vino, poi, era assolutamente delizioso, come Leonardo non ne aveva mai assaggiato in vita sua. Dopo tante ghiottonerie e due bei boccali ricolmi, l'ansia e la tensione che non gli avevano dato tregua per tutta la giornata cedettero il posto a un senso di sfinimento. Si lasciò sprofondare su una poltroncina e in pochi istanti scivolò in un profondo, benefico sonno.

In sogno, i suoi pensieri sfrecciavano come fili variopinti e andavano a impigliarsi negli ingranaggi e nei cilindri rotanti di una macchina complessa. Rivide il disegno che aveva avuto davanti agli occhi nella bottega di Silvestro, cosí intrigante nell'imperscrutabile ordinamento delle sue parti. Poi vide allo stesso modo, distesa davanti a sé, l'intera città di Firenze: era diventata una macchina, mossa da molle e ingranaggi che procedevano da un piano misterioso. Le torri si alzavano e ricadevano in una complessa sequenza, la gigantesca cupola della cattedrale girava in continuazione come la ruota di un mulino, e le strade scorrevano avanti e indietro, simili a spole di un telaio impazzito.

Poi l'implacabile movimento si materializzò in qualcosa che lo toccava su una spalla: una mano forse, sí, una mano che lo scuoteva, svegliandolo. I suoi occhi si spalancarono di scatto e si trovarono a fissare il volto di Lorenzo de' Medici.

Leonardo balzò in piedi e Lorenzo arretrò, sollevando le mani vuote. — Tranquillo, Leonardo. Qui sei fra amici.

Gli abiti e i capelli del giovane signore erano bagnati di pioggia. Alla cintura portava una spada con l'impugnatura d'argento.

Leonardo si sentiva confuso. — Dove siamo?

— Nella villa di mio padre, a Careggi. Ho fatto il giro delle nostre proprietà, a cavallo, per chiamare gli uomini alle armi. Appena tornato, sono stato avvertito del tuo arrivo.

Leonardo scoppiò a ridere, sollevato. — Pensavo di essere stato rapito dagli scagnozzi di Neroni!

— Prima di lasciare Firenze ho mandato alcuni dei miei uomini piú fidati a proteggerti da quell'individuo — spiegò Lorenzo. — Ho descritto loro il tuo aspetto, precisando dov'eri diretto e ordinando di portarti sano e salvo qui da me.

— E perché erano vestiti da frati?

— Una mia idea — confidò il giovane con un sorriso. — Mi sono detto che non sarebbe stato sicuro per loro entrare in Oltrarno senza un travestimento. E l'abate del monastero qui vicino è in debito con me per qualche favore. Mi dispiace che ti abbiano trattato un po' rudemente. Temevano che potessi essere pericoloso.

— Sono sbucati fuori proprio al momento giusto — raccontò Leonardo.

— Hai trovato quello che cercavi?

— No, ma qualcosa di molto peggio: il cadavere di Silvestro. Opera di Rodrigo, credo.

Lorenzo strinse gli occhi in un'espressione preoccupata. — Le cose stanno precipitando di ora in ora, la situazione è sempre piú grave. Forse questo basterà a convincere mio padre a passare all'azione.

Leonardo avvertí una sfumatura di frustrazione nelle sue parole.

— È pronto per incontrarti adesso — proseguí il giovane Medici — ma bisogna fare in fretta perché manca poco all'ora in cui è solito ritirarsi per la notte. Temo che non vorrà rimanere alzato un solo minuto oltre il suo orario abituale, quale che sia l'emergenza.

Cosí dicendo, fece strada verso uno spazioso salone decorato con dipinti e piccole statue di marmo e di bronzo. Un gruppetto di amici, alleati e fidati membri della famiglia, faceva ala attorno a Piero de' Medici, circondandolo da entrambi i lati.

Lui se ne stava seduto come un invalido, con il capo reclinato, su una grande sedia imbottita di morbidi cuscini. Il viso era pallido, con due vistose borse sotto gli occhi e il collo gonfio come quello di un rospo. Gli occhi semichiusi e la postura scomposta, disarticolata e un po' sghemba, davano un'idea di grande stanchezza. I vestiti erano semplici, come quelli di un onesto artigiano; unico segno di ricchezza, un anello con un rubino che portava sulla mano destra, tutta picchiettata di chiazze rossastre.

Leonardo era sorpreso. Sapeva che Piero de' Medici veniva soprannominato "il Gottoso" a causa della sua malattia, eppure era pronto ad aspettarsi qualcuno piú sul tipo dell'elegantissimo Luca Pitti, o del prestante, aristocratico Neroni. Invece, sebbene possedesse tutte quelle cose che avrebbero rappresentato l'orgoglio di suo padre, ser Piero non faceva sfoggio di nulla. La sua voce era delicata, gentile, e non ricordava in nessun modo il tono regale di un uomo abituato a esercitare il potere.

— Mi dispiace di avervi fatto aspettare — disse. — Quando siete arrivato stavo facendo un bagno allo zolfo per dare un po' di sollievo alle mie articolazioni. La salute mi costringe a cenare presto, e la digestione non mi permette di discutere di affari a tavola. Devo fare assegnamento su una vita molto regolata per riuscire a sopravvivere al mio male; e, naturalmente, devo contare sul sostegno di mio figlio.

Dall'occhiata che rivolse a Lorenzo, Leonardo avvertí il profondo legame che univa il padre al figlio e l'incondizionata fiducia che uno riponeva nell'altro. Poi ser Piero sollevò con fatica le palpebre e tornò a volgere lo sguardo sul visitatore, scrutandolo proprio come avrebbe fatto con un cliente in cerca di un prestito presso la sua banca. Era evidente che la malattia non aveva in alcun modo compromesso l'acutezza dell'intelletto.

— Lorenzo mi ha raccontato in ogni dettaglio la vostra avventura al Duomo — proseguí. — Farò una generosa donazione alla chiesa per rendere onore a Dio e sollevare il vescovo da ogni preoccupazione. Ma per quanto riguarda suo fratello, Diotisalvi Neroni, è tutta un'altra faccenda.

— Io e Fresina possiamo testimoniare che è stato complice in un omicidio — affermò Leonardo.

— Questo sarà un argomento importante per far valere le nostre ragioni. Ma in questo momento non ci aiuta ad affrontare la situazione.

— Non potete semplicemente far arrestare Neroni? — suggerí Leonardo.

Ser Piero increspò le labbra. — Come pensate che possa fare una cosa del genere? Io sono soltanto un privato cittadino, non rivesto alcuna carica pubblica.

— Ma ho sentito dire che voi... Che voi siete...

Leonardo esitò. Dalla conversazione che aveva avuto con Lorenzo in Duomo aveva capito che non doveva essere molto benvisto, in casa Medici, chi si riferiva apertamente al capo della famiglia come al signore della città. Forse era considerato un segno di cattiva educazione. Forse era addirittura pericoloso.

— Immagino — ser Piero completò la frase per lui con una certa freddezza — che quello che state cercando di dire è che sono in grado di esercitare qualche influenza sugli affari della città.

— Proprio cosí — convenne Leonardo.

— Anche ammettendo che le cose stiano in questo modo, i miei consigli non hanno molta probabilità di essere seguiti se è vero che Neroni si appresta a circondare il Palazzo della Signoria con uomini armati.

— E c'è un esercito già in marcia da Ferrara per dar manforte a Luca Pitti nella sua scalata al potere — ricordò a tutti Lorenzo.

— A questo proposito ho inviato un messaggero al Duca di Milano per chiedergli aiuto — lo informò suo padre. — Credo che abbia già truppe schierate ai nostri confini. Quando il Duca di Ferrara verrà a sapere che sono pronte ad appoggiarci, forse sarà costretto a rivedere le sue intenzioni.

— Rimane sempre il problema della folla armata che Neroni ha radunato a Palazzo Pitti — osservò Lorenzo.

— Presto la Signoria riceverà una lettera — disse ser Piero — in cui sarà avvertita che l'esercito ferrarese è accampato a Pistoia, da dove in poco tempo potrebbe calare su Firenze. In tali circostanze mi riconoscerà il diritto di armare i contadini che abitano nelle mie proprietà e convogliarli verso la città per difenderla da attacchi esterni. Agirò per dovere di patria. La presenza dei miei uomini dovrebbe funzionare da deterrente per Neroni e i suoi complici.

— Dobbiamo prepararci ad altri spargimenti di sangue? — chiese Leonardo. Gli era tornata alla mente con raccapriccio l'immagine di Tommaso, e poi quella di Silvestro, assassinati senza pietà.

— Non so, forse riuscirò a evitarlo — rispose Piero de' Medici. — Firenze è come un uomo malato che continua a rigirarsi nel letto per sfuggire al dolore senza mai riuscire a trovare la giusta posizione. Il mio dovere, in quanto semplice cittadino in grado di esercitare una certa influenza, è quello di proteggerlo evitandogli di cadere dal letto e fracassarsi la testa sul pavimento.

Il sole aveva appena iniziato a rischiarare debolmente l'orizzonte quando Lorenzo e Leonardo si misero a cavallo, lasciando Careggi alla volta di Firenze. Ser Piero, troppo sofferente per poter cavalcare, li seguiva a distanza, su una portantina trasportata da sei robusti servitori.

Leonardo non indossava piú il suo camiciotto da contadino, e anche il cappello di paglia era stato sostituito con un copricapo piú decoroso fornitogli da Lorenzo. Trottavano lungo la strada, verso sud, con un solo servitore al seguito. A un tratto Lorenzo cominciò a parlare di suo padre.

— Non è cosa da poco farsi custode della libertà di Firenze per il bene di tutti i suoi cittadini. La libertà è una cosa rara e preziosa in un mondo in cui la maggior parte degli uomini vive sotto la tirannia di re e dittatori.

— Ma vostro padre non è per la nostra città un sovrano, come lo sono i principi e i duchi che governano Milano, Ferrara e Napoli? — si decise a chiedere Leonardo.

Lorenzo, come un gatto, sembrò per un momento rizzare il pelo a quella domanda, ma subito tornò a sorridere. — Assolutamente no. Mio padre non ha corona, né titolo. È un cittadino che deve lavorare per guadagnarsi da vivere, come tutti gli altri. Hai visto il palazzo che si sta facendo costruire Luca Pitti in Oltrarno?

— Sí, da lontano — rispose Leonardo. — È difficile non notarlo.

— Il progetto di quel palazzo era stato a suo tempo sottoposto a mio nonno da Filippo Brunelleschi. Nella sua idea, quella avrebbe dovuto essere la nuova abitazione dei Medici in città. Ma mio nonno lo rifiutò: disse che era troppo grandioso per un semplice banchiere. E invece di quel palazzo fece costruire una casa piú modesta, che è quella dove siamo diretti ora.

— Ma Pitti è venuto in possesso di una copia del progetto, e sta facendo costruire il palazzo per se stesso — indovinò Leonardo.

— Esatto. Dunque, come vedrai, mio padre non vive in una sfarzosa abitazione. E, cosa ancora piú importante, non ha ai suoi ordini guardie che siano in grado di imporre la sua volontà. Se i cittadini decidono che non è piú in condizione di guidare la città, si rivolteranno e faranno in modo che la Signoria lo allontani da Firenze.

Leonardo non poteva fare a meno di notare una sfumatura tra il rispettoso e l'affettuoso nella voce di Lorenzo ogni volta che parlava di suo padre. Quanto era fortunato ad avere un genitore sul quale fare affidamento in caso di difficoltà, un uomo nel quale poteva riporre tutta la sua fiducia e che lo contraccambiava offrendogli la propria!

— Immagino che un giorno toccherà a voi assumere quelle responsabilità che ora sono sulle spalle di vostro padre — disse.

Un leggero disagio sembrò turbare il viso di Lorenzo a quelle parole. — Suppongo di sí, ma per adesso non voglio pensare al futuro. Governare Firenze non è una cosa facile. Mio padre, lo hai visto, ci si è rovinato la salute. Personalmente preferirei rimanere libero di andare a caccia, cavalcare e scrivere versi — soggiunse con un largo sorriso. — O anche essere un ragazzo di campagna che gioca nei campi e dipinge quadri.

Leonardo non avrebbe mai immaginato che la vita di campagna potesse rappresentare un'attrattiva per Lorenzo, e provò un po' di vergogna al pensiero di essere arrivato a disprezzarla tanto. — Be', ma quando verrà il momento, non potrete semplicemente rifiutare di assumere un ruolo di guida della città? — chiese, allontanando da sé quei pensieri.

Lorenzo alzò un sopracciglio, fissando Leonardo con un'espressione quasi risentita. — Credi che potrei starmene lí con le mani in mano vedendo la mia città precipitare nel caos e cadere sotto la tirannia di qualche banda armata? Magari in mano a un uomo come Neroni? No, non è dei miei desideri che devo preoccuparmi, ma di quello che è meglio per la mia Firenze. Anche la piú profonda aspirazione del mio cuore dev'essere sacrificata a questo fine.

La voce di Lorenzo, su quelle parole, si ruppe leggermente per l'emozione. Forse, immaginò Leonardo, ora stava pensando a Lucrezia. In quel momento sentí di non provare piú nessuna invidia per lui. La sua ricchezza, i suoi privilegi, tutto aveva un prezzo, e il corso della sua vita era già stato deciso. Anche Leonardo sapeva che, se lo avesse desiderato, avrebbe potuto intraprendere la stessa carriera del padre, o magari scegliere di dedicarsi alla cascina e alla vita di campagna, come lo zio Francesco. Ma ora maestro Andrea gli offriva la possibilità di seguire un'altra strada.

Non poteva impedirsi di essere ambizioso quanto suo padre, questo lo sapeva, ma almeno a lui era concesso di provare a indirizzare quell'ambizione verso un fine piú nobile che non la ricchezza o il prestigio.

A lui era dato di scegliere.

La strada ora si arrampicava lungo il crinale di una collina dalla sommità della quale si scorgevano già, in lontananza, le mura e i tetti della città. L'enorme cupola della cattedrale era perfettamente riconoscibile, cosí come la torre campanaria del Palazzo della Signoria. Di fronte a quello spettacolo, a Leonardo tornò in mente il sogno del giorno precedente, ma subito qualcosa di piú urgente catturò la sua attenzione.

— Guardate! — esclamò, puntando un dito davanti a sé. — Là... Tra gli alberi, vicino a quella villa.

Lorenzo fece fermare il cavallo e strizzò gli occhi. — La mia vista non è buona come la tua. Cosa vedi?

— Uomini e cavalli appostati nell'ombra. Si direbbe che stiano aspettando qualcosa. Uno sta di vedetta, ed è probabile che ci abbia visti.

Lorenzo strinse con forza le redini, avvolgendole attorno alle dita, mentre la mascella gli si induriva in una smorfia di tensione.

— Pensate che sia un agguato? — domandò Leonardo.

— Sí, ma non siamo noi quelli che stanno aspettando. Neroni mi ha fatto capire fin troppo chiaramente che intende sbarazzarsi di mio padre. Liberarsi del vecchio Piero de' Medici è ancora la via piú sicura per prendere il controllo della città.

— E dopo essersene liberato, userà Lucrezia come esca per costringervi ad allontanarvi da Firenze — disse Leonardo. — Dobbiamo tornare indietro.

E, senza aspettare una risposta, iniziò a far girare il cavallo.

Lorenzo afferrò le briglie. — No! Lo hai detto tu che ci hanno già riconosciuti. Se adesso ci vedono tornare indietro, di sicuro ci seguiranno, e la portantina di mio padre non ha nessuna speranza di riuscire a sfuggire a degli inseguitori a cavallo.

Per un momento accarezzò l'impugnatura della spada, come soprappensiero, poi si voltò verso il servitore che li accompagnava. — Domenico, sta' indietro, non farti vedere. Ci sono uomini armati, piú avanti, che vogliono tendere un'imboscata a ser Piero. Torna da lui e avvertilo di prendere un'altra strada.

Domenico fece dietrofront con il cavallo e senza farselo ripetere due volte partí al galoppo. Leonardo deglutí. — Non dovremmo andare anche noi con lui?

— Nemmeno per idea — ribatté decisamente Lorenzo. — Dobbiamo solo fare in modo che mio padre abbia il tempo di mettersi in salvo.

— E come? Cosa dobbiamo fare?

Con un colpo di redini, Lorenzo fece muovere in avanti il cavallo. — Dobbiamo andare incontro a quei signori e intrattenerli il piú a lungo possibile — dichiarò con assoluta disinvoltura.

21

Un covo di vipere

Ben presto Lorenzo e Leonardo furono abbastanza vicini da poter distinguere chiaramente gli uomini appostati fra gli alberi, che pure continuavano a muoversi in modo furtivo. Lorenzo alzò una mano e, con fare gioviale, li salutò a piena voce: — Salve, amici! Non è forse una bella mattina per starsene lontano dal rumore e dalla sporcizia della città?

Leonardo se ne stava lí con il fiato sospeso, incapace di credere ai propri occhi. Come poteva Lorenzo comportarsi con tanta tranquillità di fronte a uomini in agguato per uccidere suo padre? Erano almeno sei o sette, tutti armati con spade e pugnali. Colti di sorpresa dal comportamento del giovane, rimasero per un momento come incerti sul da farsi, scambiandosi sguardi interrogativi, fino a quando quello che doveva essere il capo non si decise a muovere qualche passo in avanti, uscendo dall'ombra.

Il primo istinto di Leonardo fu quello di girarsi dall'altra parte e scappare: era quel tizio allampanato dai capelli rossi che lo aveva fermato in Piazza della Signoria chiedendogli se stava per il Poggio o per il Piano. Senza ombra di dubbio era uno dei seguaci di Neroni. E se lo avesse riconosciuto...

L'uomo dai capelli rossi li fissava con aria arrogante. — Vi riconosco. Non siete Lorenzo de' Medici?

— Lo sono, in effetti — rispose educatamente lui. — Ma purtroppo non ho l'onore di conoscere il vostro nome.

— Mi chiamo Luigi Circone. Vostro padre non è con voi?

A quella domanda Leonardo sentí un brivido freddo scendergli giú per la schiena, e gli venne naturale chiedersi se, spronando i cavalli a piú non posso, avrebbero avuto ancora qualche speranza di riuscire a scappare.

— È dietro di me, a non piú di un'ora di strada — rispose Lorenzo con un sorriso. — Ma voi e i vostri uomini dovete essere la scorta inviata dalla Signoria per accompagnarlo in città, dico bene?

— Proprio cosí — rispose Circone mostrando i denti con un ghigno soddisfatto.

— Immagino che lo stiate aspettando già da un po'. Volete che torni indietro a dirgli di affrettarsi? — propose Lorenzo.

Circone alzò una mano. — Non è necessario. La giornata è ancora lunga. E chi è questo che sta con voi?

Leonardo sentí il cuore balzargli in gola. Abbassò umilmente il capo e si sfilò il cappello. — Sono soltanto un servitore, signore — biascicò.

Lorenzo intervenne prontamente: — Capitano Circone, sono certo che voi e i vostri uomini sarete assetati, dopo questa lunga veglia. Per vostra fortuna ho con me una fiasca di trebbiano toscano appartenente alla riserva personale di mio padre. Credetemi, in tutta la vostra vita non avete mai assaggiato un vino cosí dolce. Non volete favorire, tanto per ingannare l'attesa?

— Mi sembra un'ottima idea — accettò di buon grado Circone passandosi la lingua sulle labbra, quasi a pregustare quella squisitezza.

Sempre allegro e sorridente, Lorenzo smontò da cavallo e sganciò una grossa fiasca di cuoio che teneva legata alla sella. Tremando al pensiero del rischio che stavano correndo, anche Leonardo scese da cavallo e raggiunse gli assassini all'ombra degli alberi. Aveva l'impressione di essere seduto in mezzo a un covo di vipere, ognuna delle quali si sarebbe potuta da un momento all'altro rivoltare e dargli un morso.

La mezzora che seguí fu la piú lunga di tutta la sua vita. Lorenzo, dal canto suo, sembrava perfettamente a proprio agio, e non la smetteva di ridere e scherzare come se fosse in compagnia dei suoi piú cari amici.

A un tratto si mise perfino a intonare i versi di una canzone:

Non v'è donna in Toscana,
ognuno lo sa,
che non ti faccia da sposa
se le offri una rosa.

Ma ogni fiore appassisce,
e ogni bacio svanisce:
l'ultima rosa andrà preservata
per la prossima donna
che vorrà essere amata.

La sua voce acuta, un po' stridula, e il contenuto dei versi produssero un effetto irresistibile su Circone e i suoi uomini, che si lasciarono andare a risate scomposte. Uno di loro diede addirittura un'allegra pacca sulla schiena a Leonardo, che faceva il possibile per mostrarsi partecipe di tanta gaiezza, cercando nello stesso tempo di dare il meno possibile nell'occhio.

Proprio quando cominciava a rilassarsi, immaginando che il peggio fosse ormai passato, Circone di punto in bianco gli si piazzò davanti e lo scrutò attentamente. — Io ti conosco, non è vero, ragazzo?

— Non credo — rispose lui.

Circone corrugò la fronte con aria poco convinta.

Ancora una volta Lorenzo venne in soccorso. — Capitano, ma avete già smesso di bere! — esclamò, cacciandogli la fiasca sotto il naso. Un attimo dopo entrambi gorgheggiavano, intonando a pieni polmoni qualche canto sguaiato.

Leonardo si sentí sollevato come se, un attimo prima che fosse troppo tardi, qualcuno avesse allontanato una mannaia che gli pendeva sul collo. Proprio in quel momento Lorenzo alzò la testa e buttò uno sguardo in direzione della collina dalla quale poco prima avevano scorto gli uomini di Circone in appostamento.

— Guardate là! — esclamò. — Ecco mio padre che arriva!

Circone e i suoi uomini strinsero gli occhi, passando in rassegna il fianco della collina in cerca di qualche segno della loro vittima.

Lorenzo, intanto, si affrettò a raggiungere il suo cavallo e, afferrate le redini, balzò in sella chiamando Leonardo. — Vieni, presto! Dobbiamo precederlo per preparare ogni cosa. Buona fortuna e buon lavoro a voi e ai vostri uomini, capitano!

Ancora prima che Leonardo riuscisse a montare in sella, Lorenzo stava già galoppando a spron battuto sulla strada per Firenze.

— Che cosa avete visto sulla collina? — gli domandò il ragazzo quando lo ebbe raggiunto.

Il giovane Medici ridacchiò. — Niente, non ho visto niente. Avevo soltanto bisogno di distrarre quei tagliagole il tempo sufficiente per squagliarcela. Per fortuna non hanno una vista buona come la tua, altrimenti temo che non ci sarebbero cascati. E prima che capiscano di essere stati beffati, noi saremo già al sicuro tra le mura della città, come pure mio padre.

Entrarono in Firenze da Porta Faenza e, cavalcando lungo strade sempre piú affollate, giunsero infine in Via Larga. La casa dei Medici era un edificio imponente, a tre piani, disposto attorno a un grande cortile. Lorenzo fece strada oltre il portone d'ingresso, sul quale campeggiava lo stemma di famiglia: sei cerchi disposti sopra uno scudo.

— Cosa rappresenta quel simbolo? — si incuriosí Leonardo.

— È una storia che risale al capostipite della nostra famiglia, il cavaliere Averardo — iniziò a spiegare Lorenzo. — All'epoca gli abitanti delle campagne qua attorno erano terrorizzati da un gigante contro il quale lui ingaggiò una terribile lotta. Alla fine la spuntò: il gigante morí, ma nella battaglia la sua mazza percosse ripetutamente lo scudo di Averardo, lasciandovi impresse sei grandi ammaccature.

— Ha l'aria di una storia un po' fantasiosa — osservò scettico Leonardo.

— È quello che pensa anche mio padre — disse Lorenzo scendendo da cavallo. — A lui piace pensare a quei cerchi come a sei monete, il che in qualche modo sembrerebbe piú appropriato per una famiglia di banchieri. Ma io continuo a preferire l'altra versione.

Servitori e stallieri si affrettarono a dare il benvenuto al giovane padrone e a prendersi cura dei cavalli. Dopo essersi accertato che il padre fosse giunto a casa sano e salvo, Lorenzo condusse Leonardo verso la sala da pranzo, dove ser Piero stava per rivolgere un discorso a un gruppo di fedelissimi.

Il capo della famiglia Medici era in piedi, a dispetto della sua malattia. Sul tavolo, davanti a lui, era aperta una mappa della città. Alle sue spalle, affreschi raffiguranti profeti biblici decoravano la parete, fronteggiati da statue di divinità romane svettanti sui loro piedistalli e circondate da alte finestre. Membri della famiglia erano raggruppati su ogni lato della sala; alcuni indossavano la corazza e portavano la spada alla cintura.

Un sorriso illuminò per un istante il viso olivastro di ser Piero alla vista del figlio. — Lorenzo, ero terribilmente preoccupato. Dove sei stato tutto questo tempo?

— Me la sono spassata un po', tra una cantata e una bevuta, con il comitato di accoglienza che Neroni vi ha mandato incontro — scherzò il giovane. — In effetti, per essere degli assassini, sono una compagnia piuttosto allegra.

— Immagino che saranno un po' meno allegri ora che si sono resi conto di essere stati beffati — osservò Leonardo.

Lorenzo raccontò in breve la loro avventura. Ser Piero ascoltava in silenzio, chiaramente combattuto fra l'ammirazione per il figlio e l'orrore per il rischio al quale si era esposto.

— D'ora in avanti non potremo piú permetterci di tentare la sorte — dichiarò infine. — Le nostre truppe sono già in marcia dalla campagna. Dobbiamo chiudere tutte le porte sul lato nord della città — e qui martellò il dito indice sulla mappa in corrispondenza delle porte in questione — lasciando aperta al transito solo la Porta San Gallo, dalla quale faremo giungere i nostri rinforzi. Rubeo, la lettera in cui si avverte della presenza dell'esercito ferrarese alle porte della città è già stata recapitata alla Signoria?

Rubeo, il suo uomo di fiducia, annuí.

— Pensate che i membri della Signoria ci crederanno? — domandò Lorenzo al padre.

— Non mi importa se ci credono o no — rispose lui in tono deciso. — Io li ho informati che mi sto organizzando per la difesa della città. Questo è quello che conta. E ora, quali sono le notizie sul fronte di Neroni?

Uno degli uomini con la corazza fece un passo avanti. — Ha radunato circa duecento soldati a Palazzo Pitti. L'Oltrarno è diventato a tutti gli effetti una città a parte, sulla quale governa ser Luca.

Piero de' Medici si concesse un malinconico sorriso. — Quell'idiota pieno di sé. Adesso ha ciò che ha sempre voluto: il suo piccolo regno, proprio fuori dalla porta di casa. Continuerà a lavorare su quel palazzo fino a farlo diventare piú grande del Colosseo, se non gli finiscono prima i soldi.

Ci fu un leggero mormorio di risa, poi ser Piero scelse tre dei suoi servitori piú fidati e li istruí con queste parole: — Voglio che mandiate uomini per tutta la città a passare al setaccio ogni bottega di vinaio, macellaio e panettiere e comprare tutto quello che hanno, fino all'ultima briciola di pane e all'ultimo goccio di vino.

— Ma sarà una spesa enorme! — esclamò uno dei servitori.

— Spendete tutto quello che c'è da spendere — insistette il suo padrone. — Deve pur esserci qualche vantaggio nel possedere una banca.

— Ma, padre, non dovremmo piuttosto comprare armi? — obiettò Lorenzo.

— Al momento giusto. Ora come ora abbiamo solo bisogno che la gente venga dalla nostra parte. Se tu fossi un comune cittadino, a chi preferiresti dare il tuo sostegno: all'uomo che pretende che tu combatta, o a quello che ti offre tanto cibo e vino quanto può contenerne il tuo stomaco?

Solo allora ser Piero si lasciò sprofondare sulla sua grande sedia imbottita, contraendo i muscoli del viso in una smorfia di dolore. — Lorenzo — mormorò — tu dovrai provvedere alla difesa della casa. Credo che Luca Pitti agirà con prudenza, ma Neroni potrebbe anche farsi venire in mente di attaccarci qui.

— Se non lo attaccheremo prima noi — suggerí il giovane con un moto di impazienza.

— Togliti di testa simili assurdità — lo rimproverò il padre a denti stretti. — Non sarò certo io a fare la prima mossa per dovermi poi sentire in colpa per gli spargimenti di sangue che ne conseguirebbero.

— Ma Lucrezia... — iniziò a dire Lorenzo.

— Lucrezia se la caverà. Non è tempo di gesta grandiose, questo, ma di passi prudenti.

Lorenzo abbassò la testa e rimase a osservare il padre che si rivolgeva a un altro dei suoi servitori. — A te, Giorgio, spetta l'incombenza piú importante. Dovrai assicurarti che i pranzi e le cene continuino a essere serviti in perfetto orario. Non metterò la mia digestione alla mercé dei nemici.

Su quelle parole Lorenzo uscí a grandi passi dalla sala da pranzo, tallonato da Leonardo. — Come può pretendere che me ne resti semplicemente seduto qui a non far niente? — borbottò avvilito.

Un uomo barbuto, con un portamento da soldato, aspettava il suo giovane padrone in fondo al corridoio. Leonardo lo riconobbe come uno dei finti frati che lo avevano preso in consegna in Oltrarno.

— Bartolomeo, ho bisogno di un inventario completo delle armi che abbiamo in magazzino — ordinò Lorenzo. — E recupera delle travi negli scantinati. Le utilizzeremo per rinforzare le porte in caso di attacco.

— Provvedo subito — rispose l'uomo, in tono un po' burbero.

— Piú tardi incaricherò uno dei nostri scrivani di raccogliere la tua testimonianza per poterla trasmettere ai membri della Signoria — comunicò ancora Lorenzo a Leonardo. — Nel frattempo considera la nostra casa a tua disposizione.

Cosí dicendo, si allontanò con piglio energico assieme a Bartolomeo.

Leonardo non riusciva a non sentirsi di troppo in mezzo a tutto quel fervere di attività. Verificò con la mano che il foglio ripiegato con il disegno della macchina fosse sempre al suo posto e maledí se stesso per non essere ancora stato capace di capirci qualcosa.

Fuori, in cortile, il sole era accecante. Leonardo se ne stava lí, pensieroso, in mezzo al va e vieni di servitori e soldati impegnati a trafficare con grandi casse, sacchi, lance e spade.

— Leonardo! Leonardo! — si sentí chiamare.

Quando si voltò, vide Sandro e Fresina venirgli incontro quasi correndo. Sandro lo abbracciò, raggiante di gioia. — Leonardo, dove sei stato? Ti ho visto entrare in Duomo, e poi non ho piú saputo niente. Ho temuto il peggio.

Leonardo raccontò l'avventura alla bottega di Silvestro e quello che era successo dopo. Fresina ascoltava facendo mostra d'impazienza e mordicchiando la coscia di pollo che teneva in mano. — Tu sei stato matto a fare come un ladro senza che io ti aiutavo — osservò continuando a masticare. — Ero sicura che finivi catturato.

— È stata nelle cucine dei Medici a dar prova delle sue abilità — informò Sandro, sconfortato.

— Ma voi due cosa ci fate qui? — domandò Leonardo.

— Sono venuti certi uomini che volevano prenderci per portarci al sicuro — raccontò Fresina, pulendosi il mento unto con il dorso della mano. — Io volevo lottare, ma Sandro ha detto no — soggiunse indirizzando al ragazzo uno sguardo sprezzante.

— Ho riconosciuto uno di loro — spiegò lui. — Lo avevo visto quando ero stato in casa Medici. Ho dovuto strapparle di mano la mia spatola per evitare un bagno di sangue.

— Quando siamo arrivati qui — continuò Fresina — mi hanno fatto andare in una stanza dove c'era uno che scriveva e ho dovuto raccontare la mia storia. Lui stava lontano da me come se io puzzavo — disse prendendosi il naso fra due dita con un sorrisetto astuto. — Cosí io parlavo molto piano in modo che lui non mi sentiva senza dover venire vicino. Ha scritto tutto quello che io dicevo con lettere molto piccole e dopo ha voluto che io facevo un segno sul foglio, che doveva essere come la mia firma. Poi mi ha detto di andare, come se adesso la puzza era diventata troppo forte.

In quel momento passò un servo con una panca in spalla, che inciampò andando a sbattere contro Leonardo. — Non c'è un posto piú tranquillo dove andare a parlare? — si lamentò lui.

— Sí, so io dove — disse Sandro. — Seguitemi.

Passando sotto una grande arcata, li guidò verso un rigoglioso giardino circondato da un vialetto coperto. Alcune statue di pregevole fattura, rappresentanti figure bibliche, attorniavano una fontana riccamente decorata, dalla quale zampillava un fiotto d'acqua scintillante che ricadeva formando nell'aria un'ampia parabola. Leonardo raccolse un po' d'acqua nelle mani e si rinfrescò il viso.

Fresina gettò in un'aiuola l'osso di pollo ormai completamente spolpato e si succhiò il grasso dalle dita. — Sai, non sei l'unico ladro che non è capace di fare il suo lavoro in questa città — disse a Leonardo, accostandosi alla fontana per immergere le mani nell'acqua. — Le inservienti della cucina hanno raccontato a me che due ladri sono entrati in questa casa la notte scorsa.

A quelle parole Leonardo si fece improvvisamente attento. — Due ladri?

— Sí, una domestica ha visto loro scappare via portando un sacco pesante — riferí Fresina asciugandosi le mani sulla camicia. — Un bravo ladro non deve mai farsi vedere. In Circassia questo è un disonore.

— E cosa hanno portato via? — chiese Sandro.

— Questo è un disonore ancora piú grande — rispose Fresina in tono di riprovazione. — Tutti i servi hanno cercato bene nella casa, e non hanno trovato niente che mancava. Io dico: a cosa serve rubare qualcosa che nessuno neanche si accorge che non c'è piú?

— Non manca nessun oggetto? — volle accertarsi di aver capito bene Leonardo.

Nessun oggetto. Quelle parole gli risuonavano in testa come un campanello d'allarme. Con il pensiero tornò a quel sogno, quando l'intera città gli era apparsa come una macchina in movimento, con al centro la grande cupola della cattedrale che turbinava simile a una gigantesca ruota.

— Ci sono! — esclamò. — Ho la risposta, finalmente!

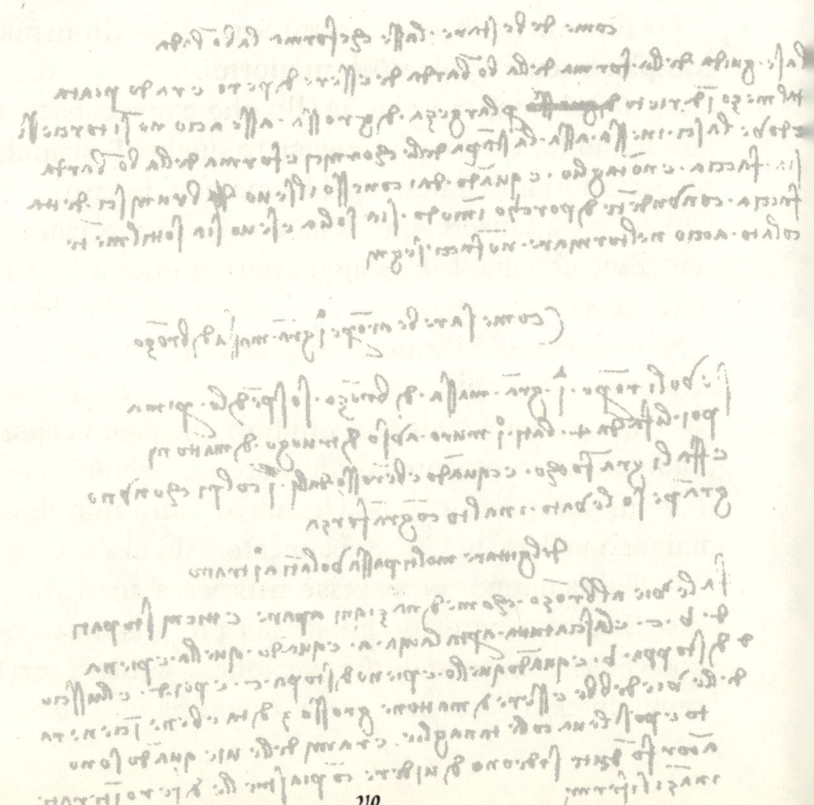

22
Una scelta di campo

Leonardo si inginocchiò davanti a una panchina di marmo e aprí il foglio con il disegno. — Silvestro mi ha avvertito che, se avessi visto qualcosa di questo disegno, non avrei fatto un bell'affare. Perché credi che abbia detto cosí?

— Non ne ho idea — sospirò Sandro. — Gli indovinelli non sono mai stati il mio forte.

— Perché sapeva che quello che avevo visto era esattamente ciò che ha poi visto anche Toscanelli: una macchina che non avrebbe mai funzionato.

Fresina si buttò a sedere sulla panchina, accanto al disegno. — Tu stai delirando, Leonardo. Tutti i tuoi guai hanno fatto perdere a te qualche rotella dentro qui — dichiarò, toccandosi la fronte.

— No, adesso invece le rotelle le ho tutte a posto. Prima ragionavo male, ma ora ho capito. È ovvio: c'è qualcosa che manca nel disegno.

— E per quale ragione sarebbe incompleto? — chiese Sandro.

— Perché nessuno potesse riuscire a costruire la macchina basandosi su questi schizzi. Solo Silvestro sapeva cosa mancava, e poteva quindi provvedere alle modifiche necessarie direttamente in fase di costruzione. La spiegazione è fin troppo semplice, proprio come far stare in piedi un uovo.

Era stato il sogno della cupola rotante a far capire esattamente a Leonardo che cosa Silvestro aveva lasciato fuori dal disegno. Dal sacchetto di cuoio che portava alla cintura estrasse un pezzo di carboncino con il quale tracciò, al centro del disegno, una grande ruota dentata.

— Guardate, se le parti che compongono la macchina vengono fatte lavorare insieme, i denti delle rotelle piú piccole vanno a inserirsi perfettamente in quelli di questa ruota piú grande, le bielle si mettono in movimento e l'intera macchina gira come è stata progettata per fare.

— Per me è sempre solo un grande pasticcio di righe e cerchi — commentò scettica Fresina.

— No, adesso è molto piú di questo — replicò Leonardo facendo scorrere con cautela l'indice lungo le linee dell'intero diagramma. — Questa spirale rimane avvolta e tenuta a freno fino a quando non viene premuto questo dente d'arresto. Appena si preme il dente, la spirale si rilascia e ha inizio il movimento, che si trasmette come quello di un orologio da un punto all'altro del meccanismo attraverso la ruota centrale. Dente dopo dente, gli ingranaggi iniziano a ruotare fino a quando, dopo un intervallo di tempo predeterminato, questo peso cade, la molla piú grande si allenta e...

— E? — chiese con impazienza Sandro, che nel frattempo aveva allungato il collo sopra la spalla dell'amico.

— E, sotto l'impulso della molla, questa barra scatta in avanti...

— Sí, ma a quale scopo?

Leonardo rimase a fissare il disegno. — Non lo so, ma una molla di queste dimensioni può sviluppare una forza notevole, mettendo la barra in condizione di assestare un colpo poderoso a qualunque cosa incontri sulla propria strada. Forse una grande campana, o un gong...

Sandro gli lanciò un'occhiata poco convinta. — Non mi pare che valesse la pena di dannarsi l'anima per un risultato del genere.

Leonardo strinse i denti e chiuse il pugno con forza, fino a spezzare il carboncino che teneva in mano. Sandro aveva ragione. Anche ammettendo che fosse stato fatto un passo avanti nella comprensione del meccanismo, quel senso di frustrazione che aveva provato da quando aveva messo gli occhi sui disegni di Silvestro non lo aveva ancora abbandonato. Al contrario, adesso era piú forte che mai.

— Sshh! Arriva qualcuno — avvertí Fresina.

Leonardo balzò in piedi e tornò a infilare in tasca il foglio con il disegno, giusto un attimo prima che comparisse alle loro spalle un individuo alto, ossuto, vestito con un abito elegante, da servitore di primo rango. Portava sotto il braccio un fascio di documenti. I suoi occhi piccoli, indagatori, erano puntati proprio su Leonardo.

— Siete voi Leonardo da Vinci?

— L'ultima volta che mi è stata fatta questa domanda — rispose lui — mi sono ritrovato legato come un salame, con un sacco infilato sulla testa.

Fresina si toccò il naso guardando l'uomo, che a sua volta iniziò a fiutare l'aria con una smorfia sprezzante. Leonardo immaginò allora che fosse lo scrivano di cui la ragazza aveva parlato poco prima.

— Sono stato incaricato di mettere per iscritto la vostra testimonianza a proposito dei drammatici fatti dell'altro giorno alla Torre Donati — comunicò infatti l'uomo.

— In questo caso, sono Leonardo da Vinci — scherzò lui, seguendolo fuori dal giardino.

Per tutto il giorno la casa dei Medici continuò a essere il centro di frenetiche attività. Le provviste venivano consegnate a ritmo sempre piú sostenuto, e ogni volta c'era chi doveva riceverle e badare che venissero sistemate nei magazzini. Uomini armati di lance e forconi, intanto, giungevano sempre piú numerosi dalle campagne, e qualcuno in tutta fretta doveva organizzare le squadre e mandarle a pattugliare le strade vicine, o metterle di guardia alle porte della città. Infine, mentre ser Piero continuava a spedire lettere a potenziali alleati e ad ambasciatori stranieri, Lorenzo organizzava la difesa disponendo uomini di vedetta sui tetti e provvedendo al rinforzo di porte e finestre.

A metà pomeriggio giunse un messaggero con la notizia che i membri della Signoria si erano rinchiusi nel loro palazzo e avevano fatto barricare le porte. Un gruppo di seguaci di Luca Pitti si era fatto vivo in Piazza della Signoria, percorrendola a passo di marcia e scandendo frasi propagandistiche prima di tornare a rintanarsi al di là del fiume, nel quartier generale del Poggio in Oltrarno.

In mezzo a tutto quel trambusto, a Sandro e Leonardo non rimaneva altro da fare che cercare di non stare troppo in mezzo ai piedi. Per non essere d'intralcio alle operazioni, decisero infine di rifugiarsi in biblioteca.

Sandro fissava la grande quantità di opere sugli scaffali. — Non avrei detto che i Medici fossero cosí eruditi! — esclamò. — Sono pronto a scommettere che non esiste una biblioteca piú fornita di questa, a parte forse quella del papa a Roma! E hai notato quante opere d'arte ci sono in giro per casa? Ho visto alcuni dei piú importanti capolavori di Donatello...

Leonardo non riusciva a condividere l'entusiasmo dell'amico. Niente di tutto ciò che si poteva vedere in casa Medici aveva per lui neppure una centesima parte dell'interesse che possedeva il disegno di Silvestro. Anche lí, in biblioteca, si era rimesso a esaminare quegli ingranaggi dente per dente, ruota per ruota, peso per peso, ancora sforzandosi di capire come tutto ciò potesse connettersi, e per la centesima volta si domandava quale fosse il risultato finale di un cosí ingegnoso meccanismo.

Dal cortile provenivano suoni di voci concitate assieme al rumore stridente di mole che sfregavano l'acciaio e al clop-clop degli zoccoli dei cavalli. Leonardo si passò una mano fra i capelli facendoseli scorrere fra le dita, quasi volesse scandagliarli in cerca di un'intuizione.

— Tutti questi preparativi per la battaglia non servono a niente! — sbottò infine. — Qualunque cosa Neroni stia progettando, non è con le armi che lo si potrà fermare!

Sandro alzò gli occhi da un manoscritto. — Perché non metti via quel disegno? Finirai per diventare matto! Fammi leggere un po' qui, parla del cavallo di Troia.

— Non posso starmene seduto ad ascoltare delle storie. Devo fare qualcosa.

— Noi siamo artisti, Leonardo, non soldati. Non c'è niente che possiamo fare.

Leonardo afferrò il disegno e si avviò con decisione verso la porta. — Andrò almeno a cercare Lorenzo e gli racconterò quello che ho scoperto.

— Che non è davvero molto — gli ricordò l'amico.

Leonardo non replicò e uscí sbattendo la porta con rabbia. Un servitore gli disse che avrebbe potuto trovare Lorenzo nella sala delle esercitazioni, nell'ala ovest della casa.

Al di là della porta si sentiva un rumore forte, piuttosto fastidioso, come uno sferragliamento di acciaio che colpiva altro acciaio. Quando la aprí, Leonardo si trovò davanti una grande stanza, attrezzata con funi e sbarre alle pareti. Panche, travi e palle di cuoio erano state raggruppate lungo il perimetro, in modo da lasciare uno spazio libero nel centro.

All'interno di quello spazio Lorenzo e Bartolomeo stavano duellando, scambiandosi colpi di sciabola rapidi e precisi, in veloce successione, arretrando e tornando ad avanzare, a turno, secondo uno schema prestabilito.

Leonardo comprese che si trattava di un'esercitazione, una sequenza di mosse perfettamente sincronizzate, studiate per affinare i riflessi degli schermitori. Tuttavia c'era da dubitare che l'esercizio venisse normalmente eseguito con la veemenza con la quale lo stava interpretando Lorenzo. Bartolomeo, impassibile, si limitava a parare i colpi furibondi del giovane padrone, lasciando che sfogasse la propria frustrazione in quella tempestosa simulazione di combattimento.

Ci fu una sorta di esplosione finale, poi Lorenzo gettò via la sciabola e afferrò un salvietta per asciugarsi la faccia. Si era tolto la giubba, e la camicia chiara, aperta sul collo, era un'unica chiazza di sudore. Solo dopo aver riposto l'asciugamano si accorse della presenza di Leonardo.

— Sembrate piú che mai pronto a combattere — si complimentò quest'ultimo.

Lorenzo scoppiò in una risata profonda. — Queste esercitazioni sono quanto di piú vicino al combattimento mi sarà mai concesso di sperimentare, fino a quando mio padre non cambierà idea. Dice che entro stasera avremo piú uomini in armi di quanti ne abbia a disposizione Neroni, ma questo non cambierà la sua decisione di non lasciarmi andare a liberare Lucrezia.

— Vostro padre è un uomo prudente — si inserí con voce tranquilla Bartolomeo. — Spera di risolvere questa faccenda senza spargimenti di sangue.

Un lampo di indignazione balenò negli occhi di Lorenzo. — Lo sai che cosa ha fatto? — domandò a Leonardo. — Mi ha fatto giurare sulla Beata Vergine e su tutti i santi che non avrei tentato di andare a riprendermi Lucrezia. Tanto varrebbe che mi legassero le mani!

E cosí dicendo allungò platealmente le braccia davanti a sé accostando i polsi. Poi si lasciò cadere sulla panca piú vicina, strinse un pugno e se lo premette contro la bocca.

A Leonardo tornò in mente la prima volta che lo aveva visto. Si ricordò di essersi domandato quale fosse la ragione che poteva indurre Lucrezia ad amare una persona dall'aria cosí insignificante, perfino sgraziata. Poi lo aveva visto andare senza nessuna esitazione incontro a una banda di assassini per salvare la vita di suo padre. E adesso era pronto a rischiare la propria vita per trarre in salvo la donna che amava.

Avvertí un senso d'imbarazzo al pensiero che la sua unica preoccupazione fino a quel momento era stata quella di risolvere un rompicapo, per mostrare a tutti quanto fosse intelligente. Ma forse c'era ancora qualcosa che poteva fare per rendersi utile. Gli venne in mente qualcosa che Lorenzo gli aveva raccontato durante il viaggio che avevano fatto insieme da Careggi a Firenze, e quel ricordo gli fece scattare l'idea di un nuovo piano.

— Vostro padre ha ragione quando sostiene che un assalto armato al palazzo di Pitti produrrebbe piú danni che vantaggi — disse. — Ma là dove non riuscirebbe un esercito, potrebbe farcela un uomo che agisca nell'ombra, furtivamente.

Lorenzo alzò la testa e lo fissò con interesse. — Lo credi davvero?

— Di sicuro è l'ultima cosa che Neroni si aspetta — dichiarò con convinzione Leonardo.

— Effettivamente la sorpresa è sempre la migliore delle armi — convenne Lorenzo balzando in piedi.

— Ma Palazzo Pitti è enorme — obiettò Bartolomeo. — Un uomo da solo può perdere la propria ombra in quell'intrico di stanze. Come potrebbe scovare un prigioniero e poi individuare una via di fuga?

— Avrebbe bisogno di una pianta del palazzo — disse Leonardo come se fosse la cosa piú naturale del mondo. — E credo che questo per noi non sia un problema. Lorenzo, sbaglio o mi avete raccontato che quel palazzo è stato costruito in base a un progetto che era stato prima presentato alla vostra famiglia?

— Sí, e che venne rifiutato da mio nonno Cosimo.

— È possibile che ne conserviate ancora una copia?

Negli occhi di Lorenzo brillò una scintilla di speranza. — Ma certo! Mio padre non butta mai niente. Se quei disegni esistono ancora, saranno stati archiviati in biblioteca.

Quando la porta della biblioteca si aprí di scatto, Sandro balzò sulla sedia lanciando un piccolo grido. Poi, vedendo che non si trattava di qualche nemico infiltratosi nel palazzo ma di Lorenzo e Leonardo, si abbandonò a un sospiro di sollievo. Lorenzo, senza dire una parola, attraversò la stanza a grandi passi, lanciando sguardi in ogni direzione, come un cane da caccia sulla pista della preda. Poi si fermò davanti a una grande cassettiera e iniziò a rovistare con furiosa determinazione.

— Si può sapere che cosa succede? — domandò

Sandro, messo in allarme da quel comportamento.

Dopo che Leonardo gli ebbe spiegato tutto, trovò ancora modo di lamentarsi. — Possibile che quando ci sei tu di mezzo, tutto debba sempre andare a risolversi in qualche assurda impresa? Non sei capace di startene un po' in pace, una volta tanto, e lasciare semplicemente che le cose vadano come devono andare?

Lorenzo richiuse il primo cassetto con un borbottio rabbioso e si avventò sul secondo. Poco dopo richiuse anche quello, sbattendolo con forza, e con uno strattone deciso passò all'attacco del terzo, le sopracciglia scure aggrottate in un'espressione di insofferenza.

— Disegni per le ville di Careggi e Cafaggiolo... — lo si sentiva borbottare mentre scorreva le carte — ... Cappella di San Lorenzo... Eccolo! Filippo Brunelleschi: disegni per il progetto del nuovo palazzo dei Medici. Ci siamo!

Cosí dicendo, estrasse dal cassetto un grosso fascio di rotoli di pergamena e lo lanciò su un tavolo. Anche Sandro e Leonardo si avvicinarono. Sbrogliando il fascio, Lorenzo lo divise in tre grandi fogli e cominciò a srotolare il primo.

Leonardo osservò il disegno. Era lo schema del pianterreno: vestibolo, depositi, sale da ricevimento, con tutti i corridoi e le scale perfettamente evidenziati. Lorenzo srotolò il secondo e il terzo foglio, posandoli uno sopra l'altro: camere da letto, gallerie, sale per banchetti. Leonardo non si lasciò sfuggire neppure un dettaglio.

— Be', a quanto pare è proprio la pianta del palazzo — confermò il giovane Medici continuando a esaminare i disegni. — Ma nessuno può pensare di introdursi in casa di Luca Pitti portandosi dietro tutta questa roba — soggiunse scettico.

— Sí che può, se riesce a far stare tutto qua dentro — ribatté Leonardo toccandosi la tempia col dito indice.

— Ma non c'è tempo per memorizzare i dettagli — obiettò Lorenzo. — Tra un paio d'ore farà buio.

— Non ho bisogno di molto tempo — assicurò Leonardo senza staccare gli occhi dal foglio.

— È vero — confermò Sandro. — La sua mente può assorbire un sacco di informazioni che poi gli rimangono dentro. Ma, scusa Leonardo, come fai a essere sicuro che Pitti abbia fatto seguire scrupolosamente il progetto originale nella costruzione del suo palazzo?

Leonardo si scoprí a pensare a suo padre. — Se, come dicono, Luca Pitti è un uomo vanitoso e accecato dall'invidia, di certo gli piacerà l'idea di vivere in quello stesso identico palazzo che i Medici hanno rifiutato trovandolo troppo grandioso per loro. È questo il ragionamento che farebbe un uomo vuoto e pieno di sé.

Lorenzo si piegò sul tavolo, appoggiandocisi di peso. — Ti stai offrendo come volontario per questa missione? — gli domandò fissandolo con intensità.

Leonardo aveva appena finito di memorizzare il primo foglio ed era passato al secondo. — Non c'è nessun altro che lo possa fare — rispose. — Io non ho nessun problema a immagazzinare nella testa tutti questi dettagli, e inoltre Lucrezia mi conosce.

Lorenzo digrignò i denti in una smorfia. — Vorrei poter venire con te.

— Anche se vostro padre dovesse acconsentire, il vostro è un viso troppo conosciuto, finireste per essere identificato — cercò di persuaderlo Leonardo.

— Ma tutti i ponti sull'Arno — fece osservare Sandro — saranno sorvegliati dagli uomini di Neroni. Cosa ti fa credere che ti faranno passare?

Leonardo si esibí in quello che sperava essere un sorriso convincente. — Se i Medici hanno acquistato tutto il cibo e il vino di Firenze, chi oserà rimandare indietro un carro carico di ogni ben di Dio?

Lorenzo annuí. — D'accordo, ci penserò io. — Poi i suoi occhi andarono a cercare quelli di Leonardo. — Questo è un favore che non mi sentirei di chiedere a nessuno, neppure a qualcuno della mia famiglia.

Leonardo ricordò quello che gli aveva raccontato maestro Andrea a proposito degli angeli che non avevano voluto decidere da che parte stare nella guerra fra Satana e Dio, e di come per questo avessero perso le ali.

— Qui i favori non c'entrano — dichiarò. — Qui è soltanto questione di scegliere da che parte stare.

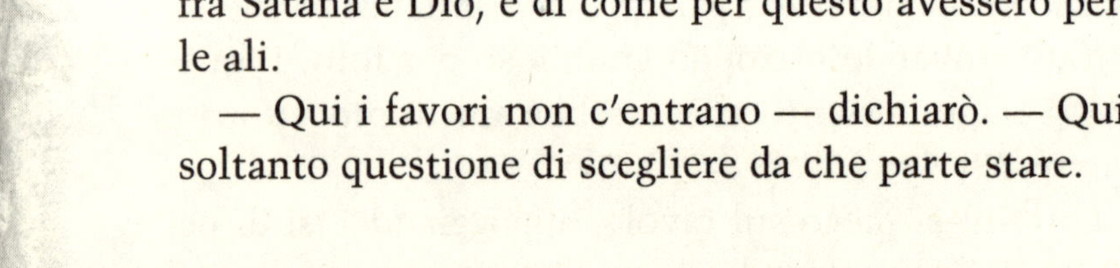

23
Nella tana del lupo

Leonardo si avvolse un mantello grigio attorno alle spalle, alzando bene il cappuccio in modo che gli nascondesse la testa. Sotto indossava un'elegante divisa da servitore, abbastanza raffinata da lasciar supporre che lavorasse alle dipendenze di qualche famiglia agiata: proprio quello che avrebbe voluto far credere una volta raggiunto Palazzo Pitti. Completato il travestimento, si diresse in cortile, dove Lorenzo e Sandro lo stavano già aspettando accanto al carro.

— Mio padre si è piú o meno lasciato convincere a dare il suo consenso a questo piano — lo informò Lorenzo. — Ma ha posto la condizione che nessun altro debba essere coinvolto, nel modo piú assoluto. E mi ha incaricato di avvertirti che se dovessi venire catturato, lui si comporterà come se non ti conoscesse.

— Capisco — disse Leonardo.

— Buona fortuna — gli augurò Sandro stringendolo in un frettoloso abbraccio. — Pregherò perché tu possa ritornare sano e salvo.

— Non ti preoccupare — scherzò Leonardo. — Sono pur sempre il Leone di Anchiano, non ti ricordi?

— Non puoi partire disarmato — osservò Lorenzo

armeggiando intorno alla cintura. — Lascia che ti dia la mia spada.

— No, tenetela pure — lo fermò Leonardo. — Darei piú nell'occhio, e in ogni caso non saprei come usarla.

Lorenzo gli strinse con forza la mano. — Mando te al mio posto a fare quello che vorrei con tutto il cuore fare io — disse. Poi frugò nella giubba ed estrasse una piccola spilla d'oro con tre rubini al centro. — Da' questa a Lucrezia, e lei saprà che sono io che ti ho mandato.

Leonardo prese la spilla e la ripose nel sacchetto che portava alla cintura. Mentre parlava, sentí che la voce gli si rompeva per l'emozione. — Non avete lasciato che venissi consegnato a Neroni e ai suoi uomini — ricordò. — Vi siete esposto per me, e io devo ancora dimostrarvi di essermelo meritato. Per il vostro bene, e per quello di Lucrezia.

Poi salí sul carro e diede un colpetto alle redini. I due robusti cavalli partirono al piccolo trotto, tirandosi dietro il loro carico oltre il portone d'ingresso e avviandosi per Via Larga. Stava scendendo la notte, e le strade della città erano immerse in un silenzio innaturale. Non erano molti i cittadini che, sotto la minaccia di due fazioni armate pronte a trasformare Firenze in un campo di battaglia, si avventuravano a mettere il naso fuori di casa.

La quiete irreale era disturbata solo dal rumore degli zoccoli dei cavalli, che rimbalzava sommesso fra le mura. Superata la chiesa di San Lorenzo, una figura spuntò all'improvviso dall'ombra. Con una corsa precipitosa si lanciò verso il carro, arrampicandosi lungo un fianco e balzando direttamente al posto di guida accanto a Leonardo.

Il ragazzo diede uno strattone alle redini e il carro frenò bruscamente. — Fresina, che cosa ci fai qui?

— Io sapevo che il Gottoso non permetteva a nessuno di venire con te, cosí sono uscita senza che nessuno mi vedeva e ho aspettato che tu passavi nascosta nella strada — spiegò la ragazza, tutta piegata in avanti, continuando a guardarsi attorno con occhiate furtive.

— Non voglio essere accompagnato da nessuno… e meno che mai da te — cercò di dissuaderla Leonardo. — Non credi di essere già abbastanza nei guai?

Fresina incrociò le braccia e mise il broncio. — Io so che tu hai bisogno del mio aiuto, per questo sono qui — dichiarò, scura in faccia come un temporale.

— Perché dovrei aver bisogno del tuo aiuto?

— Perché tu non conosci la mia padrona — rispose Fresina. — Tu non conosci niente, solo pennelli e vernice.

Leonardo scosse il capo. — Ti esporresti a un terribile rischio.

— Sono io che scelgo di rischiare — insistette lei. — Ti ho detto che la mia padrona è stata molto buona con me, e io non posso dimenticare.

Leonardo rimase per un lungo momento pensieroso, colpito dalla determinazione che leggeva nei suoi occhi. Quell'ostinazione la conosceva bene, perché assomigliava un po' alla sua. Ma forse Fresina era spinta da ragioni migliori.

— E va bene — finí per cedere. — Ma stammi vicino tutto il tempo, e fa' solo quello che ti dico io.

Con un nuovo colpetto di redini il carro si rimise in moto, avviandosi in direzione sud. Lungo strade sempre piú buie, costeggiò i magazzini dei mercanti di lana di Via Calimara e gli empori dei fabbricanti di stoffe.

Sul Ponte Vecchio i macellai, i conciapelli e i maniscalchi stavano chiudendo bottega. Il carro passò senza problemi accanto ai loro negozi. All'altra estremità del ponte sostava un gruppo di uomini. Stavano accendendo le lanterne, attenti a ogni minimo segno che potesse far pensare a una manovra d'attacco da parte dei Medici.

— Pensi che riconosceranno noi? — sussurrò Fresina.

— Non vedo per quale ragione ci dovrebbero riconoscere — la tranquillizzò Leonardo. — Dopotutto siamo le ultime persone sulla faccia della terra che si possano immaginare intenzionate a far visita a Luca Pitti.

Un uomo avanzò nella loro direzione sollevando una lanterna sopra la testa. — Alto là! Cosa trasportate in quel carro?

Leonardo fece fermare i cavalli e si produsse nel piú innocente dei sorrisi. — Carne, pane e diverse botti di vino da consegnare a Palazzo Pitti.

— Al palazzo? Avete un ordine scritto?

— No, ma mi è stato riferito che il nobile Luca Pitti in persona ha ordinato queste provviste per il banchetto di festeggiamento della vittoria che ha in mente di offrire ai suoi sostenitori.

Con una sommaria ispezione, l'uomo verificò il contenuto del carro, sollevando i coperchi delle ceste e annusando a destra e a sinistra.

— Meglio lasciarlo passare, Carlo — suggerí uno dei suoi compagni. — Se gli altri dovessero scoprire che abbiamo trattenuto del cibo destinato a loro, scoppierebbe un bel pasticcio.

— Va bene, andate — concedette in tono scortese il primo uomo. Poi, non appena Leonardo ebbe dato il segnale di via ai cavalli, gli gridò dietro: — Dite che ci mandino un cambio della guardia! Non vogliamo stare qui tutta la notte a morire di fame mentre loro si rimpinzano.

— D'accordo, me ne ricorderò — lo rassicurò Leonardo.

— Tu menti come un uomo della Circassia — commentò Fresina mentre il carro si allontanava.

— Ed è un bene?

— Oh, sí, è molto bene. Mi dà fiducia. Un uomo che non sa mentire bene non sa fare nessuna cosa bene.

Pochi istanti dopo, la solenne mole di Palazzo Pitti si stagliò davanti ai loro occhi in tutta la sua imponenza. Era un palazzo davvero grandioso, interamente costruito in blocchi di pietra del peso di qualche tonnellata ritagliati dal fianco della collina, della quale si indovinava la sagoma alle spalle della massiccia struttura. Firenze non aveva mai conosciuto nulla del genere. Era come se Luca Pitti avesse fatto innalzare una montagna, un suo personale Olimpo fra le mura della città.

Le finestre ad arco, ognuna delle quali superava per dimensioni le porte d'ingresso della casa dei Medici, fiammeggiavano di luce gialla. Nel cortile anteriore gruppi di uomini erano radunati attorno a grandi bracieri; il luccichio dei tizzoni ardenti mandava riflessi vermigli sulle lame d'acciaio delle loro spade e sugli scudi lucenti.

L'arrivo del carro richiamò subito l'attenzione. Un uomo in mantello rosso, con un elmo piumato sulla testa, diede a Leonardo il segnale di alt, e immediatamente il carro venne circondato.

— Cosa c'è qua dentro? Rifornimenti? — chiese il tizio con l'elmo. — Nessuno mi aveva informato. Chi ha autorizzato la consegna?

— Ser Luca Pitti ha provveduto a dare istruzioni... — dichiarò Leonardo in tono confidenziale.

— Ah, davvero? — interrogò una voce dal suono altezzoso.

La piccola folla che faceva cerchio attorno al carro si aprí dando il passo a uno sfarzoso personaggio avvolto in un mantello foderato di pelliccia, dal cui fianco pendeva una spada dall'impugnatura d'oro. Leonardo non ebbe nessun dubbio nel riconoscerlo come lo stesso uomo che, in compagnia di Sandro, aveva visto il giorno precedente cavalcare in processione davanti al Duomo.

Era Luca Pitti, il Salvatore di Firenze.

— Hai detto che avrei ordinato io tutta questa roba? — chiese, dando un'occhiata poco convinta alla merce stipata sul carro.

Leonardo decise di giocarsi il tutto per tutto puntando sulla nota vanità del suo interlocutore. — È molto probabile che abbiate delegato uno dei vostri sottoposti a occuparsi della faccenda — rispose. — Certo non è neppure immaginabile che una persona impegnata come lo siete voi abbia il tempo di occuparsi personalmente di simili dettagli.

Poi, alzando la voce in modo che tutti i presenti potessero sentire bene, soggiunse: — Qui c'è il cibo migliore e il vino piú dolce di tutta Firenze. Del resto cos'altro meriterebbero, se non il meglio, gli eroici difensori della nostra città? E chi altri, se non il nobile Luca Pitti, potrebbe essere tanto generoso da elargire tutto questo a proprie spese?

Le parole di Leonardo vennero accolte con un grande applauso di riconoscenza, che fece illuminare di soddisfazione il viso di Pitti. Essere al centro di una manifestazione di consenso era evidentemente piú importante per lui di qualunque indagine sul modo in cui quelle provviste erano effettivamente giunte fino al suo palazzo.

Fresina si accostò a Leonardo. — È vero — gli bisbigliò all'orecchio. — È proprio uno stupido che vuole solo farsi bello.

— Ora sarà meglio che mi affretti a consegnare il mio carico alle cucine — annunciò Leonardo mettendo mano alle briglie.

La voce di Pitti vibrò con forza. — Ferma!

Il carro, appena ripartito, fu costretto a fermarsi di nuovo, e alcuni uomini si fecero sotto bloccandogli la strada. Ser Luca avanzò serpeggiando in mezzo a loro e afferrò Leonardo per il polso.

— Non cosí in fretta, mio giovane amico — lo ammoní.

Leonardo sentí un tuffo al cuore e la bocca gli si seccò all'istante, come se fosse diventata di cartone.

Se Pitti aveva fiutato l'inganno, non c'era piú nessuna speranza di scamparla.

Poi avvertí una pressione contro il palmo, come di qualcosa che gli veniva pigiato in mano, e quando abbassò lo sguardo vide una moneta da cinque soldi.

— Prendi questa per il tuo disturbo — lo congedò Luca Pitti con un sorriso magnanimo. Lasciò il polso di Leonardo facendogli cenno di avanzare, e tornò a godersi le ovazioni dei suoi uomini.

L'ufficiale con l'elmo piumato chiamò a raccolta un gruppo di soldati. — Forza, ragazzi! Prima scarichiamo, prima mangiamo!

— E prima beviamo, anche! — puntualizzò un altro con una risata sguaiata.

La piccola schiera turbolenta prese posto accanto a Leonardo e Fresina, circondandoli, e l'uomo con l'elmo guidò personalmente il carro, attraverso un arco, verso l'ingresso delle cucine. Qui, a un suo segnale, gli uomini scesero e iniziarono a scaricare ceste e barili, trasportandoli verso l'interno.

Leonardo e Fresina lasciarono il posto di guida, scendendo anch'essi dal carro. — E adesso? — chiese lei.

Leonardo alzò gli occhi. La facciata del palazzo, con la sua rude pietra massiccia, incombeva su di loro come il fronte di una maestosa scogliera. — Adesso è tempo di entrare nella tana del lupo — annunciò.

Poi, imitato da Fresina, prese una cesta e si uní agli uomini che, carichi di provviste, facevano la fila per andare nelle cucine. Dentro, lo schiamazzo di voci si confondeva con lo sfrigolio della carne sul fuoco e con il frastuono di pentole e coperchi.

Fagiani e faraone giravano su lunghi spiedi stracolmi, ed enormi calderoni gorgogliavano sul fuoco. Casseruole di rame e scintillanti boccali di peltro si coloravano del rosso bagliore dei focolari. Nell'aria, satura di vapore e polvere di farina, il profumo pungente delle spezie contrastava con la delicata fragranza del pane messo a cuocere.

Aiutanti e inservienti stavano in piedi davanti a lunghi tavoli, impegnati a lavare verdure o ad affettare arrosti di agnello e di manzo. Altri andavano su e giú con aria affaccendata portando secchi d'acqua e mazzetti d'erbe aromatiche. In mezzo a tutto quel movimento, un cuoco dal viso rubicondo gesticolava in modo frenetico all'indirizzo dei nuovi arrivati, che si affollavano attorno alla porta d'ingresso carichi di ogni sorta di mercanzie.

— E questa che roba è? Nuove provviste? Perché non sono stato avvertito?

— Nessuno può prevedere in anticipo la generosità del nobile Luca Pitti — disse Leonardo, cercando di farsi strada in mezzo a quella baraonda.

— No, no, idioti, portate tutto dall'altra parte! Di là! — ordinò il cuoco, piú che mai esagitato. — E il vino va là dentro, giú da quella porta, in cantina! No, non quella, l'altra porta! Asini che non siete altro!

Fresina agguantò una mela rossa da una fruttiera. Subito il cuoco le si scagliò contro strappandogliela di mano, neanche avesse sottratto una borsa piena di fiorini d'oro.

— Non si mangia in cucina! Qui dentro si deve solo cucinare! — la richiamò agitandole minacciosamente un dito sotto il naso. Poi si voltò verso uno degli uomini che proprio in quel momento gli stava barcollando accanto con un grande mastello ricolmo di cipolle. — Imbecille! Fai attenzione a quella tinozza!

Fresina lanciò un altro sguardo famelico alla fruttiera, ma Leonardo la spinse via. — Prendi questo — ordinò, mettendole in mano un vassoio.

Un uomo con un barile di vino si fece largo passandogli vicino e andò ad alleggerirsi del suo carico sopra un tavolo non distante da loro. Leonardo prese una caraffa, si accostò al barile, la riempí e la depositò sul vassoio che aveva messo in mano a Fresina.

— Ehi, voi, che cosa state combinando? — domandò il cuoco.

— Ser Luca Pitti mi ha ordinato di portare del vino alla sua gentile ospite Lucrezia Donati — spiegò Leonardo con aria innocente.

Il cuoco lo guardò torvo. — E tu chi sei? Non ti ho mai visto né conosciuto.

— In considerazione del grande numero di uomini radunati nel palazzo, ser Luca ha dovuto ingaggiare nuovo personale — spiegò Leonardo. — Io sono Luigi Pangini, vengo dal villaggio di Cafaggiolo. Mio padre è il maniscalco del paese, può forgiare un ferro di cavallo a mani nude. Mio nonno era…

— Basta cosí, idiota! — biascicò impaziente il cuoco. — Non me ne importa un fico secco della tua storia di famiglia. Prendi il vino e vattene. E non dimenticarti i calici per la signora Pitti e per sua figlia.

— Oh, la signora e sua figlia faranno compagnia alla loro ospite? — domandò Leonardo dandosi un'aria un po' salottiera. — E dove si intratterranno di preciso?

— Posso essere lasciato in pace, una buona volta? — esclamò il cuoco. — Sono nella Sala del Pavone. Sai dov'è, o devo portarti per mano?

— È al terzo piano — rispose sicuro Leonardo. — Nell'ala est. La troverò facilmente.

— Meglio cosí. Vai, allora! — lo liquidò il cuoco voltandosi subito dall'altra parte e imprecando, sempre piú isterico, contro qualcuno nell'angolo opposto della cucina. — Armando, grullo! La salsa... sta bollendo troppo e viene fuori! Mescola! Mescola!

Leonardo prese tre calici da uno scaffale e li posò sul vassoio. Poi fece schioccare le dita sotto il naso di Fresina. — Forza, ragazza, seguimi! — ordinò.

La porta d'uscita si affacciava su un corridoio che i due giovani percorsero di buona lena, un po' straniti da quell'improvviso silenzio dopo l'assordante frastuono della cucina. — Quel grasso cretino, non vedeva che avevo fame? — esclamò disgustata Fresina.

— Dimenticati della fame — l'ammoní Leonardo tirandola per la manica. — Non abbiamo tempo.

— Non è facile dimenticare... Io sento ancora l'odore di quella mela — replicò la ragazza annusando l'aria. — Tu sai almeno dove stai andando?

— Certo che lo so. Ho imparato a memoria la pianta del palazzo. Come credi che facessi a sapere dov'erano le cucine?

Fresina non si mostrò per nulla impressionata. — Quell'uomo con l'elmo, lui ci ha portato alle cucine.

— Be', comunque fidati di me. Ti dico che so come arrivare alla stanza dove tengono Lucrezia.

Tutt'a un tratto una voce dal suono rude, un po' volgare, riecheggiò per il corridoio. — Ecco, lo sapevo! Ci siamo persi!

— No, non è vero — si sentí ribattere una seconda voce. — So benissimo dove siamo.

L'istante successivo Leonardo vide due giovani piuttosto malvestiti venirgli incontro con passo incerto lungo il corridoio. No, non c'erano dubbi: erano il Brufoloso e il Pidocchioso!

Non c'era nessun posto dove nascondersi, ma se avesse improvvisamente fatto dietrofront, di sicuro si sarebbero insospettiti. Non aveva scelta: come aveva visto fare a Lorenzo, doveva affrontare la situazione con coraggio, marciando dritto incontro al pericolo.

Con uno strattone, tornò ad alzare il cappuccio del mantello e se lo calò sul viso. — Cammina in fretta! — sussurrò a Fresina.

Insieme accelerarono il passo, sfrecciando per il corridoio come qualcuno che abbia affari molto urgenti da sbrigare.

— Di qui stiamo andando verso la cucina — stava dicendo il Brufoloso. — E c'è appena stata una grossa consegna di roba da mangiare.

— Forse dovremo fare un piccolo assaggio, tanto per verificare che non sia roba marcia! — se la rise il Pidocchioso.

Mentre si sbellicavano per quella battuta, Leonardo li incrociò, passando oltre. Dietro di lui veniva Fresina.

— Un momento, ragazza! — chiamò ad alta voce il Brufoloso. — Che roba hai su quel vassoio?

24
Nell'oscurità

— Vino — rispose in tono asciutto Fresina.

Leonardo rallentò il passo e si arrischiò a dare un'occhiata indietro. Non poteva fermarsi, o avrebbe finito per farsi riconoscere.

— Non vorrai rifiutare un assaggio a due poveri lavoratori assetati, bellezza — implorò con aria di derisione il Pidocchioso, cercando intanto di mettere un braccio attorno alle spalle della ragazza. Fresina non si lasciò intimidire, e con un terribile calcio negli stinchi se lo scrollò di dosso.

— Non è per voi, cani pulciosi! — strillò. — È per la mia padrona. E se provate ancora a mettere le mani addosso a me, la mia maledizione ricadrà su di voi e morirete annegati nel sangue delle vostre ferite!

Fece una specie di mezza giravolta e si fermò di nuovo a fissarli con sguardo minaccioso. Aveva l'aria determinata e il piglio di un toro infuriato.

Il Brufoloso tirò l'amico per la manica. — Meglio tenersi alla larga da questa qui — suggerí. — Ha due occhi da strega.

— Sí, hai ragione — convenne il Pidocchioso contraendo la bocca per un tic nervoso. — Possiamo procurarci tutto il vino che vogliamo anche senza di lei.

Con fare guardingo i due apprendisti mossero qualche passo indietro, come per mettere una distanza di sicurezza fra sé e la ragazza, poi si girarono di scatto e ripresero di buon passo la strada per le cucine.

— Sai chi sono? — domandò Fresina andando a raggiungere Leonardo.

Lui annuí. — Non potevo correre il rischio di farmi riconoscere.

— Puah! — sbuffò la ragazza con una smorfia di disprezzo. — Non devi preoccuparti di quelli. Loro hanno corpo di uomo ma anima di verme.

Leonardo riprese il cammino. Quanto piú si addentravano nel palazzo, tanto piú grande era lo sforzo che doveva fare per riuscire a far combaciare quello che vedevano i suoi occhi con i disegni che aveva consultato nella biblioteca dei Medici.

Non lo aiutava il fatto che la costruzione del palazzo non fosse ancora completata. Scale, ponteggi, sacchi di malta e mastelli di vernice ingombravano il passaggio in piú punti. L'impressione era che i muratori avessero abbandonato l'opera per unirsi all'esercito dei cospiratori. Tuttavia, tenuto conto del fatto che appunto i lavori non erano ancora ultimati, la configurazione dell'edificio, nelle sue grandi linee, era esattamente quella che Leonardo si sarebbe aspettato.

— Filippo Brunelleschi aveva progettato questa reggia in ogni dettaglio, fino alla decorazione delle camere — spiegò a Fresina. — E per nostra fortuna, Luca Pitti ha seguito le sue istruzioni come un uomo devoto segue i Dieci Comandamenti.

Di tanto in tanto incrociavano un domestico o un soldato, ma tutti sembravano troppo impegnati per prestare attenzione a due umili servitori. Dal cortile si sentivano gli uomini intonare canzoni. L'umore nel palazzo era alto, e nel complesso si respirava un'atmosfera festosa, come se la vittoria per Luca Pitti e i suoi dovesse essere imminente.

Ora Leonardo e Fresina stavano attraversando una lunga sala di raccordo fra diverse parti dell'edificio, con le pareti dipinte a colori vivaci. Leonardo contò le porte e puntò con decisione verso la terza sulla destra, sulla quale era impressa l'immagine di un pavone. Si avvicinarono con passo furtivo, tenendo gli occhi ben aperti, temendo che da un momento all'altro qualcuno potesse spuntare da una delle altre porte. Dall'interno della stanza proveniva un brusio di voci femminili.

— Che cosa vuoi fare delle altre due donne? — domandò seria Fresina. — Ucciderle?

— No di certo. Ma dobbiamo comunque liberarcene al piú presto. Lucrezia ci riconoscerà, e in fondo lei potrebbe ancora crederci assassini. Se dovesse spaventarsi, e magari chiamare aiuto in presenza delle altre, le cose potrebbero mettersi male per noi.

— Che bello se eravamo davvero assassini! — sospirò Fresina. — Tutto era molto piú facile.

— Appoggia lí il vassoio e aspetta fuori senza farti notare — la istruí Leonardo. — Appena vedi uscire le due donne, entra e richiuditi la porta alle spalle.

Poi, senza altre spiegazioni, si diede una sistemata alla tunica, raddrizzò per bene la schiena, fece un bel respiro e irruppe nella stanza.

Una donna grassoccia era seduta su un divano accanto alla figlia, anche lei piuttosto rotondetta. Alla loro sinistra, Lucrezia sedeva su una sedia. Tutte e tre avevano un ricamo sulle ginocchia, e tutte e tre rimasero impietrite, l'ago stretto fra le dita, quando, senza alcun preavviso, videro la porta spalancarsi.

— Signora Pitti! — esclamò Leonardo. — Vostro marito ha avuto un malore! È grave! Ha chiesto di voi!

La donna balzò subito in piedi, e il suo ricamo andò a finire per terra. — Un malore hai detto? E adesso dov'è?

— Nel salone dei ricevimenti, dall'altra parte del palazzo — gemette Leonardo con voce straziata.

Anche le due giovani si alzarono in piedi. Lucrezia fissava Leonardo con una strana espressione tra il sospettoso e il disorientato.

— E cosa ci fa nella sala dei ricevimenti? — chiese la figlia di Pitti.

— Lascia perdere! — la rimproverò con durezza la madre. — Dobbiamo andare subito da lui!

In un vaporoso ondeggiare di sete, madre e figlia raggiunsero l'uscita, precipitandosi fuori dalla stanza. Un istante dopo, Fresina balzò dentro, sbattendosi la porta alle spalle.

Lucrezia indietreggiò, un po' barcollante, andando a urtare contro la sedia, gli occhi spalancati e le mani alzate come davanti a un pericolo imminente.

— Per favore, non gridate! — la supplicò Leonardo mostrandole le mani aperte in un gesto che voleva essere rassicurante.

— Cosa fate voi qui? — esclamò Lucrezia. — Siete tutti e due ricercati!

— Ma non siamo assassini — si difese Leonardo. — Ve l'ho già detto, siamo innocenti.

Fresina annuí con decisione. — Quello che lui dice è vero, padrona.

Lucrezia strinse con forza lo schienale del divano, affondando le unghie nella stoffa. — Dov'è Lorenzo?

— È al sicuro — la tranquillizzò Leonardo. — Ha voluto proteggerci perché la verità potesse venire alla luce. Avrebbe dato qualunque cosa per poter essere qui al mio posto, ma non ce l'avrebbe mai fatta a spingersi fino a Palazzo Pitti senza essere riconosciuto. E ciò che gli sta a cuore piú di ogni altra cosa è che voi possiate venire liberata.

— Liberata? — ripeté Lucrezia battendo le palpebre con aria incredula. — Non penserete davvero che io qui corra qualche pericolo!

Fresina emise un suono disgustato dal profondo della gola. — Certo che siete in pericolo, padrona. Tutta la città è in pericolo. C'è la guerra.

— Se Neroni dovesse finire con le spalle al muro, potreste trovarvi a essere la sua ultima carta nella lotta contro i Medici — spiegò Leonardo.

— Neroni è un uomo privo di scrupoli, su questo sono d'accordo con voi — convenne Lucrezia torcendosi nervosamente le mani. — Ma io qui sono sotto la protezione di Luca Pitti, e lui si è sempre dimostrato un uomo d'onore.

— Onore e ambizione spesso camminano insieme — fece notare Leonardo — e qualche volta si possono contagiare a vicenda. Avete provato a lasciare il palazzo?

Le lunghe ciglia di Lucrezia si abbassarono a nasconderle gli occhi. — Non vengo mai lasciata sola. Perfino quando passeggio nei campi, ci sono sempre dei soldati che mi girano intorno. Non mi perdono mai di vista. Del resto, lo sapevo da subito che non me ne sarei potuta andare.

— Be', ora invece dovete — annunciò con fermezza Leonardo. Poi frugò nel sacchetto appeso alla cintura e le porse la spilla affidatagli dal giovane Medici. — Lorenzo ha voluto che vi dessi questa, come prova.

Lucrezia prese la spilla dalle sue mani con fare esitante, quasi temesse di potersi scottare. — Sí, questa gliel'ho regalata io, non molto tempo fa — ricordò, accennando a un timidissimo sorriso. — Stavamo andando a un ballo in maschera, e io gli ho dato questa spilla in modo che, qualunque fosse il suo travestimento, sarei sempre stata certa di riconoscerlo.

— Lorenzo ha bisogno di voi adesso — insistette Leonardo. — Neroni ha intenzione di usarvi come arma di ricatto per piegarlo alla sua volontà. Ecco perché dovete venire via con noi.

Lucrezia stringeva in mano la spilla, come a volerne prendere forza. Poi, dopo averla appuntata al vestito, raddrizzò la schiena e alzò la testa. — Che cosa volete che faccia?

— Dovete continuare a comportarvi come se foste un'ospite di riguardo, e trattarci come due servitori incaricati di farvi da scorta — le disse Leonardo.

Senza perdere altro tempo, Fresina aprí piano la porta e lanciò un'occhiata fuori. — Via libera — annunciò.

— Una volta usciti dal palazzo — continuò a spiegare Leonardo mentre si incamminavano per il corridoio — vi darò questo mantello con il cappuccio, in modo che possiate coprirvi il viso finché non saremo sul carro. Lí vi nasconderemo e vi porteremo al sicuro.

— A sentirvi si direbbe la cosa piú facile di questo mondo — osservò Lucrezia, e nei suoi occhi brillò una scintilla quasi divertita, in cui Leonardo riconobbe quella donna brillante e spiritosa che tanto lo aveva colpito.

— Bene — rispose. — È proprio cosí che vorrei che fosse.

Un breve, abbagliante sorriso, aleggiò sul viso di Lucrezia. — Ogni volta che vi incontro, mi ritrovo catapultata in qualche avventurosa situazione. Sto cominciando a chiedermi se dovrò rimanere per sempre complice delle vostre peripezie.

— Questa sarà l'ultima volta, lo prometto — assicurò Leonardo restituendole il sorriso.

Attraverso un ripido scalone giunsero in un ampio loggiato dove dovettero rallentare il passo e assumere un'aria normale alla vista di un gruppo di persone – uomini e donne – vestite in abiti sgargianti che, ridendo e scherzando, stavano avanzando verso di loro. Non appena riconobbero Lucrezia, gli uomini accennarono a un inchino, e uno di loro sollevò il boccale in un affettuoso segno d'omaggio.

Superato il loggiato, i fuggitivi passarono sotto un arco e imboccarono un altro corridoio, dove tornarono ad accelerare il passo.

— E così, non vi è capitato di ascoltare Neroni o Pitti dire qualcosa a proposito del complotto che stanno architettando contro i Medici? — domandò Leonardo a Lucrezia.

— No, questa è una cosa di cui ho sentito parlare soltanto da voi.

— E li avete mai sentiti nominare l'artista Silvestro, o accennare a una macchina che ha costruito per loro?

Lucrezia scosse la testa. — Non so di cosa stiate parlando.

Leonardo si sentí mancare il cuore. Contro ogni ragionevolezza, aveva continuato a sperare che Lucrezia potesse fornirgli qualche tassello per completare il suo puzzle. Dopo un'altra scala si ritrovarono al pianoterra. Leonardo si fermò un istante per orizzontarsi e richiamare alla mente i disegni del palazzo.

— C'è una piccola porta di servizio, sul retro, per far entrare i rifornimenti di legna — ricordò. — Dovremmo riuscire a sgusciare fuori di lí e raggiungere il carro approfittando dell'oscurità.

Sulla strada che conduceva alla porta di servizio si trovarono a sfrecciare accanto a una fila di statuette di marmo, ognuna adagiata sopra un sottile piedistallo. Fu allora che udirono delle voci. Provenivano da dietro l'angolo, proprio di fronte a loro. Allarmati, i tre si fermarono.

— Mettete soldati di guardia a tutte le uscite e ad ogni scala! — sentirono ordinare Neroni. — E fate venire tutti gli uomini disponibili! Bisogna passare al setaccio il palazzo!

— Non vi sembra di esagerare, amico mio? — chiese Luca Pitti.

— Perché pensate che qualcuno dovrebbe inventarsi una storia a proposito di un vostro supposto malore se non per rimanere a tu per tu con Lucrezia? — replicò Neroni. — E per quale ragione dovrebbero voler rimanere soli con lei, se non per farla sparire?

Lucrezia soffocò un grido mordendosi un dito. Leonardo si guardò disperatamente intorno in cerca di un posto dove nascondersi, ma non ne individuò nessuno.

L'istante successivo Neroni e Pitti sbucarono da dietro l'angolo seguiti da tre soldati. Alla vista di Leonardo e delle due ragazze rimasero un momento immobili, senza parole. Poi l'urlo di Pitti riecheggiò per i corridoi: — Guardie! Guardie!

— Prendeteli! — ordinò Neroni.

I tre soldati partirono alla carica. Prima che Leonardo potesse fare qualcosa, Fresina aveva già afferrato una delle statuette di marmo, sollevandola dal piedistallo. Era una figura umana, con un elmo alato sulla testa e un paio di sandali ai piedi, anch'essi alati. Tenendola per le gambe, l'agitava in aria come fosse una clava. Il soldato che si era spinto piú avanti dovette fare un balzo di lato per non essere centrato in faccia.

— No, stupida ragazza! — esclamò Pitti terrorizzato. — Quella statuetta di Mercurio ha un valore inestimabile!

— State indietro! — strillava Fresina, continuando

a vorticare la preziosissima scultura sotto il naso degli assalitori.

Leonardo rimaneva immobile, incerto sul da farsi. Per un momento accarezzò l'idea di lasciare che Fresina continuasse da sola a tenere a bada il nemico e intanto riprendere la fuga con Lucrezia, ma subito si vergognò di quel pensiero. Poi, però, si disse che se avesse permesso che tutti e tre venissero catturati, sarebbe stato come buttare al vento il coraggio di cui Fresina stava dando prova. Senza darsi il tempo di ripensarci, afferrò Lucrezia per la mano e la trascinò con sé verso le scale.

— Piano, fate attenzione! — sentirono Luca Pitti urlare ai suoi uomini. — Farò scorticare vivo chiunque si azzardi anche soltanto a scheggiare quella statua!

— Un altro passo, e la scaravento contro il muro! — minacciava Fresina.

— Non possiamo lasciarla da sola a lottare contro quegli uomini — ansimò Lucrezia.

— Dobbiamo fidarci della sua scaltrezza — ribatté Leonardo. — E sperare che riesca a seminarli.

Saliva i gradini due alla volta, sempre trascinandosi dietro Lucrezia per mano.

— E noi? — boccheggiò lei. — Come potete pensare di riuscire a scappare?

Leonardo non rispose. Nella sua mente stava ripercorrendo a tutta velocità i corridoi del palazzo, riconsiderando ogni dettaglio dei disegni di Filippo Brunelleschi nella disperata ricerca di una via di fuga. Aveva sentito Pitti e Neroni ordinare di mettere soldati di guardia a ogni porta. Ma se tutte le uscite erano sorvegliate, da dove sarebbero fuggiti?

Ora erano nuovamente risaliti dal pianterreno al primo piano. Leonardo continuava a rovistare caparbiamente in ogni angolo della sua memoria, ma non riusciva a ricordare altro che gallerie, corridoi e scale. E tutti erano senza sbocco o si inoltravano ancora di piú nel palazzo, sempre piú lontano dalla libertà.

Poi la sua mente spaziò oltre le mura dell'edificio, e tutt'a un tratto trovò quello che cercava.

— Venite, presto! — esclamò con un grido di trionfo. — So come uscire da questo labirinto.

Tallonato da Lucrezia, si lanciò a rotta di collo per il corridoio. Alle loro spalle, intanto, si sentivano rimbombare i passi degli inseguitori.

— Lasciate perdere la schiava! — gridava Neroni. — Prendete Lucrezia e quel maledetto ragazzo!

I passi erano sempre piú vicini, già proiettati su per le scale.

— Dove stiamo andando? — domandò Lucrezia mentre procedevano a zigzag in un reticolo di corridoi. Ora davanti a loro si apriva un ambiente male illuminato, dove i lavori di costruzione erano ancora molto lontano dall'essere ultimati.

— Giú di qui — ansimò Leonardo — c'è una finestra che dà sul tetto delle scuderie. Possiamo calarci da lí, non dovrebbe essere una grande altezza.

Alla fine di un ennesimo corridoio dalle mura non ancora intonacate, ingombro di attrezzi di ogni tipo, schivando un sacco di stucco Leonardo si scagliò contro una porta, spalancandola, e fece cenno a Lucrezia di entrare.

Lei si precipitò dentro la stanza e cadde in ginocchio, boccheggiante.

Leonardo richiuse la porta e si guardò attorno. La stanza era immersa nella penombra, appena rischiarata da un pallido riflesso di luce lunare che filtrava da un'alta finestra ad arco.

Fuori, intanto, si sentivano sempre piú distintamente i passi degli uomini di Pitti, ora accompagnati anche da un violento sbattere di porte. — Cercate in ogni stanza! — ordinò un soldato dalla voce possente.

Leonardo corse alla finestra, l'aprí e trattenne il respiro, la bocca spalancata in un'improvvisa espressione di orrore.

— Cosa c'è? — chiese Lucrezia avvicinandoglisi.

Poi guardò in basso, e anche lei rimase a bocca aperta. Sotto c'era solo un muro. Un muro che scendeva a picco perdendosi nell'oscurità.

— Avete detto che qui doveva esserci il tetto delle scuderie — protestò debolmente. — Avete detto che potevamo calarci di sotto.

— Nel progetto qui sotto c'erano le scuderie — confermò Leonardo con un angoscioso sospiro. — Ma non le hanno ancora costruite.

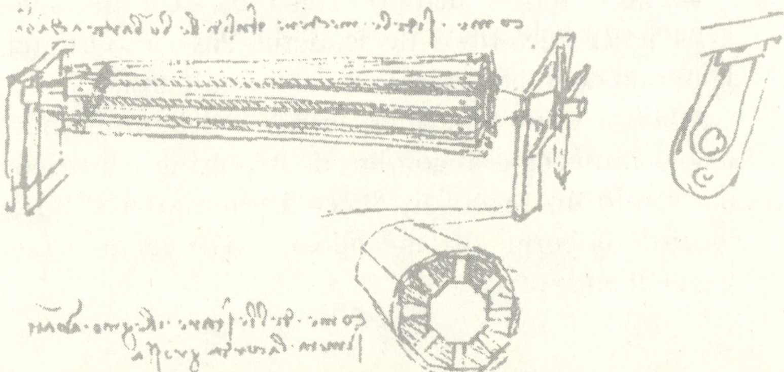

25

Il precipizio

Lucrezia impallidí e si premette un fazzoletto contro la bocca per soffocare un singhiozzo. — Tutta questa fatica per niente.

Leonardo aveva un'espressione attonita, assente, lo sguardo fisso nell'oscurità. C'erano dei cavalli radunati dietro un fragile steccato che provvisoriamente sostituiva le scuderie non ancora costruite. Piú in là si apriva la cava che era stata scavata sul fianco del colle, e da cui era stata estratta la pietra per la costruzione del palazzo. Piú vicino, fra la recinzione e il muro, c'era un carro sul quale era stato ammassato un gran mucchio di fieno per i cavalli.

A quella vista Leonardo ebbe un sussulto, e il cuore riprese a battergli forte. — Possiamo ancora farcela! — esclamò. — Possiamo saltare su quel carro. Il fieno frenerà la caduta!

Lucrezia lo fissò inorridita. — Tentare una cosa del genere equivale a suicidarsi — dichiarò. — Non abbiamo le ali.

Nell'agitazione le sfuggí di mano il fazzoletto, che cadde svolazzando giú dalla finestra. Pur in quella difficile situazione, Leonardo non riuscí a impedirsi di osservarne la lenta discesa, contando mentalmente quanti secondi impiegava per raggiungere la paglia. Fuori, intanto, lo sbraitare di voci e lo sbattere di porte si facevano sempre piú vicini.

Leonardo valutò nuovamente la distanza che li separava dal carro. Da quell'altezza sembrava molto piccolo, ed era scostato dal muro di circa un paio di metri. Ma forse c'era ancora una possibilità.

Si guardò intorno, e immediatamente trovò l'ispirazione di cui aveva bisogno. — Avete ragione, non abbiamo le ali — disse — ma abbiamo qualcosa che può in parte sostituirle.

Cosí dicendo, afferrò il tendone della finestra e con due decisi strattoni lo liberò dagli anelli di legno che lo tenevano agganciato. Poi, raccogliendoselo fra le braccia, si arrampicò sul davanzale.

— Salite anche voi — ordinò. — Useremo questa tenda per frenare la caduta.

Lucrezia rimase immobile, fissandolo con espressione di incredulità, come se di colpo avesse perso la ragione. — Di cosa state parlando?

— Non avete visto com'è caduto il vostro fazzoletto? — chiese Leonardo. — È sceso lentamente. E perché? Perché durante la caduta l'aria si raccoglieva sotto la sua superficie, proprio come succede con le ali degli uccelli. Allo stesso modo questa tenda rallenterà la nostra caduta.

Lucrezia continuava a fissarlo con la stessa espressione. — Ma siete diventato pazzo?

— Quando avete guardato il ritratto che stavo dipingendo per voi, avete detto di riconoscervi cosí tanto in quel dipinto da non poter credere che fosse opera di uno sconosciuto, e che nessuno aveva mai saputo vedervi con tanta chiarezza — le ricordò Leonardo. — E quando avete posato il vostro sguardo su di me, io ho avuto la stessa sensazione. Guardatemi ora, e decidete se sono davvero pazzo o se potete credere alle mie parole.

Lucrezia sollevò lentamente la testa, e i loro sguardi si incrociarono. Poi, ancora un po' esitante, fece un passo in avanti e afferrò la mano che Leonardo le porgeva per aiutarla a salire sul davanzale.

— Prendete questi due angoli — le disse porgendole un capo della tenda. — E ora avvolgete bene la stoffa attorno ai polsi in modo da non lasciarvela sfuggire.

Mentre lei seguiva le sue istruzioni, Leonardo fece la stessa cosa con gli altri due angoli. Lucrezia lo guardò ancora una volta. Poi osservò il carro, giú in basso. — Non so se avrò il coraggio — dichiarò.

Leonardo fece il possibile perché la sua voce suonasse tranquillizzante. — Vi siete mai tuffata in un fiume da un alto sperone di roccia? — domandò.

— No, mai.

— Be', io l'ho fatto. E, credetemi, è peggio che saltare sopra un mucchio di fieno.

"Quando l'ho fatto" pensò "per poco non affogavo." Quel ricordo gli fece provare un improvviso senso di vertigine.

— Siete pronta? — domandò.

— Pronta non lo sarò mai — rispose con sincerità Lucrezia. — Ditemi solo quando volete che salti.

— D'accordo. Quando ve lo chiederò, spiccate un balzo piú in là che potete, poi lasciatevi semplicemente portare verso il basso dal peso del vostro corpo. E non allentate mai la presa sulla stoffa — soggiunse scuotendo la tenda in modo da farla gonfiare come una vela.

In quel momento si sentí la porta della stanza accanto aprirsi di schianto, con grande fracasso, e subito dopo un rumore di passi che battevano in lungo e in largo il pavimento. — Nessuno neanche qui — riferí una voce dal suono rude. — Andiamo avanti.

— Quando dirò "ora" — avvertí Leonardo. Per tutta risposta udí un impercettibile sussurro provenire dalle labbra di Lucrezia. Era una preghiera, una preghiera alla Madonna e a tutti gli angeli.

I passi si stavano dirigendo decisamente verso di loro. Leonardo aveva la gola cosí asciutta che quella parola gli uscí come una specie di gracidio: — Ora!

Insieme si lanciarono dal davanzale. La tenda si riempí d'aria, aprendosi sopra le loro teste come un baldacchino, poi la stoffa si tirò, tendendosi al massimo, e le loro braccia allungate avvertirono uno strappo violento, doloroso. Leonardo era certo che il cuore gli si fosse fermato, perché per un momento si sentí come sprofondato dentro una quiete soprannaturale. Non c'era alcun rumore, alcun movimento, solo la magica sensazione di essere sospeso nel vuoto.

Poi cominciarono a cadere, aggrappati a quel lembo di stoffa che schioccava, ondeggiava e voleva torcersi nelle loro mani, sempre piú in basso, sempre piú vicini alla morbida meta. Ma Leonardo non seppe tenere la presa. Quando la stoffa gli sfuggí dalle dita, tutto cambiò, e si sentí precipitare in un burrascoso baratro di tenebra. Come quella volta nell'Arno, riprovò la sensazione di essere trascinato verso il basso da una corrente inesorabile.

Annaspò e lottò, dimenandosi nell'aria come se stesse tentando di risalire dal torbido letto di un fiume. Fino a quando, soffice e vaporosa, la paglia non lo accolse, non seppe neppure di essere vivo. Solo allora ne fu nuovamente consapevole, e benedisse l'aria che ora poteva tornare a trangugiare a pieni polmoni.

Vivo, incolume e libero. Una risatina sommessa, delicata, risuonò nelle sue orecchie come il leggero tintinnio di un campanello. Lucrezia gli gettò le braccia al collo, premendo una guancia contro la sua.
— Leonardo, ce l'abbiamo fatta! — esclamò felice.

Leonardo si sorprese a risponderle con uno ghigno un po' folle. — Bene. Ora pensiamo a come uscire di qua.

Con agile mossa rotolò giú dal carro, poi allungò le braccia verso la giovane e l'aiutò a scendere. — Se solo riuscissimo a trovare delle briglie — sospirò — potremmo scappare in groppa a uno di questi cavalli.

— Temo che non ci sarà tempo per questo — gracchiò una voce acida, piena di rancore.

Leonardo sospinse Lucrezia alle sue spalle nello scorgere la sagoma di Rodrigo affiorare dall'ombra. Lo spagnolo sguainò una corta spada dalla lama affilatissima, rilucente sotto il chiaro di luna, larga quanto la mano di un uomo, e che andava via via assottigliandosi verso l'estremità fino a divenire acuminata come una punta di spillo.

— Sapendo quanto puoi essere sfuggente — sibilò — ho pensato fosse meglio premunirsi troncando ogni possibile via di fuga.

Una voce risuonò in quel momento sopra le loro teste. Veniva dalla finestra da cui avevano appena spiccato il balzo. — Chi c'è lí sotto?

Rodrigo guardò in su. — Quelli a cui state dando la caccia, Lucrezia e il ragazzo! — urlò in risposta.

Leonardo capí di dover approfittare di quel momento. Spinse Lucrezia innanzi a sé e gridò: — Vai!

Questa volta lei non esitò. Insieme si lanciarono nel buio, verso la cava, lasciandosi alle spalle le luci del palazzo.

Con una sinistra risata, Rodrigo si lanciò all'inseguimento.

Leonardo continuava a tenere Lucrezia davanti a sé, aprendosi a fatica una strada fra tumuli di detriti ghiaiosi e informi blocchi di pietra. A rendere il terreno ancora piú insidioso c'erano secchi e argani disseminati qua e là, e badili e picconi abbandonati dagli operai alla fine della giornata. Inciampare in quella situazione voleva dire morte certa.

Leonardo sentiva Rodrigo sempre piú vicino, ma non osava fermarsi per verificare la distanza. Il pesante vestito di Lucrezia la impacciava nei movimenti, e il suo respiro si faceva sempre piú affannoso. Erano ormai quasi al limitare della cava quando la ragazza incespicò e cadde.

Chinandosi al suo fianco, Leonardo vide che si era prodotta alcuni tagli alle mani cercando un appiglio in quella pietraia, e che i suoi occhi erano pieni di lacrime. Ma prima che potesse aiutarla a rialzarsi, sentí il dolore di uno stivale calcato con forza sulla sua spalla che lo fece crollare all'indietro, la schiena incollata a terra.

Rodrigo stava in piedi sopra di lui, la spada puntata contro il suo petto e la bocca contratta in un ghigno crudele. — Se ti rimane un po' di cervello, ragazzo, ti consiglio di non fare altri scherzi e lasciarti uccidere in fretta.

Leonardo sentí tutti i muscoli tendersi nell'attesa del colpo fatale. In quell'esatto momento, una voce acuta squarciò il silenzio con un'esplosione di imprecazioni tipiche della Circassia. Fresina balzò su da dietro una montagnola di pietrisco e lanciò una gran manciata di terriccio in faccia allo spagnolo.

Con una specie di ringhio rabbioso, Rodrigo barcollò all'indietro. Con la mano libera si strofinava gli occhi, con l'altra brandiva la spada, agitandola minacciosamente in aria. Leonardo si rimise in piedi, afferrò un badile e cercò lo sguardo di Fresina. — Porta via Lucrezia! — le gridò.

Senza smettere di imprecare nella sua lingua, Fresina aiutò la padrona a rialzarsi. Leonardo le vide allontanarsi entrambe in direzione di una macchia d'alberi e, facendo appello a tutto il proprio coraggio, si dispose ad affrontare lo spagnolo.

Mentre finiva di ripulirsi gli occhi, Rodrigo continuava a menare colpi di spada. Proteggendosi con il badile, Leonardo fece un balzo all'indietro.

Lo spagnolo lo squadrò con un ghigno feroce, mettendo in mostra una fila di denti bianchi e appuntiti.

— Hai mai avuto un addestramento alla guerra, ragazzo? No, penso proprio di no. Voi fiorentini siete troppo delicati per la vita militare. È per questo che ingaggiate uomini di altri paesi, come me, per farli combattere al vostro posto.

Su quelle parole, senza nessun preavviso, fece un affondo. Leonardo tentò goffamente di parare il colpo, ma non riuscí a evitare che la punta d'acciaio della lama gli squarciasse il pantalone, affondando nella coscia. Mordendosi le labbra per il dolore, tirò indietro la gamba, mentre già sentiva il sangue sgorgare dalla ferita.

Rodrigo intanto non la smetteva di fargli roteare la spada davanti agli occhi. Leonardo la vedeva danzare nell'aria come la testa di un serpente velenoso. — E adesso dove ti piacerebbe essere colpito, eh? Dimmi, cosa preferisci, il braccio o la gola? O forse sarebbe piú divertente aprirti la pancia e lasciarti qui con le budella in mano?

Mischiato con il dolore della ferita, sempre piú bruciante, Leonardo cominciava ad avvertire un senso di nausea. Con la forza della disperazione cercò di dimenticare la paura, come aveva fatto poco prima sul davanzale della finestra, per concentrarsi tutto sulla lotta mortale che lo attendeva. Era in evidente condizione di inferiorità, sia per il fatto di essere ferito e disarmato, sia perché meno esperto del suo avversario nel combattimento. Quindi doveva fare affidamento sulla testa: l'unica possibilità per venirne fuori era quella di rimanere piú lucido del suo nemico. Se non poteva sperare di fargli paura, poteva almeno darsi da fare per esasperare la sua rabbia, nella speranza che questo servisse ad annebbiargli la mente.

— A proposito, grande spaccone di un soldato, come te la sei passata in barca? Piaciuto il viaggetto? — domandò accentuando piú che poteva il tono di derisione.

Rodrigo strinse i denti.

— E Pisa come l'hai trovata? — continuò ad aizzarlo Leonardo. — Hai visitato la famosa torre?

— Taci, cane rabbioso! — ruggí Rodrigo. — Ti farò un buco per ogni parola che esce da quella bocca!

Un leggero irrigidimento della spalla destra preannunciò il prossimo attacco dello spagnolo. Indovinando la mossa, Leonardo riuscí a schivare un terribile fendente, che se lo avesse preso gli avrebbe aperto in due la gola, e facendo roteare il badile con un colpo fortunoso arrivò a colpire l'avversario alle costole, per poi indietreggiare il piú velocemente possibile.

Gli occhi di Rodrigo fiammeggiarono come carboni ardenti. Facendosi precedere da un ringhio bestiale, ripartí con una tempesta di colpi, sempre piú imprecisi, all'assalto di chi aveva osato umiliarlo.

Leonardo si scansava con destrezza, tentando di usare la sua improbabile arma per parare i colpi scomposti dello spagnolo. Nell'infuriare del combattimento, i duellanti si spinsero fino a pochi passi dal margine della cava, oltre il quale si spalancava, come un'enorme bocca vuota, l'oscurità. Rodrigo incalzava con movimenti concitati che, con il crescere della rabbia, si facevano sempre piú ampi.

Leonardo si domandò se fosse consapevole del pericolo che incombeva alle loro spalle, sempre piú vicino. Con la coda dell'occhio riuscí a vedere che Lucrezia e Fresina avevano ormai quasi raggiunto l'ombra degli alberi. Presto sarebbero state al sicuro, e allora quella spedizione, comunque fosse andata a finire, avrebbe avuto un senso.

Attraverso i fumi dell'ira, anche Rodrigo dovette scorgere in lontananza le due fuggitive.

— Non ho piú tempo da perdere con te, ragazzo — sentenziò. — Non posso lasciarmi sfuggire la mia preda.

Proprio come se si fosse trattato di registrare i movimenti di un uccello in volo, Leonardo aveva sintonizzato la sua infallibile vista sul corpo dell'avversario, pronto a coglierne ogni minima contrazione. Con sua grande sorpresa, lo spagnolo abbassò la spada. Poi strinse leggermente l'occhio sinistro, proprio come aveva fatto ad Anchiano, quando un sottile coltello da lancio era comparso come dal nulla nelle sue mani.

Con gesto istintivo, Leonardo sollevò il badile a protezione del petto. L'istante successivo, un clangore metallico lo fece trasalire. La lama appuntita diretta al suo cuore aveva colpito la pala di ferro del badile, rimbalzando indietro e cadendo a terra.

Prima che lo spagnolo potesse riprendersi, Leonardo partí alla carica, affondandogli un potente colpo di badile nello stomaco. Rodrigo annaspò all'indietro, respirando con affanno, recuperò tuttavia la spada, pronto a riprendere la lotta.

Ma, tutt'a un tratto, sotto i suoi piedi non trovò piú niente. La spada gli schizzò di mano mentre, sbattendo gambe e braccia all'impazzata, precipitava per la ripidissima scarpata. Nella caduta, il suo corpo strisciò contro rocce taglienti e appuntite che gli strapparono i vestiti, ferendolo. Leonardo lo sentí emettere ancora un grido angosciato prima che le tenebre del precipizio lo inghiottissero.

Per qualche momento tutto tacque. Leonardo si reggeva in piedi a stento, incapace di assaporare la vittoria.

Poi un'improvvisa esplosione di voci alle sue spalle lo richiamò al presente. Quando, stancamente, si voltò, vide una folla di uomini con torce e spade correre verso di lui dal palazzo. Alla loro testa c'era Neroni, che spronava gli altri con violenti insulti.

Leonardo ebbe ancora l'istinto di scappare, ma come accennò a muoversi la ferita alla coscia gli fece vedere le stelle. Sfinito, crollò in ginocchio, lasciandosi scivolare il badile dalle mani intorpidite.

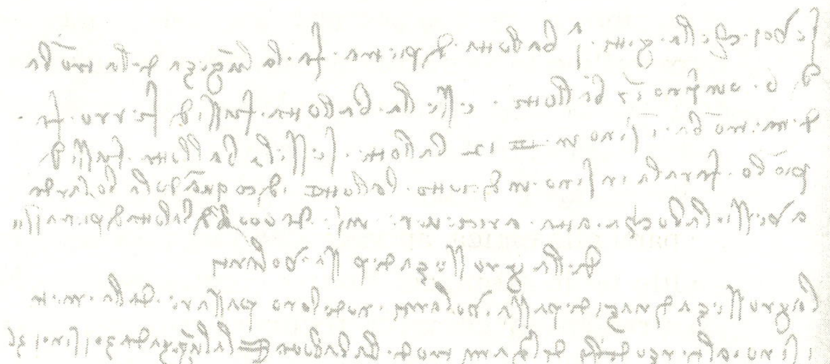

26

La macchina della morte

Ormai rassegnato, Leonardo si aspettava di venire da un momento all'altro sollevato di peso e trascinato verso il palazzo da mani ostili. "Per lo meno, abbiamo liberato Lucrezia" pensò. Sapere di avere ripagato il suo debito verso Lorenzo era comunque una consolazione.

Fu allora che un rimbombo di zoccoli giunse inaspettato alle sue orecchie. Alzando gli occhi, scorse una dozzina di cavalli uscire dal folto degli alberi e dirigersi verso di lui. I cavalieri erano armati di lance e spade. A quella vista, gli uomini di Neroni, che erano a piedi, batterono in ritirata come se fosse comparso davanti a loro un muro di fuoco sprigionatosi dalle viscere della terra.

Quando riconobbe Lorenzo de' Medici alla guida di quel piccolo plotone, Neroni brandí la spada con stizza impotente. — Questo non vi aiuterà, Lorenzo! — gridò. — Ricordate le mie parole: vi pentirete di non essere rimasto a casa!

Leonardo sentí una voce che gli parlava da molto vicino. — Forza, amico mio — lo incalzava. — Non è questo il momento di poltrire.

Sandro lo stava incitando dall'alto di una giumenta

grigia. Saldamente aggrappato al pomo della sella, il giovane artista non sembrava per nulla padrone dell'animale. Nella mano sinistra teneva le redini di un secondo cavallo. Leonardo lo riconobbe: era quello che aveva già cavalcato sulla strada tra Careggi e Firenze. Anche l'animale sembrò ricordarsi di lui, scendendo con il muso a strofinargli la faccia.

Leonardo si aggrappò alla staffa per rimettersi in piedi e con una smorfia di dolore montò in sella. — Sandro, cosa ci fai qui?

— Non è il momento di fare domande — tagliò corto l'amico. — Prima pensiamo ad andarcene.

Con un rapido dietrofront, i due partirono galoppando verso gli alberi. Non appena furono fuori pericolo, anche Lorenzo e i suoi soldati invertirono la marcia avviandosi dietro di loro e lasciando Neroni e i suoi uomini a smaniare nella polvere.

In una radura in mezzo agli alberi, sorvegliata da due uomini, Lucrezia aspettava in sella al suo cavallo.

— Dov'è Fresina? — le domandò Leonardo tirando le redini.

— Qui! — esclamò la schiava sbucando all'improvviso dall'ombra e andando a raggiungere la sua padrona.

— Come hai fatto a uscire dal palazzo?

— Tutti loro correvano di qua e di là pensando che qualcuno stava facendo un attacco — rise Fresina. — Nessuno badava a una povera ragazza senza armi.

Sandro smontò da cavallo e volle dare un'occhiata alla gamba di Leonardo. — È un brutto taglio — dichiarò, snodando il fazzoletto che aveva al collo e avvolgendolo ben stretto attorno alla ferita. — Cosí dovrebbe essere a posto, almeno finché non riusciremo a farti visitare da un medico.

— Vedo che hai preso qualcosa da tua madre — scherzò Leonardo.

— E per tua fortuna non ho con me delle ortiche! — ridacchiò Sandro mentre rimontava a cavallo.

Lorenzo li raggiunse in quel momento. Il suo cavallo si impennò, scalciando nell'aria con le zampe davanti. Il giovane lo fece calmare e si accostò a Lucrezia.

Una lacrima luccicava sulla guancia della ragazza. — Lorenzo, nessuno mi ha detto niente di quello che stava succedendo in città. Non osavo quasi sperare che...

Lorenzo si chinò su di lei e, sfiorandole le labbra con un bacio leggerissimo, la fece tacere. Poi, dolcemente, batté il dito sulla spilla appuntata al suo vestito. — Quando mi avete regalato questa, vi ho detto che io e voi ci saremmo sempre ritrovati, qualunque cosa ci potesse succedere.

Solo allora si voltò verso Leonardo. — Altri al tuo posto sarebbero fuggiti di fronte al pericolo — disse. — Tu sei uscito vittorioso, e hai tutta la mia gratitudine.

— E voi avete la mia per essermi venuto in aiuto nel momento piú difficile — ricambiò Leonardo. — Ma pensavo vi fosse stato vietato di spingervi fin qui.

— Poco prima di cena mi sono ritirato nelle mie stanze con lo stomaco sottosopra — raccontò Lorenzo con un largo sorriso. — E chi ho incontrato sulla mia strada, se non questi buoni amici che mi hanno convinto che per rimettermi in forma mi ci voleva una bella cavalcata all'aria fresca? — disse, gesticolando all'indirizzo dei suoi compagni, che a quelle parole si lasciarono andare a una risata di complicità. — Per una fortunata coincidenza — continuò — la nostra cavalcata ci ha portati verso l'Oltrarno, giusto in tempo per assisterti nel momento del bisogno.

— Faremo meglio a levarci da qui prima che Neroni e i suoi organizzino l'inseguimento — richiamò tutti all'ordine con voce burbera Bartolomeo.

Lucrezia offrí una mano a Fresina, che balzò in sella dietro di lei, le braccia strette attorno alla sua vita. Poi la piccola squadriglia partí verso il fiume.

Quando raggiunsero il Ponte alle Grazie, videro le guardie di confine di Pitti appostate. Lorenzo incaricò due dei suoi soldati di non perderle di vista, poi guidò tutti dall'altra parte del fiume e frenò il cavallo.

— Neroni potrebbe voler tentare l'inseguimento — disse a Leonardo e a Sandro. — Io rimarrò qui con i miei uomini a controllare il ponte mentre voi accompagnerete le donne al sicuro, in casa di mio padre.

Leonardo, onorato per la fiducia che gli veniva accordata, si avviò per le strade ormai invase dal buio con Sandro al suo fianco. Poco piú indietro li seguivano Lucrezia e Fresina.

Anche ora che la giovane Donati era in salvo, Leonardo continuava a sentirsi inquieto. Nessuno poteva togliergli di testa che i conti ancora non tornavano. Mancava qualcosa, qualcosa di altrettanto fondamentale per il complotto di Neroni quanto la grande ruota dentata, che Silvestro aveva volutamente lasciato fuori dai suoi disegni, lo era per il funzionamento di quel congegno.

Noncurante del dolore e della stanchezza, la sua mente ricominciò ad almanaccare. Le rigide, invariabili abitudini di vita di Piero de' Medici, quel dispositivo di Silvestro, cosí minuziosamente congegnato... e Fresina, che teneva a bada Neroni e gli altri brandendo una statuetta. Il tempo, uno scatto di molla... e un dio!

Leonardo sobbalzò, come se fosse stato colpito da un fulmine. Tutti i particolari sui quali si era tanto arrovellato si stavano finalmente mettendo in fila, combinandosi fra loro come gli ingranaggi di un orologio. Tirò un profondo, sonoro sospiro.

— Cosa c'è Leonardo? — chiese Sandro. — Qualcosa non va?

— Oh, no, tutto sta andando al suo posto! — esclamò l'amico eccitato. — I ladri in casa Medici non hanno rubato niente perché hanno semplicemente sostituito qualcosa!

— Sostituito cosa?

— Ma è evidente! Non capisci? I simboli dietro il disegno di Silvestro non sono pianeti, ma divinità. Fresina li ha sentiti dire che ser Piero verrà rovesciato dalla mano di Dio. Una delle statue di bronzo nella sala da pranzo dei Medici è stata sostituita con una copia.

— E per quale ragione i ladri avrebbero dovuto sostituire una statua?

— Ma per uccidere Piero de' Medici, naturalmente. Per trafiggerlo al cuore mentre sta cenando.

Sandro lo fissò con un'espressione assente. — Sei sicuro che fosse questa l'intenzione?

— Sí, e per la prima volta sono anche sicuro di cosa fare — dichiarò Leonardo. — Andare a fondo di questa faccenda, e in tal modo salvare una vita, forse addirittura un'intera città — annunciò, dando di sprone al suo cavallo.

— Ehi, non cosí veloce! — protestò Sandro. — Questa bestia se ne infischia dei miei ordini!

Sordo ai richiami dell'amico, Leonardo lanciò il suo destriero a tutta velocità per i vicoli bui, e di lí a poco imboccò al galoppo Via Larga. Gli uomini che pattugliavano la strada vennero colti di sorpresa nel vederselo sfrecciare improvvisamente accanto. Solo davanti al portone chiuso del palazzo dei Medici Leonardo fu costretto a tirare le redini, facendo impennare e sbuffare furiosamente il cavallo.

— Fatemi entrare! — urlò. — Ho un messaggio molto urgente per ser Piero!

Sandro lo raggiunse proprio mentre le guardie stavano aprendo il portone e insieme entrarono nel cortile. Leonardo scivolò svelto giú di sella e, appena toccato terra, poco mancò che la gamba ferita non gli cedesse di schianto.

Anche Sandro si liberò, non senza difficoltà, del proprio cavallo e si affrettò a soccorrere l'amico, reggendolo per il braccio.

Un servitore si avvicinò in quel momento con un'espressione fra l'accigliato e il preoccupato. — Lasciate che vada a chiamare un medico — si offrí.

— Non c'è tempo adesso — rispose in tono perentorio Leonardo. — Devo immediatamente vedere Piero de' Medici.

— Impossibile — ribatté il servitore. — Ser Piero sta cenando, e non vuole essere disturbato per nessuna ragione. Gli uomini di guardia alla porta della sala da pranzo hanno ordini tassativi.

Leonardo non perse tempo in discussioni. Liberando il braccio dalla presa di Sandro, piombò in casa e, correndo piú veloce che poteva, si diresse attraverso i corridoi verso la sala da pranzo. La gamba era tutta un incendio, e ora il sangue fuoriusciva nuovamente attraverso il bendaggio, ma la disperazione lo teneva in piedi. Come un uomo lanciato in mezzo alle fiamme di un palazzo che brucia, volava in avanti, dritto alla meta, mentre Sandro arrancava faticosamente alle sue spalle.

— Ferma, Leonardo! — implorava. — In questo modo morirai dissanguato!

Svoltato un angolo, si trovarono di fronte alla porta della sala da pranzo. C'erano due uomini armati di sentinella. Alla vista degli intrusi, le guardie puntarono contro di loro le lance, squadrandoli con un'espressione minacciosa. I due giovani artisti si fermarono con uno scivolone.

— Non ci faranno mai passare — sibilò Leonardo. — Forse potresti provare a parlargli, cercando di distrarli mentre io...

Sandro deglutí un paio di volte, come chi ha appena preso una drammatica decisione. — No, Leonardo, questa volta voglio fare le cose a modo tuo — dichiarò, la mascella contratta in un'espressione caparbia che l'amico non gli aveva mai visto.

— Cosa vuoi dire?

— Partirò alla carica senza stare tanto a pensarci. In fondo è come una partita di calcio. Io apro la strada, e tu mi segui con la palla. Anch'io, se voglio, posso essere un leone.

Cosí dicendo abbassò la testa e, proprio come una piccola botte, rovinò in avanti. Prima che i due uomini di sentinella, esterrefatti, si rendessero conto di quello che stava succedendo, il giovane Botticelli si era già tuffato sotto la punta delle loro lance e, afferrandoli per i polpacci, li aveva sollevati di peso. Tutti e tre ruzzolarono a terra, e Sandro continuò a lottare come un leone per tenere inchiodate le due guardie.

Lasciandosi alle spalle quel groviglio umano, Leonardo irruppe nella sala da pranzo. Molti degli ospiti, alla sua vista, balzarono in piedi, alcuni mettendo mano alla spada, altri chiamando soccorso. Solo Piero de' Medici rimase calmo, ruotando appena la testa quanto gli bastava per vedere a cosa fosse dovuto quel trambusto.

Leonardo non fece caso a nulla. I suoi occhi inquadrarono solo le tre statue di bronzo, adagiate sui loro piedistalli di marmo. Le aveva già notate la prima volta che era entrato in quella stanza, ma allora non ne aveva compreso il significato. Da un lato c'era Marte, il dio della guerra, dall'altro Venere, la dea dell'amore, e al centro Giove, la divinità suprema, il sovrano degli dei.

Nella mano destra sollevata teneva un fulmine, acuminato e micidiale quanto la piú mortifera delle frecce.

Leonardo balzò letteralmente attraverso la stanza, mirando dritto alla statua. Due servitori tentarono di bloccargli la strada, ma non furono abbastanza veloci. Ogni passo era un nuovo, lancinante spasmo di dolore, ma quando infine poté accostare l'orecchio alla scultura, dal rumore del meccanismo nascosto all'interno capí che il congegno stava per completare il suo ciclo, liberando la forza dell'ultima molla.

Un peso che cade, un ronzio di ingranaggi.

Leonardo si lanciò in avanti e, allungandosi quanto piú poté, riuscí a colpire il piedistallo di marmo con la punta delle dita nel momento esatto in cui il braccio armato della statua, comandato dalla grande molla, scattava in avanti. Il piedistallo oscillò e Giove si inclinò all'indietro proprio mentre il fulmine gli guizzava via dalle dita.

Come un dardo scoccato da una potente balestra, fischiò nell'aria andando a conficcarsi con un colpo sordo in un pannello di legno, qualche decina di centimetri sopra la testa di Piero de' Medici, mancando quel cuore al quale era stato cosí ingegnosamente predestinato.

Solo allora Leonardo si lasciò cadere a terra, sfinito. E mentre attorno a lui scoppiava il pandemonio, gli occhi gli si chiusero e si sentí sprofondare nel buio. Stava precipitando in un cielo scuro e vuoto, senza fine. Ma non aveva paura, perché sulla schiena sentiva battere un paio d'ali.

27

L'età delle meraviglie

— Leonardo, di nuovo in piedi finalmente! — esclamò Sandro entrando nella stanza.

Leonardo, con molta cautela, stava tentando qualche timido passo attorno al letto. — Sí, i dottori della famiglia Medici dicono che da oggi mi posso alzare. Ma non raccontarlo a tuo fratello. Simone sarebbe capace di farmi passare direttamente dal letto al campo di calcio!

— D'accordo — annuí Sandro massaggiandosi il polso. — Credo che io e te abbiamo diritto a prenderci una piccola pausa dai campi da gioco.

Piero de' Medici aveva insistito perché Leonardo rimanesse suo ospite fino a quando non si fosse completamente rimesso. Erano passati due giorni dalla fuga da Palazzo Pitti, e molte cose erano successe in quel poco tempo.

Ora che Lucrezia era libera e il complotto ai danni del padre era stato sventato, Lorenzo aveva chiamato a raccolta i cittadini di Firenze, curando personalmente l'elezione di una nuova Signoria. Neroni aveva dovuto prendere atto che le cose, per lui, non si stavano mettendo troppo bene, e con i suoi seguaci aveva abbandonato la città. Luca Pitti era venuto a implorare il perdono di ser Piero, negando di essere a conoscenza del complotto e sostenendo che tutta quella faccenda non era stata altro che un terribile malinteso. Proprio quel giorno avrebbe dovuto essere decisa la sorte dei cospiratori.

— Vengo adesso dalla riunione della Signoria — riferí Sandro afferrando una succosa mela da una fruttiera sul comodino. — Su richiesta di Piero de' Medici hanno concesso il perdono a Luca Pitti, ma l'hanno interdetto a vita dai pubblici uffici.

— E Neroni?

— Neroni è stato condannato a morte all'unanimità, ma anche in questo caso ser Piero è riuscito a fare in modo che la sentenza venisse commutata in esilio.

— Evidentemente non vuole sporcarsi le mani con il sangue di nessuno — commentò Leonardo — neppure con quello del suo peggiore nemico. E dello spagnolo si sa qualcosa?

Sandro scosse la testa. — No, ma è probabile che sia sopravvissuto, e che si sia dato alla fuga insieme a Neroni e agli altri.

Malgrado tutto quello che Rodrigo aveva fatto, Leonardo provò un senso di sollievo a quella notizia. Come a Piero de' Medici, neppure a lui sarebbe piaciuto sentirsi responsabile della morte di qualcuno.

— Tutte buone notizie — constatò. — Ma non bastano a spiegare perché tu abbia un'aria cosí soddisfatta.

— Be', ora che queste folli avventure sono finite, devo tornare a dedicarmi al mio lavoro — dichiarò Sandro. E, dopo aver dato un morso alla mela, soggiunse: — Intanto devo dipingere un nuovo ritratto di Lucrezia al posto di quello che è stato distrutto. E poi ser Piero mi ha commissionato un lavoro per ricordare il fallimento del complotto e il trionfo dei Medici.

— E cosí ha inizio la carriera dell'artista Alessandro Botticelli! — annunciò Leonardo in tono solenne.

— Avremmo commemorato una tragedia se non fosse stato per la tua prontezza e i tuoi sottili ragionamenti — riconobbe Sandro esibendosi in un affettato inchino.

— Prontezza e sottili ragionamenti? — ripeté Leonardo lasciandosi cadere sul bordo del letto e accarezzandosi con aria assente la coscia bendata. — Mi sarei dovuto rendere conto di tutto molto prima. Silvestro è stato apprendista di Donatello, l'artista che ha realizzato tutte e tre le statue esposte nella sala da pranzo dei Medici. Probabilmente ha assistito al getto del bronzo di Giove, e questo gli ha permesso di realizzare una copia con tanta facilità.

— Anche ammettendo che potessi arrivarci prima, non credo che ser Piero ti sia meno grato per questo — scherzò Sandro. — Sono sicuro che si sarà offerto di ricompensarti con generosità.

— In effetti si è parlato anche di questo — confermò Leonardo in tono evasivo.

— Be', e tu cos'hai chiesto? Di essere assunto al servizio dei Medici? Oro? Gioielli? Una villa in campagna?

— Sai bene qual è il mio prezzo, Sandro — rispose Leonardo. — Gli ho chiesto di comprarmi un uccello.

— Un uccello? — ripeté incredulo l'amico.

Proprio in quel momento, come in risposta alla sua domanda, la porta si aprí e, svolazzando allegramente, Fresina entrò nella stanza. Alla vista di Sandro si fermò di botto.

— Fresina, che cosa ci fai tu qui? — le chiese.

— Mi ha mandata il mio padrone — rispose lei. Poi si avvicinò a Leonardo e, dandogli un colpetto col dito sul torace, soggiunse: — Il mio vecchio padrone. Lui ha detto a me che adesso mi hai comprata tu.

Leonardo scosse la testa. — Ti ha comprata Piero de' Medici. Sei il suo regalo per me.

Fresina alzò le spalle. — In ogni caso, adesso sono la tua schiava.

— Nemmeno per idea — ribatté fermamente Leonardo. — Ti ho già rimesso in libertà. Tutte le carte sono state firmate.

Fresina lo fissò sbattendo gli occhi. — Ma perché hai fatto questo?

Leonardo si alzò in piedi. — Perché voglio vederti volare — rispose semplicemente.

Fresina aprí la bocca, ma non ne uscí alcun suono. Leonardo non poté fare a meno di provare un fremito di soddisfazione nel vederla rimanere una volta tanto senza parole.

— Anche Lucrezia avrebbe voluto riscattarti, se la cosa fosse dipesa da lei — spiegò. — Ma soltanto suo padre poteva disporre di te.

Fresina continuava ad avere un'aria piú confusa che felice. — Dovrò tornare alla Torre Donati — disse, portandosi una mano alla fronte — e raccogliere le mie cose...

— E non dimenticare — si raccomandò Leonardo — la borsa di fiorini che credo Lucrezia abbia voluto aggiungere alle tue proprietà, in segno di riconoscenza.

Fresina fece per andarsene, ma subito tornò a voltarsi di scatto. — E dove andrò adesso? Sarò anche libera, ma non ho piú una casa.

— Mia madre non ti ha forse detto che a casa sua ci sarebbe sempre stato un posto anche per te? — le ricordò Leonardo.

Fresina, lentamente, fece segno di sí.

— Sono certo che potrai rimanere da lei per tutto il tempo che vorrai.

— È un bel posto — disse Fresina — con brave persone. Ma loro sono la tua famiglia, non la mia.

— E tu vacci al posto mio — la incoraggiò Leonardo — e vivi la vita che avrei potuto vivere io se le cose fossero andate diversamente. Prometto che ti verrò a trovare.

Dopo quelle parole ci fu un lungo silenzio. Infine la ragazza gli gettò le braccia al collo e lo abbracciò stringendolo a sé con forza. Sentendo il cuore di lei battere d'eccitazione contro il suo petto, Leonardo avvertí che una parte di quella gioia si accendeva anche dentro di lui, come una fiamma che si trasmette da una candela all'altra. Quando Fresina si staccò, nei suoi occhi luccicava una lacrima.

— Grazie, Leonardo — disse. — Per tutto quello che tu hai fatto.

— Pensavo che gli schiavi non provassero gratitudine — osservò lui.

— Pensavi giusto — rispose Fresina con un largo

sorriso. — Ma adesso io sono libera, e cosí posso provare quello che voglio.

Poi si avviò, ma quando fu sulla porta si girò un'ultima volta. — Non dimenticare che hai promesso di venirmi a trovare — gli ricordò minacciandolo col dito. — Lo sai che all'Attaccabrighe non piacciono le persone che mancano di parola.

Leonardo alzò le mani in segno di resa. — Giuro che mi vedrai arrivare il primo giorno di festa — si impegnò. — Di' a mia madre che mi tenga libero un posto.

Con un ultimo sorriso Fresina scappò via richiudendosi la porta alle spalle.

— È una ragazza fuori del comune — commentò Sandro pieno di ammirazione. — Un giorno mi piacerebbe chiederle di farmi da modella per uno dei miei quadri.

— Una modella per cosa? — chiese Leonardo. — Non per un ritratto di santa, spero!

— No, niente di cosí insipido — rise Sandro. — Penso piuttosto a una divinità pagana... Sí, ecco: la dea della primavera.

— Fresina ora ha la sua casa — cambiò discorso Leonardo — ed è tempo che anch'io ritorni alla mia.

— Che cosa? Vorresti tornare ad Anchiano? — domandò sorpreso Sandro.

— No. Sono già tornato ad Anchiano, ed è stato lí che ho capito.

Sandro lo guardava con un grosso punto interrogativo stampato sulla faccia.

— È stato mio padre a dirlo — spiegò Leonardo —

senza nemmeno poter immaginare quanto fossero vere le sue parole. Ha detto che il mio posto è alla bottega di Andrea del Verrocchio. Mio padre può avere i suoi progetti per me, mia madre Caterina può amarmi e Piero de' Medici può essermi grato. Ma solo maestro Andrea pretende che io sia in grado di cogliere il significato di tutto quello che vedo, e arrivi per questa via a conquistare la grandezza. Tutto ciò merita bene qualche anno ancora di duro lavoro.

— La grandezza, eh? — ripeté Sandro scrutandolo con aria perplessa. — Sto cercando di vederla, ma dev'essersi nascosta molto in profondità.

Leonardo afferrò un cuscino e cominciò a farlo roteare minacciosamente in aria. Sandro, ridacchiando, fece la mossa di schivare il colpo.

— D'accordo — rise infine Leonardo. — Sono sicuro che un giorno sarai grande anche tu.

Su quelle parole, Sandro si fece improvvisamente pensieroso. — Sai — disse — quando Lorenzo mi ha portato a quella cena in casa Alberti, si faceva un gran parlare di un'età delle meraviglie, che sarebbe quella in cui stiamo vivendo. Dicevano che l'arte, la scienza e la letteratura erano state rigenerate, proprio qui, a Firenze, e che il mondo non aveva conosciuto niente del genere da prima della caduta di Roma.

— Be', se questa è davvero un'età delle meraviglie — osservò Leonardo — allora forse tutto ciò che possiamo immaginare diventa possibile.

Poi si voltò a guardare, attraverso la finestra, le nuvole che vagavano in cielo. — E forse, un giorno, un uomo potrà anche volare.

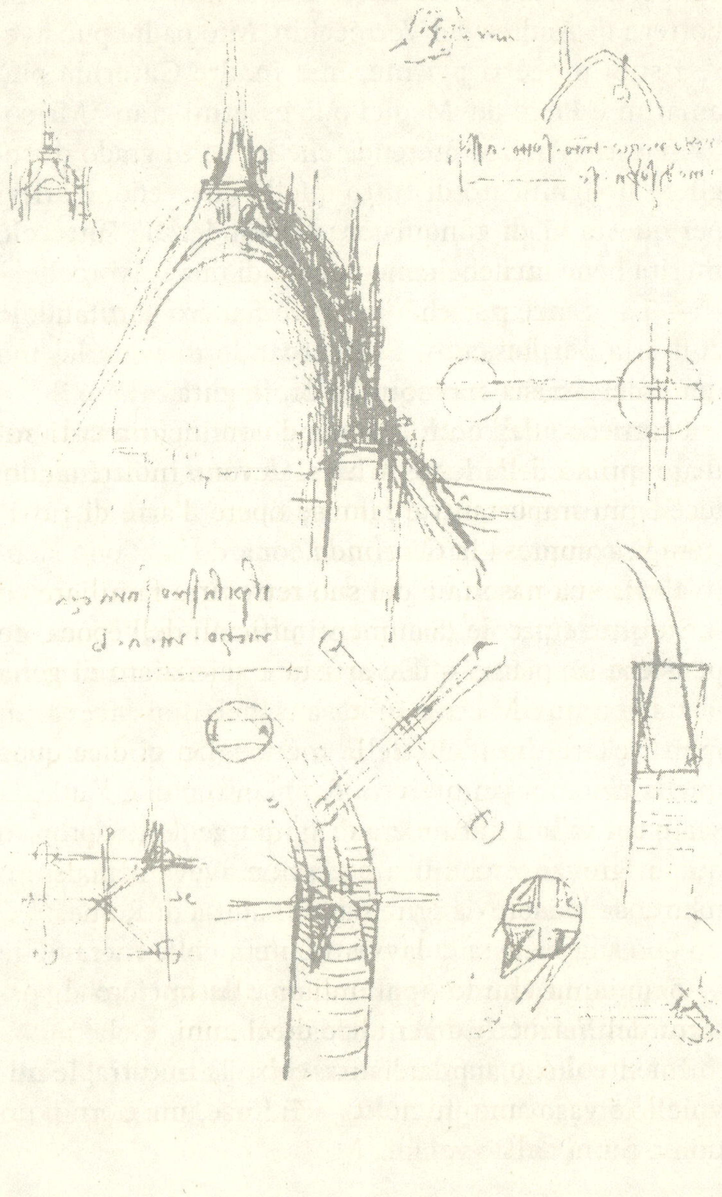

Nota dell'autore

Piú di cinquecento anni fa, Leonardo da Vinci realizzò progetti di aeroplani, elicotteri, paracadute, sottomarini e scafandri da palombaro. Eseguí studi dettagliati dell'anatomia umana approfondendo, in particolare, il funzionamento dell'occhio, e condusse esperimenti sulle proprietà della luce. A lui si devono inoltre alcune delle piú importanti e famose opere d'arte di tutti i tempi, compresa la *Gioconda*.

Della sua nascita e del suo retroterra familiare conosciamo tutto da documenti ufficiali dell'epoca, cosí come sappiamo quale artista e scienziato di genio sia diventato. Ma in quelle centinaia di pagine di appunti che ci ha lasciato, Leonardo non ci dice quasi nulla dei suoi primi anni. Sappiamo che era affascinato dal volo e dalla forza dirompente dell'acqua, che fu un giovane vanitoso e che amò gli animali. Ma che cosa lo ispirò a diventare una leggenda, questo ce lo può suggerire solo la nostra immaginazione.

Sappiamo che fu apprendista alla bottega di Andrea del Verrocchio per oltre dieci anni, e che probabilmente il suo apprendistato ebbe inizio nel 1466. In quello stesso anno fu ordita a Firenze una cospirazione ai danni della famiglia Medici, che di fatto deteneva il potere in città. È sullo sfondo di queste vicende che ho voluto ambientare il mio racconto sul giovane Leonardo.

Il periodo storico che conosciamo sotto il nome di Rinascimento fu caratterizzato da una riscoperta della letteratura, della scienza e della filosofia degli antichi Greci e Romani. Molti brillanti ingegni si affermarono in quel periodo, nella convinzione che le facoltà inventive e creative dell'essere umano non conoscessero limiti. In nessun luogo questo processo fu tanto evidente come nella città di Firenze, che diede i natali a uomini straordinari.

Fresina, Rodrigo e Silvestro sono frutto della mia fantasia. Tutti gli altri personaggi principali, invece, sono realmente esistiti. Lorenzo de' Medici salvò suo padre da un'imboscata di Neroni proprio come si descrive nel racconto. Luca Pitti fece costruire il suo palazzo sulla base di un progetto originariamente sottoposto alla famiglia Medici, e Lucrezia Donati era all'epoca considerata la donna piú bella di Firenze.

I lettori saranno forse interessati a sapere ciò che accadde ad alcuni di questi personaggi negli anni che seguono i fatti narrati nel libro.

Il matrimonio, per le famiglie in vista, era qualcosa che all'epoca aveva molto piú a che fare con il senso del dovere che con il sentimento. Lorenzo de' Medici sposò Clarice Orsini, figlia di un'importante casata romana, consentendo in tal modo alla sua famiglia di allacciare piú stretti legami con quella città e di ampliare il proprio giro d'affari. Lucrezia Donati andò sposa a un ricco commerciante, Pietro Ardinghelli.

Lorenzo succedette a suo padre alla guida della città nel 1469. Come egli stesso aveva predetto, le responsabilità di governo non giovarono alla sua salute: morí infatti a soli quarantatré anni, ma sotto la sua guida la città conobbe un periodo di splendore mai assaporato prima. Lorenzo fu il protettore di Botticelli, di Michelangelo e di molti altri grandi artisti e scrittori. Ancora ai nostri giorni viene ricordato con l'appellativo di "Lorenzo il Magnifico".

Sandro Botticelli divenne uno dei piú illustri artisti del Rinascimento. Alcune delle sue opere, come la *Nascita di Venere* e la *Primavera*, furono ispirate alla mitologia classica. Negli ultimi anni la sua vena si fece piú drammatica, con una piú forte componente religiosa.

Paolo Toscanelli continuò a mettere a punto nuove mappe della terra e del cielo. Nel 1492 le sue carte vennero utilizzate da Cristoforo Colombo per il viaggio alla scoperta del Nuovo Mondo.

Diotisalvi Neroni continuò a complottare senza successo contro i Medici, e finí i suoi anni in esilio.

Luca Pitti rimase a Firenze, ma venne osteggiato ed emarginato dai propri concittadini per il resto della vita. Quando morí, in bancarotta, i Medici presero possesso del suo splendido palazzo, dove oggi ha sede uno dei piú grandi musei d'arte del mondo.

INDICE

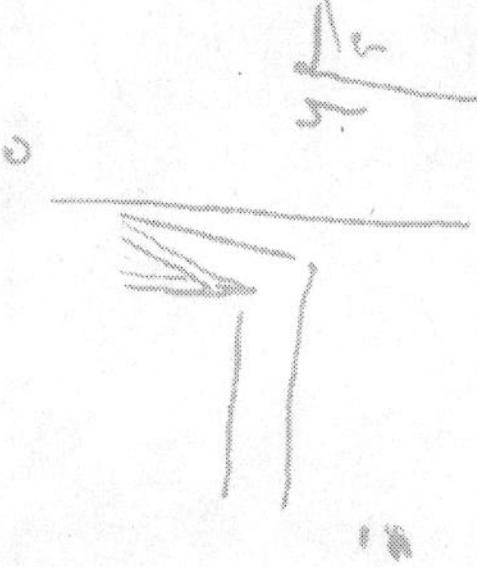

N
O
E
S
Casa d
Medi
Casa di
Sandro
M
Arno
Ponte Vecch
Santo Spirito
Palazzo
Pitti